노을빛으로
생각하다

김성순
에세이

청어

노을빛으로
생각하다

김성순
에세이

작가의 말

해가 지면서 서쪽 하늘에 노을을 남겨주고 가는 것은 참으로 고마운 일이다. 왜 그럴까?

그 아름답고 짧은 시간 동안 우리는 느끼고 생각해야 한다.

어디로 갈까? 무슨 꿈을 꿀까?

어떤 사람은 노을 다음에 어둠을 생각하고 또 어떤 사람은 별빛을 생각한다.

노을 뒤에 꼭 어둠만 오는 것은 아니라는 사실이 감동이기도 하다.

그래서 이 세상에 태어난 사람들은 모두 행운인 줄 알아야 한다.

노을은 아름답기만 한 게 아니라 잠깐 머물러 이런 것을 생각할 시간을 준다.

나는 종종 지는 해를 바라보며 노을빛 생각에 빠져들곤 한다.

여기 노을빛에 물든 생각과 사연들을 한데 묶어 보았다.

어느 것은 아직 설익었고

어느 것은 이미 시들었다.

또 난데없는 생각들이 끼어들기도 했다.

그래도 노을빛으로 생각하는 사람들과 함께 나눌 수 있다는 게 참 고맙다.

2021. 10.

김성순

노을빛으로 생각하다

제4부 배낭 속 추억들

제1부

노을빛 생각으로

노인의 호칭

노인에 대한 호칭은 우리나라에서는 '노인'이라는 말 이외에는 특별한 용어가 없었다. 연장자를 '어른'이라고 부르기는 했으나 그것이 꼭 노인만을 의미하는 것은 아니었다. 그러다가 근래에 와서부터 '어르신'이라는 높임말을 많이 사용하고, 특히 이 높임말을 공공기관에서 공적 용어로 널리 사용하게 된 것은 1980년대에 들어와서부터라고 기억된다.

또 '노년'이라는 용어도 사용되는데 '노인'과 '노년'은 그 의미가 다르다. 흔히 이 둘을 구분하지 않고 사용하고 있고 또 그래도 무방하기는 하지만, 엄밀한 의미에서 노인은 사람이 어느 시점에서 늙어진 '상태'를 말한다.

이에 비해 노년이라 함은 늙음이 계속되는 '과정'을 나타낸다. 즉 늙음의 기간이나 과정을 중시하는 개념이다.

외국에서도 노인 또는 노년에 대한 호칭은 여러 가지로 불려지고 있다.

프랑스에서는 회갑잔치 같은 것은 따로 없지만 60회 생일을 지나면 '제3세대층'이라고 불린다. 노년이란 말의 어두운 이미지를 피하고 새로운 세대의 연령층으로 다시 시작한다는 적극적인 의미가 함축되어 있다.

미국에서는 65세 이상 된 노인을 우대한다는 뜻으로 '선배 시민(Senior Citizen)'이라고 흔히 부르며 '황금의 연령(Golden Ages)', '우리의 연장자(Our Elders)'라고도 한다.

스위스 특히 알프스 지역에서는 60세 이후의 노년을 '빨간 스웨터'라고 부른다. 60회째 맞는 생일에 장수를 기원하는 가족들이 손수 짠 빨간 양털 스웨터를 선물하는 관습에서 생겨난 재미있는 호칭이다. 빨간 옷을 입으면 젊고 힘 있어 보여서인지 호칭 자체에서부터 생기가 솟는 느낌이 든다.

일본에서는 흔히 50대를 중년, 60대 이후를 노년이라고 하는데 고령화 시대에 맞지 않는 호칭이라 하여 60대 이상을 통틀어 실년(實年)이라고 부르기도 한다. 하지만 근래에 들어 특히 1970년대 이후 '실버(Silver)'라는 말을 흔히 쓰고 있다. 나이가 들면 은발, 백발이 되는 것에 착안하여 붙인 듯한데 아무래도 늙음을 직접적으로 연상하게 만드는 호칭이다. 이 말은 일본 기차의 노인석에 붙여진 이후 흔히 쓰여지고 있으며, 우리나라에서도 실버산업, 실버용품, 실버타운 등 널리 사용되고 있다.

중국 고전에서는 50·60대를 잘잘못을 깨치는 연배라 하여 '지비(知非)', 세상살이에 귀가 트인다고 하여 '이순(耳順)', 들어앉아 손가락질만 한다, 하여 '지사(指使)'라고 불렀다. 모두 늙은 사람의 특징을 나타낸 호칭들이다.

논어(論語)에서 보면 마흔이 되어야 세상살이에 불혹(不惑)하게 되고 쉰에 이르러 천명을 알게 되며, 나이 예순이 돼야 옳고 그른 말을 가릴 수 있고, 그러다가 일흔에 이르면 자기 생각대로 행동해도 법도에 크게 어긋나지 않는다(七十而從心所欲 不踰矩: 칠십이종심소욕 불유구)고 했다. 확실히 사람은 나이를 먹어가면서 사리를 분별하게 되고 진정한 '사람'이 되어가는 것이다.

그런 이유로 전통적으로 중국에서는 나이가 50에 이르면 한국의 회갑처럼 성대하게 생일잔치를 했고, 출세한 관리들이나 돈을 많이 번 상인들은 40세에도 큰 잔치를 벌였다. 나이 예순이면 세상 어른으로서 큰 축하를 받았다.

물론 모든 나라에서 이런 전통적 풍습은 지금은 많이 달라졌다.

평균수명이 높아지고 고령 인구가 급속하게 증가하면서 이제 노인의 개념도 수정하지 않으면 안 되게 되었기 때문이다. 수명 60세 시대의 노인과 100세 시대의 노인개념은 달라질 수밖에 없다.

지금 우리나라에서 나이 60에 회갑잔치 하는 예도 거의 찾아보기 힘들게 되었고, 칠순잔치도 겨우 가족끼리 모여 식사하는 정도다. 지금은 영양섭취와 운동 등 건강관리를 잘해서 나이 70이라도 경로당이나 노인복지관 같은 모임에서는 청년 취급을 받는 세상이 되었다.

나이를 먹는 기간 즉 노년이 길다는 것은 본인뿐만 아니라 사회적으로도 그 의미가 깊다. 개인적으로는 성취한다는 의미와 깨달음과 무르익음을 의미한다. 그런 뜻에서 50대를 숙년(熟年), 60대를 장년(長年) 그리고 70대를 존년(尊年)이라고 부르는 것이 좋다는 주장도 있다.

우리말 가운데 '어른'이라는 호칭은 음미할수록 의미 깊은 표현이다. 단순히 나이를 많이 먹은 것만이 아니라 인격이 쌓여 남에게 수범이 되고 오랜 경륜과 사리 분별로 다른 사람들로부터 존경을 받을만하다는 의미가 함축되어 있기 때문이다. 아무리 지식이 풍부하고 똑똑해도 나이가 적으면 어른이라고 부르지 않는다. 그만큼 어른이라는 말은 지내온 경륜을 중시하는 호칭이다. 이러한 호칭은 아무리 빨라도 나이 50은 넘어야 붙일 수 있으며 대체로 60이 넘은 후에야 얻을 수 있는 사회적 존칭이다.

요즘 난데없이 '꼰대'란 말이 어른들 입에서, 그것도 사회지도층에 있는 사람들 입에서 함부로 쓰여지고 있다. 정당에서 연장자들의 소리가 크면 '꼰대정당'이라고 비아냥댄다. 원래 꼰대라는 말은 '권위적인 사고를 가진 어른이나 선생님을 비하하는 언어'로서 아랫사람의 의견을 무시하고 자신의 생각만을 고집하는 꽉 막힌 노인을 의미한다. 주로 학생들 사이에서 나오는 말이었는데, 경로사상이 철저했던 시절에는 없었던 새로운 호칭이다. 그런데 지금은 개인이나 조직에서 툭하면 나오는 호칭이 돼 버렸다. 특히 정치권에서 이런 표현을 하는 정치인에 대해선 노인단체 등 시민단체에서 명단을 만들어 낙선운동이라도 벌이는 게 좋겠다는 생각도 든다.

학생들이 만들어 낸 은어를 사회지도층에서 생각 없이 사용하기 때문이다.

어른들 가운데에서도 특히 사회적 지도급에 있는 인사들을 우리는 원로(元老)라고 부른다. 이 사회에 그냥 노인이 많아지는 것보다 원로가 많아지는 것이 바람직하다. 원로는 자신이나 집단의 이익보다 국가나 사회의 이익을 중요시한다. 그의 말이 어떤 강제성이나 구속력이 있는 것은 아니지만, 권위와 무게가 있는 충고는 젊은이들로 하여금 받아들이지 않을 수 없게 하는 영향력을 가지고 있다.

그러나 요즘 들어 우리 사회에서 원로가 점점 사라져가고 있다. 아니 사라지는 것이 아니라 사회가 외면하고 무시하고 있는 것이다. 어른의 말을 듣기는커녕 나이가 들었다는 이유로 해서 그로부터 나오는 옳은 말도 듣기 싫어하는 세태다. 노인이 바른말을 하거나 자기주장을 강하게 하면 바로 '꼰대'가 된다. 아무리 능력 있고 필요한 인재라고 해도 나이가 많다는 한가지 이유만으로도 끌어내리는 것이 지금의 사회다. 아니 노인이 지하철에서 청소년으로부터 따귀 맞고, 노인 택시기사가 젊은이에게 두들겨 맞고 죽는 세상이다.

노인이 '어르신' 대우를 받지 못하는 데에는 물론 노인 자신에게도 책임이 많다. 나이가 들어도 꾸준히 자기계발을 하고 현실에서 낙오되지 않도록 노력하는 자세가 필요하다. 자신만 생각하지 말고 이웃을 이해하고 품어주어야 한다.

시대가 바뀌고 노인의 자각의식도 변화고 노인에 대한 사회의 요구 또한 달라지고 있다. 노인일수록 교통 등 사회질서를 잘 지키고 다른 세대를 이해하고 배우려는 자세가 필요하다. 공자가 70이 넘으면 자신의 생각대로 해도 된다고 한 것은 어디까지나 나이 들수록 더욱 배우고 신중하게 처신해야 함을 전제로 한 말이다.

노인에 대한 호칭은 시대와 나라에 따라 달라지고 있다. 크게는 그 사회의 교육정책, 문화와 관련되고 노인 자신에 의해 달라진다.

그리고 노인을 일컫는 호칭도 중요하지만 노년 세대가 갖는 전반적인 문화가 어떻게 변하느냐가 중요하다. 그러자면 개개의 노인이 과연 장년이나 존년으로서 사회의 모범이 되고 젊은이들로 하여금 따르고 존경할 수 있는 마음과 행동이 함께 하느냐가 중요하다. '어르신'이 되려면 우리나라에서도 이제 본격적으로 노인문화에 대해 고민해야 할 때가 되었다.

60살이 노인인가

병원에 가서 건강검진을 해보니 나는 나이보다 10년은 더 젊은 체력으로 측정되었다. 나만이 아니다. 주위의 사람들 거의 모두가 그렇다. 바야흐로 구구팔팔 세상이다.

불과 30여 년 전까지만 해도 나이 60세가 되면 회갑잔치를 벌이고 노인 칭호가 붙으면서 사회적으로나 가정적으로 은퇴 또는 뒤로 물러서는 것이 우리의 전통이었다. 이쯤이면 살 만큼 살았으니 그 이후의 삶은 덤으로 산다고 하여 '여생'이라고 불렀다.

그러나 이제는 아니다. 나이 60에 회갑잔치하는 사람도 없고 스스로 노인이라고 인정하는 사람도 없다. 옛날보다 30년 이상 더 살게 되었으니 노인의 개념 자체가 변할 수밖에 없다. 특히 의약기술의 발달과 우수한 영양 및 건강관리, 평생교육 시스템에 의한 각종 노인 프로그램 운영, 인터넷 등을 통한 각종 유익한 정보로 얼마든지 효율적인 건강관리를 할 수가 있고 장수를 누릴 수 있게 되었다.

우리나라 현행 생활보호법이나 노인복지법을 비롯한 각종 법률이나 제도에서는 노인의 기준을 65세로 정하고 있으나, 65세에 스스로 노인이라고 인정하는 사람은 많지 않다. 70이 되어도 노인이 아니라고 우기는 사람들이 수두룩하다. 나는 이미 80이 지났고 정신이 멀쩡한데도 펄펄 뛰는 청년으로 착각할 때가 많다. 아마 노화와 죽음에 대한 심리적 항거인지도 모르겠다.

실제로 노인들의 의식과 일반의 노인개념 자체가 크게 변하고 있다. 2020년 보건복지부에서 조사한 바에 의하면 우리나라 노인 중 74%가 '70살 이상 돼야 노인'이라고 생각하고 있으며, 두 명 중 한 명은 자신이 '건강하다'고 답했다.

젊은 노인이 늘어나고 있는데도 정부기관이나 사회의 각 기업에서는 아직도 55·60세 전후를 퇴직 정년으로 잡고 고령자 취급을 하고 있다. 노동 관련 정부통계에서도 55세 이상을 고령 인력으로 구분하고 있다. 그리고 50세 이상 55세 미만은 준고령자로 분류하고 있다.

그러나 제도적 기준이야 어떻든 자신이 노인이라고 의식하는 연령은 갈수록 높아지고 있다. 이게 현실이다. 그럼에도 우리나라 노인복지법은 1985년에 노인 연령 기준을 65세로 규정한 후 35년 이상 지나도록 한 번도 바뀌지 않고 있다. 당시 평균수명이 68.9세였던 것이 지금 83세가 넘었는데도 말이다. 재작년인가부터 지하철 무임승차 기준을 비롯한 노인연령기준 상향에 관한 논의가 일부 있었는데 지금은 조용해졌다. 아마 선거 앞두고 표 때문일 것이다.

여하튼 대부분의 노인은 70이 지나도 얼마든지 일할 수 있고 또 일하기를 원하고 있지만 사회 여건은 이에 못 따라가고 있다.

인간수명이 연장되면서 일어나는 노인 문제는 어느 특정 개인이나 부분에 국한되는 것이 아니고 집단화되고 사회문제화되고 있기 때문에 문제의 해결도 개인적인 노력보다는 사회적 또는 국가정책적인 노력이 있어야 한다.

그런데도 우리나라는 이에 대한 정부의 노력이 미미하고 관련 기구도 유명무실하다. 아마 권력과 다음 선거에만 온 신경을 집중하기 때문일 것이다. 그게 문제다.

대체로 1980년대에 들어오면서 선진국들은 '활동적 노화'(active aging)를 위한 전문적인 연구와 정책 마련에 적극 팔 걷고 나섰다. 해결해야 할 정치, 사회적 압력이 이러한 노력을 하지 않을 수 없게 만들었던 것이다.

아울러 WHO에서는 활동적 노화를 '나이가 들어가면서 삶의 질을 향상시키기 위해 건강, 경제적활동, 사회참여의 기회를 최적화하는 과정'이라고 정의하면서 각국에 '일하는 뉴 실버' 붐을 일으키게 했다.

특히 고령화에 의한 노인 인구의 폭발적 증가와 연금기금 고갈에 의한 국가재정문제, 정년연장과 고령노동력의 활용, 자기계발과 사회참여 등 활동적 노화가 활기찬 노년으로 이어질 수 있는 다양한 정책을 개발 지원하고 있다.

한편, 서구 선진국을 중심으로 노화에 따른 변화를 종합적으로 연구하는 노년학(Gerontology)이 1940년부터 학문으로 부각되었고, 21세기에 들어오면서 더욱 세분화되어 노년병학, 노년사회학, 노년심리학 등 전문 분야별로 발전하며 각종 정부정책과 정책학 분야에 파급되고 있다.

우리나라에서는 1978년에 '한국노년학회'가 설립되었고 학계에서 관심을 갖게 되었는데, 주로 노년병학 관련자들이 많았고, 노년사회학, 노년심리학 등 노년학전문 연구자는 희소했다.

더구나 당시 65세 이상 노인 인구 4%에 불과한 우리의 상황에서 노인 문제에 대한 관심은 저조할 수밖에 없었고 정부차원에서의 정책논의도 기대할 수 없는 상황이었다. 당시 나는 서울시 사회과장으로 있으면서 이 분야에 대해 깊은 관심을 가졌었고 서울시에서부터 장차 다가올 고령사회에 대비한 정책들을 준비했었다.

그 당시에 공부했던 자료들로 국내 최초로 '노인복지론'이란 연구서를 출간하기도 했다. 당시 구자춘 서울시장도 고령사회에 대한 관심을 갖고 적극 지원해 준 것을 지금도 나는 깊이 기억하고 있다. 그분은 미래를 예측하는 능력을 갖고 있었다.

세상은 엄청나게 바뀌어 가고 있다. 영생을 꿈꾸던 고대 이집트 왕도 모두 갔고, 불로초를 찾아 헤매던 진시황도 고작 49세로 객사했고, 장수하려고 발버둥 쳤던 한무제도 54세에 갔다.

이 시대 우리는 1세기 전에 살았던 사람들 보다 거의 두 배나 더 인생을 누리고 있다. 21세기에 도달한 현재에 이르기까지 하나의 꿈으로만 여겨졌던 노화방지는 그것이 불가능하기만 한 일이 아님이 입증되었고 바야흐로 '100세 장수시대'(centenarian)가 열리게 되었다.

1980년에 224명이던 우리나라 100세 이상 장수 노인의 수가 20년이 지난 2000년에 2,200명으로 10배 가까이 증가하더니, 또다시 20년 지난 2020년에는 2만1,411명으로 늘어났다. 앞으로 장수 노인은 폭발적으로 증가할 것이다.

비록 체력은 젊은이들만 못하지만 나름대로 건강관리에 힘쓰며 노년을 보내는 새로운 젊은 노년 세대들이 노래교실이건 시골 논밭이건 곳곳마다 모여 '내 나이가 어때서'를 열창하는 나라가 되었다. 즉 '나도 젊은이만 못지않다'는 외침이다.

기원전 500년경 그리스인의 평균수명은 18년, 서기 100년경 로마인의 평균수명은 22년이었다고 한다. 영국도 중세 때 만해도 33년이었고, 미국 역시 1900년만 해도 49년에 불과했었다. 우리나라는 갓난아기의 사망률이 높았던 통일신라시대 평균수명은 10년 안팎이었다고 한다.

1905년에는 남자 22.6년, 여자 24.4년이었고, 해방 당시인 1945년엔 남자 45.6년, 여자 50.7년이었다. 현재 평균기대수명은 83.3년(남자 80.3년, 여자 86.3년)이다.

2020년 '저출산 고령사회위원회'에서 보고한 바에 따르면 한국은 10년 후 인류 최초로 여성의 기대수명이 90세에 달할 것으로 보았다. 남자도 84세로 초장수 국가가 될 것으로 전망했다. 바로 코앞이다.

그러나 마냥 좋아할 일만도 아니다. 걱정이 더 크다. 많은 문제가 쓰나미처럼 밀려올 것이기 때문이다.

인간의 수명이 획기적으로 늘어난 것은 전염병을 예방한 각종 백신과 페니실린 등 항생물질이 개발된 1930년 이후부터다.

유엔에서는 2050년경의 전 세계 평균수명을 100세로 보고 앞으로는 18세에서 50세까지를 청년이라 부르고, 51~70세를 장년, 그리고 71~100세를 노년으로 정하자는 논의를 한 바도 있다.

분명한 것은 나이 60은 이제 노인이 아니라는 점이다. 이에 각국에서는 앞다투어 정년연장과 고령 인력 활용을 비롯한 고령사회 대책을 서두르거나 이미 시행하고 있다. 일본이 일찍부터 초고령사회에 걸 맞는 국가정책을 세워 대비해 온 것을 우리도 눈여겨보아야 한다.

원래 인간은 현재보다 훨씬 더 장수할 수 있도록 창조되었다.

현대인의 수명을 가로막는 장애물은 생존경쟁에서 오는 스트레스, 환경오염, 과음, 과식, 편식, 흡연 같은 잘못된 생활습관, 각종 사고와 재해 등인데, 이들 요인을 극복하고 예방하면 150살까지는 살 수 있다고 장수학자들은 주장한다.

참고로 수양서(壽養書)에서 보면 사람은 원래 천원(天元)이라 하여 하늘이 주신 명이 60년, 지원 곧 땅으로부터 받은 명이 60년 그리고 인원(人元)이 60년으로 모두 합하여 180년까지 살 수 있다고 한다. 그런데 사람들이 생활하면서 삼가거나 조심하지 않으므로 날마다 자신의 수명을 단축시키며 살아간다는 것이다.

예컨대 여색을 탐하여 천원의 수를 깎고, 안절부절 스트레스로 지원의 수를 깎으며, 폭음폭식으로 인원의 수를 깎는다고 한다. 그래서 백수도 채우지 못한다는 것이다. 따라서 우리가 일상생활에 주의를 기울이고 몸과 마음을 바르게 하며 작은 일부터 실천해 가면 백수를 채우는 것은 그리 어려운 일이 아니다.

우리나라 세포생물학자였던 한상수 박사도 사람의 수명을 노화의 세포유전설에 입각하여 계산하면 150세까지는 살 수 있다고 하였다.

미국을 중심으로 한 노화전문가들도 30년 안에 120살 시대가 올 것으로 예측하고 있다.

성경에 나오는 아담은 930살까지 그리고 노아는 950살까지 살았다. 대홍수를 거치면서 인간의 수명은 크게 단축되어 아브라함이 175살, 모세가 120살까지 살았다. 구 소련의 미스리모프라는 사람은 168세를 그리고 일본의 이즈미 시게요라는 사람은 120년을 살았다.

요즘 코로나19 바이러스로 각국에서 수많은 생명이 희생되고 있는데 앞으로 새로운 변이바이러스가 얼마나 나와서 얼마나 지속하느냐에 따라 인간수명이 단축될 수도 있을 것이다. 그러나 인간의 끊임없는 장수욕구로 위의 감수요인들을 제거하면 150살까지의 수명연장은 가능하다는 게 전문가들의 공통된 주장이다.

그러나 여기에 대비하지 않으면 국가의 존립 자체가 불가능할 정도로 문제가 심각해질 것이다. 현재의 사회시스템 자체를 고령사회 내지는 초고령사회에 맞도록 개조해 나가야 한다. 노인의 개념부터 바꿔야 하고 고령 인력에 대한 적극적인 활용이 논의되어야 한다. 한창 일할 나이인 70도 안 되어 일터에서 물러나 유용한 인력을 낭비케 하는 것은 국가적으로나 개인적으로나 큰 손실이 아닐 수 없다.

또한 노인 스스로 사회변화에 적응하려는 노력이 중요하다. 저출산에 따른 인구감소와 노동력 부족에 대비하자면 반드시 고령 인력 활용이 필수적이다. 노인 개인 입장에서 보더라도 일하지 않으면 생계가 막연한 사람들이 늘어가고 있다. 비록 경제적 여유가 있다 하더라도 '젊은 노인'

들이 매미처럼 노래만 부르며 살 수는 없다. 축복인 장수시대가 곧 재앙이 될 수 있기 때문이다.

사회구성원으로서의 노인참여와 노후 삶의 보람이 함께 보장되는 사회가 고령사회 대책의 핵심이다.

이제 나이 60은 노인이 아니다. 사회의 중추인력이고, 일하고 배우고 참여해야 할 한창의 나이이다.

인생은 70부터

김형석 명예교수는 그가 100세 때에 쓴 책 '백년을 살아보니'에서 인생의 황금기를 65세부터 75세로 보았다.

나도 물론 이에 대해 크게 이의는 없는데, 요즘같이 건강 연령이 길어지는 100세 시대에서는, 60대까지는 생업과 사회활동을 계속해야 사회가 유지될 테니까 자신의 황금기는 70세에서 80세로 좀 늦춰 잡는 게 어떨까 싶다. 그래도 100살까지는 20년의 세월이 남아 있으니까. 아예 한 5년쯤 더 잡아서 황금기를 85세까지로 후하게 생각해도 될 것 같다. 나뿐만이 아니고 대부분의 노인세대들이 자신의 나이보다 젊게 의식하고 행동하고 있어 아마 비슷한 생각일 것이다. 업무능력에 있어서도 마찬가지다.

실제 많은 조사나 연구결과를 보면 이와 같은 주장이 그리 틀린 것 같지도 않다.

건강관리와 경제적 안정, 자아의식 등으로 2020년 현재 자녀와 독립한 노인가구가 80%나 된다. 우리나라 1인가구의 비율이 전체 가구의 31%인데 그중 대부분이 노인가구다. 자녀와 동거를 희망하는 노인이 12%에 그치는 것을 보면 앞으로도 이와 같은 추세는 계속될 것으로 보인다.

　일본의 야마다 히로시 교수의 연구결과에 의하면, 사람에게는 자연연령인 호적연령과 능력 면에서 본 기능연령이 있는데, 양자 간에는 나이에 따라 각각 다르게 나타난다고 한다. 예컨대 호적연령이 75세인 경우 기능연령은 66세로부터 84세로 그 차이가 무려 18년이나 된다는 것이다.

　이는 똑같은 75세의 사람이라 하더라도 66세의 건장한 육체를 갖는 사람이 있는가 하면, 84세의 노쇠한 육체를 가진 사람도 있다는 것을 의미한다. 즉 자연연령이 높다고 해도 자신의 마음먹기와 가꾸기에 따라서는 실제 나이보다 훨씬 젊은 체력을 유지할 수 있다는 것이다.

　나이가 들어감에 따라 변하는 인간의 지적능력에 관한 또 다른 조사에서 보면, 지능의 발달은 약 50%가 임신에서부터 4세까지 사이에서 이루어지고, 30%는 4세에서 8세, 그리고 나머지 20%의 발달이 8세에서 17세 사이에 이루어진다고 한다. 이렇게 발달한 지능은 25세 전후까지 계속되다가 그 후 서서히 저하되고 50세에 10%, 60세에 20% 그리고 70세에서 30% 정도 떨어진다고 한다. 다만 직업에 따라 차이가 많이 나타나므로 자신이 노력하면 얼마든지 나이에 비해 젊음을 유지하며 살 수 있다고 한다.

　많은 연구결과를 보면 결국 일반의 막연한 인식과는 달리 적어도 65세를 지나 70세 전후까지는 업무수행에 별로 지장이 없다는 것이다. 그런데도 우리나라의 많은 직장에서는 50대 중반만 넘어서도 고령자 취급을 하는 게 현 실정이다.

대체로 언어 이해능력, 언어 구사능력, 추론능력은 65세가 지나도 젊을 때와 비슷하게 유지되고, 다만 숫자 감각은 40세부터 떨어진다고 한다. 즉 운동능력은 나이가 들어감에 따라 감퇴하지만 지적능력과 판단능력은 별로 감퇴하지 않는다는 것이다. 업무 중에는 체력보다 경험과 판단을 더 필요로 하는 경우가 많다. 그래서 미국과 일본 등 많은 나라에서 고령 인력을 높게 활용하는 정책을 마련해 가고 있다.

실제로 90이 지나도 왕성한 활동을 하며 사는 분들을 우리 주위에서 많이 볼 수 있다. 박종화, 이병도 등 많은 분이 80 이후의 고령에도 저작 활동을 하였으며, 이어령, 김동길, 김형석 같은 분들도 젊은 시절 못지않게 저작과 강연 활동을 활발하게 하고 있다. 얼마 전 102세로 타계한 기하추상학의 선구자인 이준 화백은 '100세 기념전'을 갖기도 했다.

우리나라 최초로 에베레스트 등반대장을 지낸 96세의 김영도 대장도 '山철학'의 신경지를 개척하며 저술 활동을 계속하고 있으며, 94세의 송해, 이순재 같은 분들도 젊은이 못지않은 활동을 계속하고 있다. 전북 시골 오지에서 배우지 못하고 자란 101세의 백성례 시인 할머니도 시집을 내어 화제가 되기도 했다. 그런가 하면 올해 88세인 포항의 황보출 할머니는 일흔에 한글을 배워 여든 살부터 시를 쓰기 시작해 지금까지 두 권의 시집을 냈다.

뷔퐁(1788)이 유명한 '박물관'을 저술한 것은 81세였고, 험번도가 '우주'라는 책을 쓴 것은 89세였다. 괴테는 76세에 '파우스트'를 쓰기 시작하여 82세로 사망한 때 완성했다.

미국의 연방 법원 판사 웨슬리 브라운은 103세였고, 미국의 전설적 방송 앵커 월터 크롱카이트는 65세에 은퇴한 후 91세에 다시 앵커로 복직하여 왕성한 활동을 한 것으로 유명하다. 프랑스의 로베로 마르샹은 올해 105세 된 사이클 선수다.

은퇴 후의 계획과 활동은 특별한 사람에게만 해당되는 것이 아니다. 지식이나 특별한 기능이 있어야 하는 것도 아니며, 사회적 지위가 있어야 하는 것도 아니다. 그리고 글을 써야만 하는 것도 아니다. 젊어서 하지 못했던 일이라던가 특별한 취미, 소질, 모험 등 자신의 인생을 사랑하는 사람이라면 누구나 할 수 있고 또 해야 하는 노년의 한 과정이다.

여행, 악기연주, 그림, 사진, 등산, 낚시, 화초 가꾸기 등 얼마든지 자신에게 알맞는 일을 찾을 수 있다. 나의 친구 하효철은 80살 지나 사진 공부를 시작하여 사진작가가 되어 계속 멋진 예술작품들을 찍어내고 있다. 되도록이면 이와 같이 창의적이고 생산적이며 스스로 보람을 느낄 수 있는 노년이면 얼마나 멋진 일인가. 그리고 특히 노년에는 어떤 형태로든지 사회봉사를 함께 할 수 있으면 더 좋겠다는 생각이 든다. 미국을 비롯 거의 모든 선진국의 노인들이 왕성한 사회봉사 활동을 하고 있는 것을 보면 더욱 그런 사회가 부럽다. 노년의 남는 시간을 보내기 위한 단순한 놀이나 오락 같은 것은 '황금'이 될 수 없기 때문이다.

나는 은퇴하면 꼭 해야겠다고 마음먹었던 사회봉사 사업이 있었지만 여의치 않아 거둔 일이 있다. 그래서 교회 화장실 청소라도 하려고 요청했더니 그것마저 용역으로 하는 것이라서 기회를 얻지 못했다. 노인이 되니 어딜 가나 짐이 되는 듯싶다.

황금기란 말 그대로 젊었을 때부터 자기가 하고 싶었던 일을 아무 부담 없이 할 수 있는 시기다. 공자도 70살이 되면 자신의 생각대로 행동해도 된다고 한 나이다. 사실 인생의 질과 맛은 이때부터다.

내가 18대 국회의원직을 72살에 끝내고 더 이상 출마하지 않겠다고 했을 때 주위의 많은 사람들이 의아해했다. 당에서도 한 번 더 하라고 수차 권유했지만 나는 오래전부터 생각해 오던 터라 홀가분하게 옷을 벗었다. 이유는 딱 하나, '인생은 70부터'이니까.

또 10여 년간 정치하며 나의 온 정력을 쏟았으니까 더 이상 해봐야 이 나라 정치 발전에 내가 별 역할을 할 것 같지도 않았다.

누구나 꼭 은퇴를 해야만 황금기를 맞게 되는 것도 아니다. 자영업 등 자기사업을 하는 사람은 그동안 쌓은 경험으로 사업에 무르익은 70대에 더 많은 일을 할 수 있는 황금기를 맛볼 수 있다.

그러나 공직자나 큰 조직에 종사하는 사람은 일정 기간 지나면 비록 자신의 능력이 출중하다고 생각되더라도 물러나야 한다. 왜냐하면 사회는 끊임없이 변화하는 것이고, 새로움에 적응하는 데에는 아무래도 한계가 있기 때문이다.

우리는 청소년 시절부터 아니 유치원 시절부터 각종 시험과 경쟁에 시달리며 산다. 사회에 나와서도 경쟁의 연속이다. 먹고 살아가자니 하기 싫은 일도 해야 하고 울어야 할 때 웃기도 한다. 그건 평범한 봉급생활자만이 아니라 대통령도 마찬가지다.

자고 나면 비교와 경쟁이다. 버트란드 럿셀은 '인류의 비극은 비교에서 비롯된다'고 했는데, 은퇴하면 비교와 경쟁과 평가에서 자유로울 수 있어 좋다. 자기가 평소 하고 싶었던 일이나, 새롭게 하고 싶은 일을 찾아서 만족해하면 행복해진다. 70이 지나서도 남과 비교하고 아등바등하는 사람은 곧 황금을 차버리는 사람이다.

미국 대통령을 지낸 올해 96세인 지미 카터는 56세의 나이로 은퇴한 후 역동적인 인생을 살면서 재임 시절보다 더 인기를 끌고 있다. 64세에 킬리만자로를 그리고 70세에 후지산에 올랐으며, 세계의 어려운 이들을 위해 집을 지어주는 '목수봉사' 활동을 하고 있다. 뉴욕 타임스가 그의 특집을 내는 인터뷰에서 '인생에서 최고의 해는 언제였나요'라는 물음에 당시 75세이던 그는 '지금이요'라고 대답했다.

나이 70에 마치 인생 다 산 것처럼 생각하고 무기력하게 소일하기에는 남아 있는 건강한 30년 이상이 너무 길다. 이 기간에 젊어서 하지 못한 일들을 찾아서 하고 부족했던 점들을 채워야 한다. 그러자면 은퇴하고 시간이 자유로워져도 시간의 질서가 필요하다고 생각된다. 그래서 지금도 나는 시간표를 벽에 붙여놓고 지낸다. 황금을 낭비할세라 겁나기 때문이다.

시간이 자유로워지자 먼저 부족한 소양을 채우기 위해 고전을 읽고, 서당에 나가서 논어, 맹자부터 배웠다. 옛날에 7살이면 배웠다는 소학을 나는 70대에 배웠다.

대학, 중용을 공부하면서 국회의원 재직 시에 읽었으면 더 좋았을 걸 하는 생각도 해보았다. 붓글씨를 쓰고 사군자도 그리고 있다. 개인 전시회도 했다. 전부터 불어오던 트럼펫도 즐기는데 요즘은 폐활량이 부족하여 점점 힘들어진다.

자유인으로서의 삶이 내가 은퇴한 이유이기에 시간 시간이 금쪽같다. 등산이나 산책을 하거나 지하철을 탈 때에도 늘 수첩을 가지고 다니면서 시상이 떠오르면 기록한다. 이것이 나에겐 큰 즐거움이다. 그러나 노년에 할 일 많다고 시간에 쫓기며 사는 것은 피하는 게 좋다. 여유롭고 조용한 자기만의 시간을 갖는 것은 그것대로 소중하고 창의적이고 생산적이기 때문이다. 요즘 나는 혼자 등산을 하면서 한없이 빠져드는 사유의 시간을 갖는 게 무척 행복하다. 고독은 결코 외롭기만 한 게 아니다.

흔히 노년의 고독을 노후의 중요한 문제로 드는데, 이는 고독을 보는 시각과 어떻게 활용하느냐에 따라 다르다. 즉 고독은 문제도 되지만 동시에 해결도 된다. 고독이 때로는 초월의 기쁨을 주기 때문이다. 고독을 피할 수 없는 사정이라면 이를 긍정적으로 받아들일 필요가 있다.

미국의 노년학자 톤스탐은 노인을 청장년의 가치에 의해 평가하는 것은 잘못이라고 한다. 노인에게는 사회적 기능이나 생산성, 유용성보다는 휴식, 사색, 여가, 창조성, 지혜, 경험과 같은 항목이 중요하다는 것이다. 그래서 우주관, 삶과 죽음, 타인에 대한 이해, 명상 등에 많은 시간을 할애해야 한다고 주장한다. 이것이 창조적이며 성공적인 노화에 필수적이라는 것이다.

성공적 노화에 대해, 미국의 노인들은 그들이 세상을 어떻게 보느냐에 따라 달라지며, 중국 노인들은 다른 사람들이 자신을 어떻게 보느냐에 달려있다고 하니 문화에 따라 다양함을 알 수 있다.

우리나라의 경우 양자 모두에 해당되지 않을까 싶다. 분명한 것은 이러한 노인특성을 감안한 성공적 노화는 아무래도 시간이 자유로운 70대부터 시작 되지 않겠나 생각된다.

따라서 100세 장수시대의 노년기는 결코 있어도 그만 없어도 그만인 '여생'이 아니다. 인생주기의 한 중요한 '과정'이다. 그러니까 '인생은 70부터'다.

신세대 노인들

길어진 노년기를 어떻게 하면 더욱 활기차고 보람 있게 보낼 수 있을까. '100세 시대'에 60살에 은퇴한다면 40년 이상 남은 삶을 심각하게 생각하지 않을 수 없다. 노후는 '여생'이 아닌 인생 사이클의 한 중요한 '과정'이기 때문이다.

우리나라는 1980년대에 들어오면서부터 노년세대에 변화의 바람이 불어오고 있으며 요즘 들어 장수사회가 되면서 그 바람은 더욱 거세다.

이와 같은 세계적인 물결과 욕구에 맞추어 각 지방자치 단체들은 고령자를 위한 생계뿐만이 아니라 여가나 인력활용 프로그램을 앞다투어 마련하고 있다. 또한 대학을 비롯한 평생학습기관과 사회단체들도 이들 욕구에 맞는 다양한 프로그램들을 내놓고 있다. 실버산업을 비롯한 많은 노인 상품들도 속속 등장하고 있는데, 종류에 따라서는 아예 젊은 이들과 구별 없이 사용하기도 한다.

자식들이 결혼하여 집을 나가고 나면 집에는 늙은 부모만 남게 되는 이른바 '텅 빈 둥지(empty nest)'가 된다. 자식의 효도에 노후를 기대며 사는 시대는 이미 지나갔고 이때부터 자신의 새로운 노후를 찾게 된다.

더구나 자립의식이 높은 고학력 노인들과 경제력 있는 '젊은 노인들이 증가하면서 영양과 운동 등 건강관리는 물론 취미, 여행, 새로운 학습, 전공 분야, 사회봉사 같은 활기차고 보람 있는 일들을 찾는다.

이들은 비록 신체적, 생물학적 노화가 진행되는 시점에 와 있지만 사회경제적 지위나 대인 관계에 있어서는 오히려 절정기에 서 있는 세대이기도 하다. 또 정서적, 심리적으로도 자아의식과 독립성이 강하고 활동적이고 참여도가 높으며 부담감 없이 일에 열중한다. 이들이 '신세대 노인들'이다.

흔히 유럽 여러 나라의 노인들이 자식을 출가시키고 노부부 둘만 남아 '제2의 황금기'로서 신혼 못지않은 또 다른 의미 있는 노후생활을 즐기는 것이 이제는 남의 나라의 일이 아니다.

직장에서 물러나면 생활 변화에서 오는 타격이 있을 수도 있고 좌절하는 경우도 있을 수 있다. 그러나 한편 자신의 인생을 돌아보며 가장 중요한 것이 무엇인가를 깊이 생각하며 해방감에서 오는 또 다른 기쁨을 가질 수 있다. 설혹 그렇지 않은 사정이라도 정년이라는 사회적 제도에 따를 수밖에 없다면, 생각을 바꾸고 다시 시작한다는 자세를 갖는 것이 정신적으로나 육체적으로 좋다.

더구나 젊은 시절에는 일을 위해 가족과 시간을 희생하여 성공했다고 해도 그것 또한 공허한 것이었다고 깨닫게 될 때 자신의 참모습을 발견하고 새로운 인생을 추구하는 것은 의미 있는 일이다. 그래서 사람에 따라서는 은퇴 후에 더욱 멋진 삶을 살아가는 경우가 많다. 이런 사람들은 '퇴직은 있어도 은퇴는 없다' '내가 시간을 지배한다'라는 신념으로 새로운 제2기 인생을 설계한다.

  은퇴 후의 삶에 대한 태도는 크게 두 가지로 분류된다.

  첫째, 건강한 장수 자체가 목적이고 남은 인생을 엔조이하는 사람들이다.

  이들은 젊게 산다. 70대의 '젊은 노인'들이 스포츠센터에서 땀을 흘리고, 골프나 등산은 물론이고 노인학교나 복지관에서 신나는 음악에 맞춰 에어로빅에 열중하고, 노인 카니발, 패션쇼, 리크리에이션, 단체 외국 여행 등 '이제는 나도 내 인생을 즐긴다'는 명쾌한 자립자족 의식을 가진 노인들이다.

  우리나라에도 이러한 노인들이 급증하고 있다. 영국 속담에 '서 있는 노인이 앉아있는 청년보다 낫다' '운동은 하루를 짧게 하지만 인생을 길게 해준다'는 말이 있는데, 이들이 가장 좋아하는 말이다.

  이들 젊게 사는 노인들은 외모부터가 젊다. 사실 늙을수록 단정해야 한다. 할머니들은 안티에이징 화장품으로 곱게 화장을 하고 늙음의 아름다움을 간직한다. 할아버지들은 모자부터 구두까지 깨끗한 외모로 코딩하고 자칫 늙으면 추해진다는 말을 듣지 않으려 노력한다.

  흔히 노인들이 흰색이나 회색, 갈색 등 '노색'을 좋아할 것이라는 젊은 이들의 선입견과는 달리 많은 노인이 빨강, 파랑의 원색을 좋아한다.

  마음이 청춘인 신세대 노인들은 이성에 대한 감정도 젊은 사람들과 크게 다르지 않다. 홀로된 노인들은 말벗이나 데이트 상대, 재혼 상대를 스스럼없이 찾는다. 그야말로 신세대 노인들의 독립선언이다.

둘째는, 젊었을 때 하지 못했던 학문이나 예술 활동, 취미, 공부, 새로운 사업, 전문적인 사회봉사 등으로 창조적 제2의 인생을 추구하는 사람들이다.

물론 이들도 건강하고 젊고 즐겁게 살려고 노력하는 점에 있어서는 위의 예와 다르지 않다. 다만 노후 삶의 의미와 가치를 어디에 더 두는가의 문제다. 이들은 자아실현, 존엄, 죽음, 영혼, 사회봉사, 사색, 학문 등 창조적 활동에 무게를 둔다. 이들은 노후 삶의 가치와 질적인 문제에 깊은 관심을 가지며 자신의 독자적인 삶의 방식을 추구한다.

노화와 유전자 분야의 권위자인 미국의 데이비드 싱클레어 교수는 노화 방지를 위한 22개의 장수유전자를 찾아내어 누구나 150살까지는 살 수 있음을 확인했는데, 몸이 편하면 편할수록 노화가 빨리 오며, 적당한 스트레스는 장수에 크게 도움이 된다고 하였다. 늙어서 편하게 지내야겠다는 일반의 생각은 잘못된 생각이라는 것이다.

일찍이 세네카는 '우리가 노년을 활용할 줄 알면 그 노년은 즐거움으로 가득해진다'고 했고 또 '사는 일은 평생을 두고 배워야 한다'고도 했다.

공자도 나이가 들면서 나 홀로 즐길 수 있는 방법으로 학습을 권장하면서 '배우고 익히면 즐겁지 아니한가(學而時習之 不亦說乎: 학이시습지 불역열호)'라고 했다.

늙으면 한가해지고 외로움을 느끼게 된다. 그래서 늘 고독은 건강, 소득, 역할과 더불어 노인 문제 중 중요한 항목이 된다. 그러나 이 한가한 시간이야말로 나만의 시간(me-time)이다. 이를 사색과 배움과 창조의 시간이 될 수 있도록 한다면 그 노년은 더욱 의미가 있게 될 것이다.

희망이 있으면 젊어지고, 절망이 있으면 늙어진다고 했는데, 늙어서도 무엇인가 목적과 보람을 찾을 수 있어야 하지 않겠나 하는 생각이 든다.

그리고 목적과 보람이 무엇이든 간에 노인들이 공통적으로 가져야 할 생활태도나 방식은 개선해 나가야 한다.

옥스퍼드대 캐서린 하킴(Catherine Hakim)교수는 나이 들면서 가져야 할 매력 포인트를 '매력 자본'이라고 표현하면서 다음과 같이 제시하였다.

첫째, 유머 감각과 세련미 그리고 활력을 유지할 것. 다른 사람을 편안하게 하는 기술과 남으로부터 호감을 사는 태도가 중요한데 이는 경륜이 많아지면 더 좋아진다.

둘째, 지혜와 여유가 있을 것. 늘 웃는 얼굴이어야 하며 마음의 여유가 있어야 한다. 영국 지하철 경로석의 노인들은 늘 찌푸린 얼굴을 하고 있다. 불평하지 말고 가르치려 하지 말고 양보하라.

셋째, 품격을 지키고 선한 마음으로 세상을 바라보라. 외모에 신경을 쓰고 질서를 지켜라.

넷째, 오늘을 만끽하라. 왕년에 내가 무엇을 했는지는 중요하지가 않다. 미래도 걱정하지 마라. 오늘 최선을 다하라.

비록 노인만이 아니라 누구나 위의 사항을 지키면 성공적 인생이 되겠지만 그것이 그리 쉬운 일은 아니다.

노화로 인한 개인적 기능의 감퇴나 신체적 특성을 무시한 채 성공적 노화의 모델을 정해놓고 젊음을 최대한 연장하여 활동케 하는 것은 마치 '슈퍼 노인'을 강요하는 것과도 같다는 비판이 있다. 즉 성공적 노화를 위한 표준을 제시하는 것은 미래노인들이나 신세대 노인들에게 좋은 가이드가 될 수는 있지만, 이를 현재의 노인들이 따르기에는 한계가 있다는 것이다. 이럴 경우 자칫하면 나름대로 노력하였음에도 성공적 노화의 기준에 도달하지 못한 다수의 노인은 '실패한 노인'으로 간주 될 수도 있기 때문이다.

노인은 단순한 건강상태가 아니라 오히려 감퇴하는 능력을 얼마나 효과적으로 운영하여 부족한 점을 보완하며 노후의 삶을 최적화해나가느냐가 중요하다.

지금의 생활환경은 옛날과 달리 날이 갈수록 노인이 적응하기에는 어렵다. 특히 실생활에 있어서 필요한 기기사용이나 정보체계가 젊은이들에게 알맞게 설계되어 있어서 이에 대한 기술이나 교육을 받지 못한 노인들에게는 어려움이 많다.

신세대 노년은 새로운 정보화의 물결에 순응해야 한다. 특히 고령자의 디지털정보 격차는 노인 생활에 큰 불편이 되고 때로는 사기 피해 등 사고의 원인이 되기도 한다. 미국의 경우 최근 시니어 안전법(Senior safe act)을 제정하여 디지털정보 취약계층에 대한 안전을 보호하고 있다.

우리나라에서는 아직 노인들이 마음껏 자신의 삶의 보람을 느끼며 일상을 만끽하며 살 수 있는 여건이 못 된다. 무엇보다도 건강한 노인이 전체 노인의 절반 수준밖에 안 되며, 노인빈곤율과 자살률이 세계 최고 수준이다. 노인이 살기 좋은 나라 순위에서도 세계 96개 조사국 중 60

위에 불과하다. 일본 8위 베트남 41위에 비해서도 한참 뒤진다.

그러나 노인들의 의식 수준은 계속 변하고 있으며, 이에 따른 새로운 가치관이 빠르게 형성되어가고 있다. 우리나라 노인의 74%가 '70세 이상 돼야 노인'이라고 생각하고 있으며 78%가 자녀와 별거하고 있는 현실이 노년계층의 새로운 문화 형성을 불가피하게 하고 있다.

따라서 신세대 노년층을 우리 사회의 부담으로 생각할 것이 아니라 사회를 유지하는 중요한 자원으로 인식할 필요가 있다. 또 노인 스스로도 그렇게 되도록 노력해야 한다. 더 이상 힘없고 쓸모없는 이기적인 노인이 아니라 장수사회에서 꼭 필요한 인력으로 존재하며 사회의 어른으로서 역할 할 수 있어야 한다.

그러자면 젊음을 부러워하지 말고 습관을 관리하여 나만의 멋을 창조하려 노력해야 한다.

길어진 노년에 따른 정년연장은 물론 필요하다. 일할 수 있는 소중한 자원을 단지 고령이라는 이유로 배척하는 것은 본인은 물론 인력부족이 심화되는 고령사회에서 깊이 생각해야 할 일이다.

바야흐로 노부부만이 사는 집은 이제 더 이상 '텅 빈 둥지'가 아니다. 즐거움과 행복과 보람이 넘치는 집으로 바뀌어 가고 있다.

그리고 신세대 노년 역시 우리 사회의 중요한 구성계층임을 인정해야 한다. 이들 노년 세대는 인생주기에 있어서도 황금기다.

항상 밝은 생각을 가지고 남을 이해하는 여유와 관용, 자립심, 사회에 기여하겠다는 생각, 관조하는 지혜와 창조적인 삶의 추구, 그러면서도 소박한 즐거움에 하루하루를 만족할 수 있으면 좋겠다.

국가의 노인 정책도 이제는 '기초생활'에서 한발 더 나아가 '노인문화'를 생각해야 할 때다. 그러자면 노인에 대한 인식 자체를 새롭게 해야 한다.

신세대 노인은 옛날의 노인이 아니다.

에이지이즘(Ageism)

내가 어릴 적 읽던 만화나 이야기책 속에 나오는 노인은 하얀 수염에 환하고 인자한 웃음, 그리고 긴 지팡이에 당당한 산신령 같은 모습이었다. 어떤 때는 호랑이 등에 올라타고 호령도 한다. 지혜롭고 판단력 있고, 기품이 있어 가정이나 사회에서 존경받는 어른이었다. 효가 근본이던 사회였기 때문이다. 그러나 지금은 아니다. 흰머리, 주름살, 굽은 허리, 남루한 옷차림, 웃음기 잃은 무표정한 얼굴 등 노인은 사회 약자의 대명사로 인식되고 있다.

더 나아가 도로 무단횡단, 노인 교통사고, 지하철이나 버스 안에서의 서슴없는 핸드폰 고함소리, 이런 것들로 짜증의 대명사가 되었고, 심지어 요즘에는 '꼰대'라는 말이 아예 정치판에서도 공공연히 나온다.

특히 남자 노인의 경우 가정이나 사회에서 천덕꾸러기와 짐이 되고 비하와 조롱거리가 되고 있다.

언론이나 각종 조사보고서에서도 노화는 곧 퇴화를 의미하며 노인은 비생산적이고 동작이 느리고 의존적이며, 거기다가 고집이 세고 욕심이 많고 보수적이고 누추한 존재로 묘사되는 등 노인에 대한 부정적 이미지가 생활 속에 깊이 부각되고 있다.

여기에다가 노인 개개인의 특성과 관계없이 노인이 되면 기억력이 감퇴하고 질병에 잘 걸리며 치매, 중풍, 죽음 등 부정적 이미지로 부각 된다. 노인 관련 언론기사에서도 93%가 부정적이라는 조사 결과도 있다. 또 노인 스스로도 이와 같은 사회 분위기에 익숙해져 차별과 낙인을 수용하는 태도를 보임으로써 사회적응과 사회통합을 어렵게 한다.

노인에 대한 이러한 부정적인 고정관념이나 차별적 선입관이나 태도를 '에이지이즘(Ageism)'이라고 하는데, 이는 1960년대 미국에서 노인이 인권과 차별이라는 사회문제로 대두되면서 생긴 용어다.

현재 우리나라 노인의 이미지가 이 정도로 비하될 만한 수준은 아닌데, 1970년대 초 노인 생활 실태조사를 하면서 주로 조사가 용이한 경로당이나 양로원, 요양 시설과 같은 저소득층을 대상으로 했기 때문에 노인들의 위축된 상태와 부정적 이미지가 부각된 것이 아닌가 생각된다.

대체로 노인은 비생산적이고 사회에 경제적 부담을 주고, 연금 등 젊은이들의 짐이 된다는 점에서 부정적 이미지와 차별의식이 해소되기 어려울 수밖에 없다.

우리나라 노인의 40% 이상이 차별을 경험하였다는 조사 결과도 있고, 86%가 한 가지 이상의 차별경험을 갖고 있다고 답한 조사 결과도 있다.

미국의 노인 중 84%, 캐나다 노인 중 91%가 차별을 받은 일이 있다는 조사 결과도 있다. 결국 노화와 노인에 대한 부정적 인식과 차별의식은 정도의 차이는 있을지언정 거의 모든 지역과 문화권에서 나타나고 있다.

에이지이즘은 미국의 문화 속에서 형성되어 미국의 문화와 관련이 깊다. 곧 젊은층 중심의 문화와 생산성 위주의 사회, 죽음에 대한 두려움과 허약한 노인에 대한 연구에서 나온 결과이다.

누구에게나 죽음은 두려움과 공포의 대상이고, 늙는다는 것은 곧 죽음을 연상하게 되므로 늙는다는 것 자체에 대한 부정적 인식이 에이지이즘을 확산시켰던 것이다.

노인에 대한 존경과 효 문화의 전통적 가치를 유지해 온 동양에서는 상대적으로 노인에 대한 부정적 인식이 덜했지만, 정보통신의 발달과 지구촌 문화의 동질성 확산으로 이제는 동양에서도 크게 다르지 않다. 오히려 빠른 산업화와 도시화, 서양문화의 확산과 유교문화의 상대적 퇴보로, 서양사회에서 중시되는 도덕과 기본상식마저 무너지는 가운데 노인경시 풍조는 동양의 개발국가들에서 더 빠르게 확산되었다. 이제는 노인차별 단계를 넘어 노인학대의 단계로 가고 있다.

우리나라는 1970년대까지만 해도 늙은 부모를 양로원에 모시면 이웃에 소문이 나고 그 자식은 불효자로 낙인찍히는 게 보통이었다. 그래서 노인수용시설엔 거의 무연고 노인들이 입소했다.

당시 유럽 여러 나라 특히 영국, 이탈리아 등에서는 노후에도 자식들이 부모를 섬기는 우리나라의 효 사상과 가족제도를 부러워하고 연구대상으로 삼기도 했다.

내가 서울시 사회과장으로 재직할 때 이탈리아에서 노인 문제 전문가가 찾아와 우리나라의 효와 가족제도에 관한 인터뷰를 한 적이 있다.

이탈리아에서는 특히 한국의 가족제도에 대하여 관심이 많다고 하면서 한국의 가족제도와 서양의 국가부양제도를 접목하는 방안에 대하여 함께 토론을 하였다.

이제 경로효친이라는 말은 우리나라 교과서에서 찾아보기 힘들게 되었고, 가정교육에서도 사라진 지 오래다. 청소년들에게 효 교육을 일 년에 단 몇 시간만이라도 실시하면 다음 세대에 가면 지금과는 달라질 것인데도 말이다.

그러나 그런 일은 정부의 사업 우선순위에서 밀려날 수밖에 없는 게 뻔하다.

그나마 몇몇 자치단체별로 교육청이 나서서 효 교육 교재를 만들고 학교에 따라 실시하는 곳이 있어 다행이다.

누구나 오래 살기를 원하면서도 나이가 들었다는 것이 부끄러운 사회, 노인을 공공연하게 차별하고 비하하는 것이 당연시되는 사회, 이는 결국 훗날 자기 자신에게 차별과 비하가 돌아온다는 점에서 노인차별은 성차별이나 인종차별과도 다르다는 것을 알아야 한다.

한편, 에이지이즘에 대항하는 개념으로 등장한 것이 뉴 에이지이즘 (New Ageism)이다. 개개인의 특성이나 성향을 고려하지 않고 몇몇 공통되는 부정적 특성만을 들어 이를 모든 노인에게 적용하고 규정하는 것은 잘못이라는 관점이다. 이들은 노인 차별주의에 맞서 각종 대안을 제시한다.

또한 변화에 적응하기 위한 노인 스스로의 자각과 새로운 가치관과 생활교육 등을 위한 사업도 전개한다.

때로는 사회의 강력한 압력단체로서 정치세력화하기도 한다. 미국은 퇴자협회(American Association of Retired Persons)가 그 대표적이다. 이 단체는 1947년에 설립된 미국 노인복지단체인데 미국 최대의 정치압력 단체이기도 하다. 현재 4천만 명의 회원을 가진 이 단체는 정부에 앞서 각종 노인 정책들을 만들어 내며, '흩어지면 죽는다(devided we fall)'는 구호를 외치며 정부를 압박한다. 이 단체는 회원의 권익보호는 물론 각종 사회봉사활동도 왕성하게 펼치고 있다. 우리나라 노인단체들도 배워야 한다.

서구사회에서 노인은 이미 사회의 동정과 보호의 대상이라는 관점에서 벗어난 지 오래다. 갈수록 노인에 대한 국가의 복지지출이 증대되고 있는데도 노인들의 요구는 더욱 높아지고 있어 '탐욕스런 노인들(greedy elders)'이라고 규정하는 등 또 다른 형태의 편견과 차별이 일기도 한다. 이는 노인들의 요구나 주장을 보편적 기본권으로 보기보다는 이기적인 정치 행위로 보는 시각이 강하기 때문이다.

제도도 중요하지만 노인 스스로가 변화하는 시대에 적응하고 자기혁신을 이루기 위해 노력하는 것이 중요하다. 자조 집단을 만들어 단체나 개인이 해야 할 프로그램을 개발하여 단체 구성원 스스로가 도움과 보람을 느낄 수 있도록 해야 한다.

요즘 '노풍 당당', '구구 팔팔'이란 말이 있듯이 고령이지만 젊은이 못지않은 능력을 가진 사람들이 많으며, 이들은 많은 분야에서 깊은 지식과 오랜 경험으로 조직에 필요한 일꾼으로 역할하고 있다. 이들은 젊은

이들보다 지혜가 많고 부지런하며 건강하며 저축도 많이 한다.

이들이야말로 은퇴해도 노후를 엔조이하며 삶의 보람을 추구하는 새로운 노년층이다. 우리 사회에서도 이러한 노년층이 점점 더 두터워지고 있다.

미국에서는 이들 구구 팔팔 노년을 '활기찬 노년(old people with active lives)'이라고 부른다. 이들은 자기 삶에 자부심을 갖고 경제적으로 안정되고 고급문화를 즐길 줄 안다. 활기찬 것을 넘어 노년의 멋과 보람을 추구하는 사람들이다.

우리나라도 경제적으로 여유 있고 고학력의 노인층이 크게 확대되고 있다. 이들은 개인 또는 단체로 다양한 교육, 봉사, 취미, 여가프로그램에 참여하고 있으며 각 분야에서 지도력을 발휘하고 있다. 이들 신세대 노년층은 자신의 노후 삶의 보람은 물론 노년의 품격과 수준을 높이는 역할을 하고 있다.

이는 곧 한국의 노인문화가 바뀌어 가고 있음을 의미하며 우리나라에서 긍정적인 노인상이 정립되어가고 있는 것이라고 볼 수 있다.

에이지이즘의 문제를 존경이나 공경 등 어른이라는 측면보다도, 차별과 문제해결이라는 관점에서 출발하면 정서적 문제는 해결하기가 어렵다. 따라서 노인 지위의 목표는 '노인'이 아닌 '어르신'이 되어야 한다. 이렇게 볼 때 이 문제는 효에서 시작해야 하고 문화에서 찾아야 하는 매우 어려운 문제다.

고령자 운전 유감

고령자 운전에 따른 교통사고 소식이 자주 언론에 오르내리고 있다.

얼마 전에는 서울에서 96세 된 고령자가 차를 몰다가 브레이크를 잘 못 밟아 30세 된 여성을 치어 사망케 했다고 한다. 또 80세 된 노인은 브레이크를 밟는다는 것이 그만 가속페달을 밟아 병원 로비를 부수고 돌진했다. 이런 사고 소식은 종종 들려온다. 아무리 건강하다고 해도 96세에 차를 운전한다는 것은 좀 무리인 것 같다.

자동차가 생활필수품이 되면서 노인들도 거의 차를 갖는 세상이 되었다. 노인 부부 가구와 노인 단독 세대가 늘어나면서 장보기나 나들이에 직접 운전해야 하고, 특히 정년연장이나 재취업, 자영업 등으로 사회활동을 하는 노인이 증가하고 있기 때문이다.

2020년 현재 우리나라 65세 이상 고령 운전자는 315만 명으로 전체 면허 소지자의 10%나 된다. 고령자 운전이 증가하니 이들에 의한 교통사고도 늘어날 수밖에 없다. 참고로 근래 전체 교통사고 중 고령 운전자에 의한 비중이 자꾸 커져서 현재 13%나 된다.

그런데 똑같은 교통사고라도 고령자가 일으키면 뉴스거리가 된다. 그래서 고령자의 운전을 제한해야 한다는 소리가 높아지게 된다. 심지어 상대방 운전자나 피해자에게 과실이 있어도 젊은 사람인 경우에는 일단 노인 운전자가 잘못한 것으로 간주한다.

노인이 되면 시력과 청력이 약해지고 속도와 거리, 그리고 위험에 대한 판단과 반응능력도 저하된다. 그래서 운전할 때는 주눅이 들고 사고가 나면 혹시 내 실수가 아닌가 하고 죄인 된 기분이 들기도 한다.

그러나 고령자 운전에 대한 제한이나 특별한 규제는 교통사고 방지라는 측면도 중요하지만 노인의 이동권 제한이라는 기본권 측면에서 신중히 접근해야 한다.

문명의 이기는 개선하면서 사용하는 것이지 문제가 있다고 포기해야 하는 것은 아니다. 더구나 운전으로 노후생계를 유지하는 노인들도 많다. 현재 우리나라에는 75세 이상 고령 택시 운전자만도 9만여 명이나 된다. 트럭으로 생계를 유지하는 노인들도 많다.

또 대중교통 체계가 잘 갖추어져 있지 못한 지방 소도시나 외진 마을에서 버스 기다리는데 30분이나 1시간씩 소모된다면 어떻게 고령자들에게 운전하지 말라고 할 수 있겠는가.

따라서 고령운전 자체를 제한하는 것보다는 대체교통수단과 고령운전에 필요한 안전조치 등 교통체계 전반에 대하여 근본적인 개선책을 강구하는 것이 바람직하다. 더구나 고령운전에 대한 우려가 자칫 노인 혐오와 폄하로까지 확대될 수도 있다는 점에 유의해야 한다. 그리고 세계 어느 나라에서도 노인이라고 해서 운전차별을 두지 않는다는 점도 명심해야 한다.

현재 우리나라에서는 75세 이상 고령자에 대하여 적성 검사 기간을 5년에서 3년으로 단축하고 교통안전 교육을 실시하고 있다. 그리고 지방자치단체별로 고령자 운전면허증 반납 운동도 전개하고 있다. 그러나 한 시간가량의 인지능력 테스트로 부적격자를 가려낸다는 것은 쉽지 않다.

그리고 면허증 반납도 '장롱면허증'이 아니면 실효를 거두기 어렵다. 차도 없고 면허증이 필요 없는 사람의 경우에나 반납할 테니 말이다.

면허증을 반납할 경우 서울에서는 10만 원의 교통카드를 지급하고, 부산에서는 그밖에 목욕탕과 안경점 할인카드도 지급한다. 경기도에서는 10만 원권 지역화폐를 지급하고 있다. 그러나 이러한 인센티브는 소극적이고 그 실효가 의문시되는 제도다. 운전이 필요하다면 어떤 노인이 10만 원에 운전을 포기하겠는가.

일본에서도 1998년부터 75세 이상 운전면허증 자진반납을 유도하고 있고 인지 기능검사를 하고 있는데 별 효과를 거두지 못하고 있다고 한다. 그래서 최근에는 보다 적극적인 대책을 내놓고 있다.

그 대표적인 것이 '안전운전 지원차량 보급'이다. 이 차에는 충돌 시 피해를 줄여주는 자동브레이크와 차선이탈 방지를 위한 기능이 탑재되어 있다. 자동브레이크는 운전할 때 전방의 장애물과의 충돌을 예측해 미리 경보를 울려주는 장치이다. 안전장치에 따른 비용은 국가 또는 지방자치단체에서 지원한다.

그런가 하면 일부 국가에서는 야간운전이나 고속도로 운전을 제한하는 '조건부 운전면허제도'를 실시하고 있다. 이 제도는 영국, 호주, 뉴질 랜드 등에서 볼 수 있는데, 적성검사나 의료평가를 통해 고령자가 운전 할 수 있는 지역과 시간을 제한하는 제도이다. 면허증을 줄 수 없는 사 람에게 일정한 조건을 붙여 이동권을 보장하겠다는 정책이다. 우리나 라에서도 검토해 볼만 하다. 그러나 어느 경우에나 노인 자신의 의사에 반하여 강제하는 경우는 없다는 점을 알아야 한다.

이동권은 곧 삶의 질과 연결되는 문제이다. 따라서 고령자 운전에 의 한 사고가 많으니까 빨리 대책을 세워야 한다는 식이어서는 안 된다. 전 반적인 교통제도의 개선은 물론 교통문화의 문제로 하나씩 풀어나가야 한다.

그 가장 중요한 것은 교통체계의 개선과 질서확립이다.

대중교통망이 잘 갖추어지면 면허증을 반납하는 노인들이 많아질 것 이다. 서울 등 대도시에는 대중교통 체계가 비교적 잘 갖추어져 있어 승용차의 필요성이 날로 감소하고 있다. 요즘 이런 곳에서는 일반 노인 들은 거의 지하철을 이용한다. 그러나 지방의 작은 마을에서는 차가 없 으면 아직 그 불편이 너무 크다.

고령자 운전에 의한 사고도 물론 문제지만 난폭운전, 보복운전, 음주 운전, 신호무시와 보행자들의 무단횡단 등 교통질서 확립이 중요하다. 한밤중에 도시 한복판에서 주로 외제차들이 모여 폭음을 내며 자동차 경주를 하는 나라가 또 있을까 싶다. 오히려 사고가 나지 않는다면 이 상하다. 이런 위반자들에 대한 처벌을 강화해야 한다. 방향지시등을 켜지 않은 채 끼어들기, 신호 무시, 차선위반 추월 등 교통지옥에서 고령 운전자는 취약할 수밖에 없다. 고령 운전자를 포함하여 교통규칙 위반 자에 대한 처벌수준을 높여야 한다.

작은 제도개선 하나가 큰 효과를 거두는 경우가 많다.

서울시의 경우 2020년 차량 운행속도 제한을 대폭 낮게 조정한 바 있다. 예컨대 제한속도를 60㎞에서 50㎞로 바꾸고 보행자 중심의 정책 으로 개선하였는데, 1년이 지난 후 그 효과를 보니 지난 50년 래 최저 의 교통사고율을 보였다. 즉 서울의 교통사고 사망자가 10만 명당 2.3명 으로서 전국 6명, OECD 평균 5.6명에 비해 훨씬 감소하였다. 이는 2.7 명 수준인 노르웨이 스위스, 영국보다도 낮은 수준이다. 그러나 바쁜 생활 속에서 시속 50㎞가 적정한지는 별개의 문제다.

장기적으로는 대중교통시설의 확충이 계속 이루어져야 하고, 교통안 전교육을 초중고 교육과정에 일정 시간 의무화하여 어렸을 때부터 안전 이 몸에 배이도록 하는 것이 긴 안목에서 볼 때 교통문화의 향상을 위 해 바람직하다.

당면대책으로는 우리나라에서도 이제 고령 운전자에게 필요한 안전 장치 차량에 대한 지원을 서둘러야 한다. 자율주행차량 시대에 맞추어 위험 경고신호나 차선이탈 방지 등 안전기능이 탑재된 차량을 구입하거 나 시설을 장착할 때 정부나 지방자치단체에서 그 비용을 전부 또는 일 부를 지원하는 방안이다.

우리나라 교통범칙금 등의 과태료가 매년 8천여억 원인데 이 돈을 활용하면 좋을 듯하다. 아울러 운전석과 각종 계기판의 위치, 조작방법, 경고 등 시설이 고령자에게 적합한 소형차량으로 '실버 카'를 개발 보급하는 것도 생각해볼 만하다.

다음, 노인운전을 제한하는 데에 중점을 둘 것이 아니라 오히려 우리나라에서도 고령운전을 보호하기 위한 '노인우선제도'를 생각해야 할 때가 된 것 같다. 예컨대 고령자 운전을 보호하기 위하여 '실버스티커'를 부착한다거나, 노인주차우선 제도도 바람직하다. 현재 여성주차 구획은 있어도 노인주차를 위한 구획은 없다. 그러나 이젠 여성운전이 일반화되었고, 여성이 노인보다 감각, 반응능력이 못한 것도 아니므로 특별히 노인보다 우선권을 줄 필요는 없을 것 같다.

그리고 생계형 고령 운전자에 대하여는 더 적극적으로 지원할 필요가 있다.

고령이지만 자신의 힘으로 살아가려는 사람에 대해 그 활동을 사회가 함께 도와주는 것은 당연한 일이기 때문이다.

2050년이면 우리나라는 65세 이상 인구가 1천 9백만 명으로 전체인구의 40%가 되어 세계 최고령국가가 된다. 지금은 생산인구 100명이 노인 21명을 부양하고 있지만 그때 가면 젊은이 100명이 노인 77명을 부양해야 한다. 노인이 사회활동을 하지 않으면 사회 유지 자체가 어렵게 될 것이다. 따라서 노인의 사회활동을 도와 젊은 세대의 부담을 줄여야 한다는 점에서도 노인운전에 대한 도움은 지금부터 심각하게 논의되어야 한다.

장수시대에서 노인의 사회활동은 일반과 똑같이 보장되어야 한다. 노인이 운전을 하지 않으면 사고가 줄어들 것이라는 생각은 해결의 방법이나 지혜가 아니다. 자동차가 신발인 시대에 신 벗고 다니라는 요구나 다를 바 없다.

한편, 노인 스스로도 신체기능의 변화를 인정하고 가급적 운전을 삼가는 것이 좋다. 신발은 꼭 필요할 때만 신듯이. 과신이 사고를 부른다.

고독이라는 병

노년에 이르면 흔히 사고(四苦)를 겪게 된다. 어느 것이 더 심하냐 하는 것은 각자 처한 환경과 입장에 따라 다르다. 건강, 소득, 고독 그리고 역할 상실이 그것이다. 이중 경제적 문제와 의료적 문제가 해결되면 그 나머지는 크게 문제 될 것이 없다고 여겨져 왔으나, 현대의 노인 문제는 경제적, 의료적인 것 못지않게 사회심리적인 문제가 그 중요성을 더해 가고 있다.

괴테는 노년의 삶은 '상실의 삶'이라고 전제하면서 다섯 가지 즉 건강, 돈, 일, 친구 그리고 꿈을 잃는다고 했다. 그가 꿈을 특별히 지적한 게 이채롭다.

특히 날이 갈수록 역할 상실과 더불어 고독이 어려운 문제로 되고 있다.

현재 우리나라 노인 중 혼자 사는 비율이 전체 노인의 35%나 된다. 한편 우리나라 전체 1인 가구도 31%나 된다. 따라서 고독의 문제는 비단 노인만의 문제는 아니다. 그러나 노인일수록 고독은 삶 전체의 문제가 된다.

노년에 들어 특히 배우자가 먼저 사망하고 자식들도 모두 곁을 떠나고 주위의 친구들도 하나씩 둘씩 줄어들게 되면 고독은 필연적으로 나타나게 된다. 이때부터 고독을 어떻게 관리하느냐가 남은 삶을 살아가는 데 매우 중요하다.

가정에 있는 노인들은 가족과 함께 살면서 위안을 받으며 대화를 나누고 조그만 역할이나마 찾을 수 있겠지만, 이미 세대 간 문화의 차이 등으로 역할은 물론이고 대화의 기회도 급격히 줄어들 수밖에 없는 노인들에게는 심각한 문제다. 가족과 함께 살아도 오히려 가족으로부터 소외당하면 혼자 있는 것만도 못한 경우가 많기 때문이다. 그래서 많은 노인이 길거리에서 배회하며 지하철에서 시간을 보내기도 한다. 노인 자살률 세계 1위는 우연이 아니다.

시설에 수용되어있는 노인들은 비슷한 처지에 있는 노인들과 함께 시간을 보낼 수 있으니 서로 위로하고 동질성을 가질 수 있는 점이 있으나 시설의 관리형태나 프로그램에 따라 크게 차이가 있다.

나는 오래전에 독일의 시설 좋은 한 노인요양원을 방문한 적이 있다. 모든 것이 만족하다는 한 노인에게 그래도 바라는 것이 있다면 그게 무엇이냐고 물으니, 가족이 찾아오지 않으니 너무 외롭다는 것이다. 고독의 문제는 시설이나 환경의 문제가 아니다.

요즘은 우리나라에도 각 지역별로 노인복지관이나 노인학교가 설치되어있고 다양한 프로그램을 시행하고 있어 가정에서 자녀들과 함께 지내는 노인이건 노인 혼자 지내는 경우이건 관계없이 자유롭게 참여할 수 있다. 교양강좌는 물론이고 취미생활이나 봉사활동도 할 수 있다. 또 직장이 유사했던 사람들끼리 모여 동호회나 사회활동 프로그램을 만들어 보람있게 사는 사람들도 많이 있다.

결국 고독은 개인의 의지와 노력에 따라 달라지는 문제다. 따라서 각자가 자신에게 바람직한 방법을 찾아야 한다. 자신에게 나타나는 고독을 그때그때 즉흥적으로 치료하는 방법도 있겠지만 더 좋은 방법은 자신의 생활방법 자체를 바꿈으로써 근본적인 원인을 해결하도록 해야 한다.

미국 캘리포니아 대학 연구팀 조사에 의하면 미국 노인의 43%가 고독한 상태라고 한다.

타이스 박사는 효과적인 기분전환법으로, 과거에 잘했던 일을 떠올리고 스스로의 자신감을 북돋우면서 약간의 성취감을 느낄 수 있는 일을 하고, 다음에는 더 잘하겠다고 다짐하며, 때로는 자신보다 못한 사람들과 비교하며 새로운 일이나 모험을 찾아 적극적인 태도를 취할 것을 권고했다.

고아원 등 사회복지시설에서 아이들을 돌봐준다던가 스포츠에 빠져 본다거나 드라이브, 또는 한동안 미루어두었던 일을 찾아서 하거나, 주변을 정리하는 일도 일시적인 고독을 달래는 데에 도움이 된다고 한다. 기분전환을 위해 이발을 하거나 책상 서랍을 정리하거나 사우나를 하는 것도 좋지만 이와 같은 방법은 어디까지나 기분을 달래는 것뿐이지 고독의 문제를 해결하는 근본적인 방법은 아니다.

흔히 '고독을 달랜다'고 하는데 이는 일시적인 기분전환에 불과한 것이다. 고독은 우는 아기 달래듯이 달랜다고 해결되는 것이 아니다.

또 기분이 언짢으면 '혼자 있게 해달라'고 말하는 사람이 있는데, 이는 안 좋은 기분 상태를 더욱 나쁘게 해줄 뿐이라고 한다.

최자혜 박사도 효과적인 기분전환법으로 여행을 권장하는 등의 해법을 제시하고 있는데 이 역시 고독의 문제를 근본적으로 해결하는 것과는 다른 얘기다.

일본에서는 최근 자식과 떨어져 외롭게 살고 있는 노인들이 돈을 주고 임시로 아들, 딸, 손자, 사위 등 '가족'을 빌려 식사를 하고 대화를 나누며 3시간 단위로 외로움을 달래는 일종의 말 상대를 빌려주는 상행위가 생겨나고 있다고 한다.

주로 인력 소개소에서 이런 기발한 사업을 하고 있는데, 가짜 가족으로 파견되는 이 회사 직원들은 심리학, 자기표현술 등에 관해 1년 동안 훈련받고 소정의 시험에 통과한 20~40세 사이의 남녀들이라고 한다. 일시적인 외로움을 치료하기 위해 자원봉사가 아닌 이와같은 상품판매의 방법으로 외로움을 해결하려는 것은 다소 외로움을 달래는 한 방법이 되긴 하겠으나 정신적으로 권장할 만한 일은 못 된다.

고독과 우울은 누구에게나 찾아올 수 있다. 그때그때의 기분전환으로 치유될 때도 있지만 근본적으로 생활태도를 바꾸고 생각을 바꾸어야 한다.

나아가 적극적으로 고독을 활용할 줄 알아야 한다. 스스로의 필요에 맞게 고독을 즐기거나 활용하는 경우 고독은 오히려 매우 소중한 정서적, 정신적 자산이 될 수 있다. 이러한 고독은 일반적으로 노인들이 갖는 문제로서의 고독과는 구별된다.

그러자면 무엇보다도 '내가 시간을 지배한다'는 생각을 해야 한다. 이제까지 시간에 끌려가던 습관을 이제는 내 스스로 관리한다는 생각을 해야 한다. 가사 배우기를 하여 매일매일의 생활을 좀 더 알뜰하게 꾸려가는 것도 좋은 방법이다.

불규칙하고 무질서했던 시간을 간추려 습관을 고치고, 복지관이나 평생교육기관 같은 곳에 나가 새로운 친구들을 사귀고, 매일 규칙적인 운동을 하여 체력을 키우고, 새로운 취미, 오락이나 젊었을 때 하지 못했던 고전 읽기라던가 붓글씨 쓰기, 그림 그리기, 음악 등 얼마든지 자신의 시간을 관리할 수 있다. 이때 중요한 것은 '내가 왕년에 무엇을 했는데'라는 생각은 아예 버려야 한다는 점이다. 또 쓸데없는 걱정도 버려야 한다. 우리가 하고 있는 고민 중 96%는 안 해도 될 쓸데없는 고민들이다. 스스로 만들어 낸 자기계획에 따라 계속 움직여야 한다.

다음, 고독은 보다 더 보람 있는 일을 찾을 수 있게 한다.

새로이 창작활동을 한다거나 학문에 심취하거나, 사회봉사 활동 같은 것이 그것이다.

지금까지 자신이 배우고 닦아왔던 지식이나 기술, 경험을 이제 사회를 위해 쓸 수 있다는 것은 참으로 다행하고 보람있는 일이다. 자원봉사는 노년에 할 수 있는 귀중한 자원이다. 미국은 노인의 51%가 자원봉사자이다. 우리나라는 노인 인구는 날로 늘어나고 있지만 노년자원봉사 활동은 미미하다. 앞으로 노인단체들이 중심이 되어 노년자원봉사 프로그램을 적극 개발하고 정부와 지자체가 이를 뒷받침해 주면 노인의 역할 상실의 문제를 비롯하여 고독과 삶의 보람의 문제 등 많은 문제를 해결하고 아울러 우리 사회에 엄청난 사회복지자원을 창출하게 될 것이다.

이런 속담이 있다. '한 시간 동안 행복하려면 낮잠을 자라. 하루 동안 행복하려면 낚시를 가라. 1년 동안 행복하려면 재산을 상속 받으라. 그러나 평생 행복하려면 다른 사람을 도와주라'. 봉사는 개인이나 사회에 그만큼 큰 의미가 있는 것이다. 자원봉사를 하는 사람들은 그렇지 않은 사람들보다 사망률이 22% 낮다는 미국의 조사 결과도 있다.

그런가 하면 노년에 들어 창작활동을 열심히 하는 사람들도 많다. 그동안 배운 지식과 현장에서 쓰던 경험들은 귀중한 창작자원이 될 수 있다. 역사적으로도 저명한 예술작품들은 그들의 노년의 나이에 완성된 것이 많다.

실로 고독은 무한한 예술자원이다. 릴케의 '예술은 고독한 것이다'라는 말이 고독의 의미를 더해 준다.

다음, 고독은 관조하는 지혜를 준다는 점을 강조하고 싶다.

노년이 되었다는 것은 먼저 나를 돌아보고, 나를 찾는 나이가 되었다는 뜻이다. 여기저기 기웃대지 말고 나 홀로도 충분히 즐길 수 있는 능력을 키워야 할 나이이다. 밖으로보다 내면의 멋을 찾아야 할 시기다.

비켜선 세월 속에 낙엽 지는 오솔길을 걸으며 사색에 잠기거나 혼자

옛노래를 부르는 것은 즐거운 고독이다. 카메라를 둘러메고 깊은 산벼랑을 헤매며 들국화의 고즈넉한 풍경을 카메라에 담는 것도 아름다운 고독과의 만남이다.

혼자 떠난 여행에서 다시는 보지 못할 수도 있는 이국의 정취를 낯모르는 사람들과 함께 느껴보는 것도 '멋진 고독'이다. 유서 깊은 역사현장에서 옛사람들을 생각하며 시상에 잠겨보는 것도 '깊은 고독'의 멋이다.

나는 홀로 등산을 하면서 자연을 만끽하며 지난날의 추억과 시상에 잠기는 것을 무척 즐긴다. 가끔씩 괴테가 명상의 시간을 강조한 것을 상기하면서. 그리고 '추억이 있고 꿈이 있는 노인은 노인이 아니다'라는 말을 무비판적으로 받아들이면서.

노년이 되면 세상을 보는 눈을 떠야 한다. 아니 우주를 보는 눈을 떠야 한다. 내 영혼을 생각해야 한다. 사막 같은 군중 속에서 벗어나 지구 밖으로 나가 지구를 바라볼 수 있어야 한다. 가끔씩 원시의 맨발로 흙길도 걸어보아야 한다.

사르트르는 '인간은 자유의 형벌에 처해 있다'고 했는데, 특히 노년의 자유가 노년에게 고독이라는 형벌로 다가온다면 이는 불행이다.

옛날 인디언들은 말을 달리다가도 가끔씩 멈춰서서 미처 따라오지 못한 자신의 영혼을 기다렸다고 한다. 옛날 서부영화를 보면서 산마루에 올라 멀리 평원을 바라보던 인디언에게 그런 깊은 뜻이 있는 줄은 전혀 몰랐다.

순간을 응시해야 침묵 속에서 들려오는 영혼의 소리를 들을 수 있다.

고독을 한탄만 할 게 아니다. 고독은 때로 우리에게 초월의 기쁨을 준다. 세상 속에 있는 자는 자기 시대를 살아가지만 고독한 자는 모든 시대를 살아간다.

노년의 고독은 개인적으로나 사회적으로 문제다. 그러나 병은 아니다. 오히려 명약이 될 수 있다. 그것은 노년이 가질 수 있는 마지막 창조의 힘이 되는 귀한 자원이 될 수 있기 때문이다.

그래도 웃으며 살자

우리 민족은 원래 춤과 노래를 좋아했다. 우리의 일상이 춤이었다. 그런데 일상생활 속에서 막상 웃음에는 인색한 것 같다. 지금은 많이 달라졌지만 웃으면 사람이 가볍고 점잖지 못하다는 인식이 일반적이었다.

이제는 자신의 감정을 마음대로 나타내고 웃을 일이 있으면 참지 않고 발산하는 시대가 되었다. 그래도 아직 우리는 일상생활에서 웃음에 인색한 편이다. 아직도 유교문화의 영향이 남아 있어서 그런지도 모른다. 젊은 세대들은 시험과 경쟁에 지쳐서 그런지 웃음에 인색하다.

웃는 것보다 효과가 높고 비용이 덜 드는 건강증진법도 없다. 웃는 운동은 계획을 세우고, 체육복으로 갈아입고, 샤워할 필요도 없고 시간에 쫓길 일도 없다. 간단한 건강증진법이다. 그런데도 웃음이 그렇게 어려운가 보다.

그러고 보니 나도 청소년 시절부터 장년에 이르도록 별로 웃지 않고 살았던 것 같다. 국가적으로 어려운 시절에 먹고사느라 일에 쫓기고, 불합리하고 짜증날 일이 많았던 시절이기는 했으나, 그래도 웃음은 환경보다도 각자의 개성이 더 좌우한다.

노년에 이르러 나는 잘 웃는다. 늘 웃으려고 노력한다. 웃으려면 먼저 마음이 밝아야 한다. 울면 세상에 울 일만 있고, 웃으면 웃을 일만 있는 법이다. 웃으니 마음도 몸도 건강해진다. 어찌 보면 마음이 건강해지는 게 더 중요한 것 같다. 요즘은 코로나19로 인하여 입을 가리고들 다니니 웃는 건지 화내는 건지 구별하기가 어렵다. 더구나 산속에서 검정색 마스크에 검은 안경까지 쓴 장대 같은 사나이가 갑자기 나타나면 웃음은커녕 오금이 오싹해진다.

웃으려면 마음이 긍정적이고 너그럽고 어느 정도 낙천적이어야 하는데, 세상살이가 꼭 그렇게 할 수만은 없기 때문에 나이가 들수록 우리는 웃음을 잃어가고 있는 것이다.

오늘날과 같은 정보사회에서는 한 개의 사건이 동시에 전국 또는 전 세계에 알려지므로 사건이 많은 시대에 웃음보다는 갈등과 분노가 점점 많아지고 있는 것이 현실이다. 매일 매스컴을 통해 보도되고 있는 수많은 일 중에 대부분은 걱정하고 분노하고 울어야 할 일들인데 어떻게 웃겠나 할 수도 있다. 월드컵이나 한일전 축구시합에서 이기면 남녀노소 온 국민이 두 팔을 휘두르며 웃는데 마냥 그런 일만 있는 게 아니다. 그러나 건강하게 살려면 각자 웃음을 찾는 노력을 해야 한다. 그것이 지혜다.

손뼉 치고 발 구르며 웃는 박장대소는 정신적 신체적으로 건강을 보장해 주는 최고의 명약이다.

미국의 심장전문의 존 코긴 박사에 의하면, 어린아이는 하루에 4백

번을 웃는데 비해 어른은 불과 15번을 웃는다고 한다. 만일 어린아이가 어른처럼 잘 웃지 않는다면 성장이 늦을 뿐만 아니라 각종 질병에 걸릴 확률도 높을 것이라고 한다.

웃음은 맥박과 호흡을 안정시키는 효과를 갖고 있으며 진통제나 마약중독을 감소시킬 수도 있다고 한다. 웃으면 스트레스가 해소되고 세포가 활성화되며 신체 면역력도 증대된다. 큰소리로 웃으면 산소 섭취량이 증가되어 심호흡과 같은 효과가 생긴다.

웃음은 하나의 학문으로 정립되어 연구되고 있으며 1980년대부터는 실제 의료분야에서 중요한 치료수단으로 사용되고 있다.

웃음의 효과에 대하여 30년 이상 연구한 미국의 윌리엄 프라이 박사에 의하면, 3분간 유쾌하게 웃으면 10분간 보트의 노를 젓는 효과가 나온다고 한다. 또 20초 동안 크게 소리 내어 웃으면 5분간의 에어로빅한 것만큼의 효과가 나타난다고 한다.

웃음은 이렇듯 엄청난 운동이다. 이는 웃음이 긴장을 이완시키고 스트레스를 해소해줄 뿐만 아니라, 심장박동률을 높이고 근육 상태와 혈액순환을 개선시켜 몸 조직에 영양 및 산소공급을 원활히 해주기 때문이라고 한다.

웃음전문가인 로레타 라로쉐에 의하면, 건강한 삶을 살기 위해서는 하루에 100번은 웃어야 한다고 한다. 실제로 건강한 사람은 하루에 100~400번까지 웃는다고 한다. 박장대소로 배꼽을 쥘 정도로 웃을 경우 혈압은 1분에 120~200까지, 맥박은 60~120회까지 올라가지만 이로 인해 고혈압이 오는 일은 없으며 오히려 낮아진다고 한다.

웃음은 우리 몸 안에 강력한 엔돌핀을 만들고 암세포를 공격하는 세포를 활성화 한다.

스트레스에는 두 가지가 있다. 하나는 고통을 주는 스트레스(distress)이고 다른 하나는 유머나 웃음 같은 긍정적인 자극(positive stress)이다.

예컨대 상사로부터 꾸중을 듣고 술을 퍼마시고 고민하는 것은 고통을 주는 스트레스이지만, 애인에게 무슨 선물을 할까 하고 고민하는 것은 즐거운 스트레스다. 시를 쓴다고 밤새 고민을 하는 것도 긍정적 스트레스다.

남에게 스트레스나 불쾌감을 갖게 하는 것은 상대방의 수명을 단축시키는 행위일 뿐만 아니라 자신의 건강에도 해롭다.

유머나 유쾌한 웃음으로 마음이 즐거워지면 우리의 신체도 함께 즐겁고 건강해진다. 그래서 웃음을 '심리적 조깅' 또는 '심리적 에어로빅'이라고도 한다.

웃음과 호르몬의 관계에 관한 한 연구결과에 의하면, 웃음프로그램에 참여한 사람들은 참여하지 않은 사람들보다 '에피네프린'의 과다분비가 적었다고 한다. 이 호르몬은 혈관을 수축시키고 혈압을 높이며 맥박을 빠르게 하여 분비가 많을 경우 고혈압과 가슴이 뛰는 증상을 일으킨다. 또 웃음은 '코르티솔'이라고 하는 호르몬의 과다분비를 막는다고 하는데, 이 호르몬의 분비가 많아지면 면역체 형성을 억제하여 질병에 취약하게 된다.

사실 이 지구상에 수많은 동물이 있지만 웃을 수 있는 존재는 사람뿐이다. 만일 고양이가 나를 빤히 쳐다보며 깔깔 웃는다고 해보자. 소름 끼칠 일이다. 웃음이야말로 하나님이 인간에게 주신 최대의 선물인지도 모른다. 그러니까 그 귀한 선물을 감사하고 즐겨야 한다.

구약성경 잠언 17장 22절에 '마음의 즐거움은 좋은 약'이라고 했다. 이 말은 3천 5백 년 전에 쓰인 처방인데 현대의학에서는 근래에 와서야 이 명약의 효능을 확인한 셈이다.

또한 '심령의 근심은 뼈를 마르게 한다'라는 구절도 있다. 뼈는 시멘트처럼 고정되어 있는 것이 아니고, 의학적으로 볼 때 쉴 새 없이 칼슘이 빠져나가기도 하고 들어와 쌓이기도 하는 대사과정을 밟는다. 그러나 근심 걱정 같은 부정적 스트레스가 심해질 때에는 호르몬의 영향으로 뼛속의 칼슘이 녹아 나오게 된다. 뼈에서 칼슘이 빠져나가면 뼈가 약해져서 골절되기가 쉽다. 이처럼 마음의 근심이 호르몬을 통하여 뼈가 마르게 한다는 것이 과학적으로 입증되고 있다. 호르몬이나 칼슘에 대한 지식이 전혀 없던 당시로서는 놀라운 기록이 아닐 수 없다.

웃음뿐만 아니라 우는 것도 우리 몸에 좋다. 우는 것은 웃는 것과 정반대되는 개념이긴 하지만, 울음으로 속에 맺힌 것을 풀고 슬픔을 배출할 수 있으니 간접적인 즐거움이라고 할 수 있다. 그래서 울어야 할 때 우는 것도 건강과 장수에 도움이 된다. 다만 상황에 따라 남의 눈치를 안 볼 수 없다.

남자가 여자보다 장수하지 못하는 이유 중의 하나는, 남자는 여자들처럼 소리 내어 울지 못하기 때문이라고 한다. 공연장에서 슬픈 노래에 눈물을 짜다가도 끝나면 박수 치고 환호하며 옆 사람과 마주 보며 큰 소리로 웃는 사람들은 거의가 여자들이다. 이 말을 뒤집어보면 남자도 괴롭거나 슬플 때 남의 눈치 안 보고 소리 내어 울 수 있다면 정신적으로나 육체적으로 좋다는 얘기가 된다.

그러나 남자들은 초등학생만 돼도 눈물을 흘리면 '사내대장부가 약하게 눈물을 보인다'고 꾸지람을 흔히 받는다. 이렇게 자라고 보니 웃음과 눈물이 적어지고 정서도 메마를 수밖에 없다.

사람의 위는 슬프거나 괴로우면 활동이 약해지고 위액이 적게 나오게 된다. 그러나 일단 눈물을 흘리면서 소리 내어 울면 위의 활동이 활발해지고 위액이 많이 나와 식욕이 왕성해진다. 옛날에 여자들이 눈이 빨개지도록 실컷 울고 난 후에 음식을 많이 먹는 것도 바로 이런 이치 때문이다.

건강하게 살려면 되도록 많이 웃어야 한다. 그렇다고 남을 괴롭히거나 울려놓고 내가 웃는 건 웃음이 아니다. 심술의 표현이다. 웃음의 동기와 내용이 중요하다. 웃을 때는 그냥 즐거워야 한다. 그래서 웃음이 명약이 되는 것이다.

프랑스의 잔느 칼망이라는 할머니는 그의 118세 된 생일날 장수비결을 묻는 기자의 질문에 '웃음'이라고 대답하면서 자신은 '죽으면서도 웃을 것'이라고 했다고 한다. 우리가 살면서 웃음이 문제를 해결할 때가 많다.

120살을 살다 간 일본의 이즈미 시게치요 옹은 그의 115세 되는 생일 인터뷰에서, 좋아하는 여성의 타입을 묻는 기자의 질문에 '역시 나는 연상의 여인이 좋더라'라고 대답하여 온 일본 국민을 웃겼다.

조지 버나드쇼는 사람들이 '늙어서 안 웃는 게 아니라 안 웃어서 늙는다'라고 했다. 늙으면서 웃음을 잃어가는 것은 슬픈 일이다.

근래 많은 나라에서 전문적으로 웃음치료법을 개발하고 있으며, 일본의 한 병원에서는 유머대회를 열어 환자를 치료하고 있는 예도 있다.

그렇다고 건강하려고 시도 때도 없이 마구 웃어댈 수만도 없다. 억지로 웃는 건 웃는 게 아니다. 일상 속에 긍정적이고 밝고 여유로운 마음이 자리 잡아야 한다. 노년이 되면 더욱 그렇다. 구태여 장수하기 위해 웃는 것이 아니라 즐거우려고 웃으면 된다. 그래야 즐거운 장수가 된다.

나폴레옹은 '내 생애에서 행복했던 날은 일주일도 못 된다'고 한 반면, 헬렌 켈러는 '내 인생에서 행복하지 않은 날은 없었다'고 했다. 각자 마음먹기에 따라서 이만큼 다르다. 하루하루의 삶이 웃음으로 지속될 수 있도록 습관이 되어야 한다. 그래야 행복하다.

웃음은 때로는 긍정이고 용서이기도 하다. 큰소리가 아니더라도 마음속으로 웃으려 노력하는 습관이 필요하다. 괴테는 '이해하는 사람은 모든 것에서 웃음의 요소를 발견한다'고 했다.

나는 운동할 때나 산책, 등산할 때 그리고 지하철 안에서나 운전할 때도 속으로 노래하고 웃는다. 젊었을 때 하지 않던 버릇이다. 물론 밖에서는 남들이 눈치를 채지 못하지만 속으로는 마냥 즐겁다. 아니 즐거우려고 노력한다. 웃을 때 반드시 입을 크게 벌리고 웃어야 하는 것은 아니다. 또 그럴 수도 없다. 남들이 보면 허파에 바람이 들어갔나 할 것이다. 웃음에도 격이 있다. 그리고 웃음보다 더 중요한 것은 마음가짐이다. 웃는 낯으로 너그러운 마음으로 긍정하고 감사하며 사는 것이 건강과 장수의 비결이다.

　웃으며 살자.

어른답게 살자

어릴 적 동화책에서 보던 노인은 건장한 체구에 긴 지팡이를 들고 호랑이를 호령하던 호쾌하고도 기품있는 할아버지였다. 또 서당에서 회초리를 들고 학동을 가르치던 노인은 학식과 위엄을 갖춘 스승이었다. 이런 노인들은 노인이면서도 힘이 있어 보이고 그러면서도 인생을 달관한 도인의 모습이기도 했다.

이어령 씨에 의하면 원래 한자의 노(老)는 허리 굽은 늙은이가 지팡이를 짚고 있는 모습을 본뜬 상형문자라고 한다. 당시 노인이 어른으로 대접받고 행동하던 시절이라 그런지 아무리 보아도 초라한 늙은이의 모습으로 만 보이지는 않는다.

오히려 원로(元老)니 노숙(老熟)이니 하는 말 때문인지는 몰라도 글자의 인상이 매우 기품이 있어 보인다. 또 고(考)자도 노자와 마찬가지로 허리가 굽은 노인을 가리키는 문자였다고 한다. 돌아가신 분을 고(考)라고 부르는 것도 그 때문이다.

매사를 신중하게 생각하고 사려 깊게 행동하는 노인을 뜻했던 고(考)자는 오늘날 상고하고 헤아린다는 뜻으로 통하게 되었다.

성경에서는 노인을 지혜롭게 생각하고(욥기 12:12, 32:7) 존경해야 할 대상(레위기 19:32)이라고 하였으며, 노년에 이르면 그 가문이나 부족의 지도자로서의 지위를 누렸다.

교회에서의 장로는 곧 원숙한 노인을 뜻한다. 원래 장로(Elder)는 히브리어 '자켄'(za-ken)과 헬라어 '프레스 부테로스'(press butteros)에서 나온 말인데 그 어원은 노년의 권력자를 말한다. 그의 지위는 종교지도자임과 동시에 부족의 장이고, 정치를 자문하고, 싸움의 지휘관으로서, 재판관으로서, 권면자로서 공동체의 핵심으로 존재하였다.

고대 이스라엘 민족도 70명의 장로가 대표였었다. 로마시대 원로원도 원로들에 의한 집단지도체제였다. 중국을 비롯한 동양 여러 나라에서도 노인지도자는 늘 사회의 중심에 있었다.

급격하게 변하기는 하였지만 우리나라도 얼마 전까지만 해도 노인이라는 말이 점잖고 권위 있게 들리는 나라였었다. 노인이라는 말이 가지는 권위와 기품은 영어의 '올드 맨'과는 또 다르다. 노인을 섬겨야 한다는 우리의 전통적인 의식은 생활 속에 배어있고 행동으로 늘 나타났었다. 아마 우리처럼 고층빌딩이 늘어선 거리를 '효도관광'이란 띠를 두른 버스가 질주하는 그런 도시도 세계에 없을 것이다. 불과 엊그제의 모습이다.

역대 화폐 속에 나타나는 인물도 대개 노인이었다. 구한말인 지난 1878년 우리나라에 근대식 은행 업무가 개시된 이후 지금까지 100여종의 은행권이 발행되었는데 대부분의 주요 화폐에는 인물상이 들어가 있었다.

등장한 인물을 보면 수로인상(壽老人像)과 대흑천상(大黑天像)을 비롯하여 초대 대통령 이승만, 세종대왕, 이순신, 그리고 율곡과 퇴계 등 존경하고 기릴만한 분들이다.

백발의 수로인상은 일제 때 조선은행권의 주 모델로 동양 민속에 나오는 칠복신(七福神) 중의 하나였다. 수로인은 중국 송나라 때 지팡이와 부채를 들고 사슴을 이끌고 다니면서 만물의 수명을 관장하는 가상의 신으로 알려져 있다. 대흑천상도 칠복신의 한사람으로 재물을 관장하는 신이었다.

이와 같이 노인은 가정에서나 사회에서 우리 생활의 모든 주요한 일을 관장하는 어른으로서 존경의 대상이 되어왔다. 아프리카 속담에 '노인이 한 사람 죽으면 도서관 하나가 불탄 것과 같다'고 했는데, 우리나라에서도 노인은 많은 경험과 지식의 보고로 가정과 사회의 지도자로 역할 해왔었다.

그랬던 노인의 지위가 불과 반세기 지나는 세월에 완전히 무너졌다. 지금은 노인이 설 자리가 없는 세상이 되었다. 노인 자신도 체념한 듯 그러한 분위기에 맞춰 하루하루 살아간다. 마땅한 역할이 없고 자신이 노력하지 않으면 그렇게 될 수밖에 없는 사회구조다.

성경에 '백발은 영화의 면류관'이라고 했는데, 성경 말씀이라 믿기는 하겠지만 무엇이 영화인지 곰곰이 생각해 볼 일이다. 문제는 어떻게 늙느냐다.

공원 벤치에 하릴없이 온종일 앉아있는 노인, 파고다 공원 인근에서 여기저기 기웃대며 헤매는 노인들, 지하철 노인석에 앉은 웃음기 없는 노인의 표정, 젊은이들이 아무리 생각해도 측은할지언정 존경이 가지 않는 모습들이다.

TV에서도 노인은 그저 무식하고, 말귀도 못 알아듣고, 자기주장만 내세워 젊은 세대와는 대화 자체가 불가능한 것으로 묘사된다. 순박한 시골 노인을 우스갯감으로 만들거나 상품화의 대상으로 삼는 등, 대부분의 노인프로그램에서 보면 노인은 단지 웃음 아니 비웃음의 대상이 될 뿐이다.

노인의 경험과 지혜와 철학을 배울 수 있는 프로나, 사회참여와 봉사, 노익장 과시, 특기자랑 등 얼마든지 노인의 건강과 보람 있는 삶의 모습을 보여줄 수 있는데도 말이다.

더구나 우리 세대가 걸어온 과거의 어두운 역사를 모르고 자란 어린이들에게 할아버지 할머니들의 볼품없는 자화상을 각인시켜줄 위험이 많다.

이런 노인폄하 프로그램들은 요즘 들어 많이 바뀌고 있기는 하다. 최근 구구 팔팔 시대에 젊은이 못지않은 생활을 하며 사회에 공헌하는 고령자들이 언론에도 종종 소개되고 있다.

이제는 우리 사회에 늙어서도 품위를 잃지 않고 건강하고 단정한 모습으로 살아가는 노인들이 많다. 특히 경제적 여유와 고학력 고령자들의 증가로 대부분의 노인들은 그렇게 살려고 나름대로 노력하고 있다.

젊었을 때는 아무렇게나 해도 추하고 지저분하다고 하지 않지만 늙으면 조금만 몸가짐이 흐트러져도 흉이 된다. 때문에 오히려 늙어갈수록 몸을 늘 청결하게 하고, 안 쓰는 물건은 잘 정리하고 주변을 깨끗이 해야 한다.

노인은 노인으로서 풍기는 기품과 인격이 있어야 한다. 옛부터 중국에서는 이를 위의(威儀)라고도 했다. 빅토르 위고는 '주름살과 함께 품위를 갖추어야 사람들로부터 존경과 사랑을 받을 것'이라고 했다.

그냥 늙은 사람이라는 뜻의 노인이나, 연장자라는 의미의 어른이 아니고, '어르신'이 되도록 노력해야 한다. 어르신은 '어른다운 어른'을 의미한다. 산신령이 되거나 화폐에까지 나오진 못하더라도 적어도 한 세대를 살아가는 생활인으로서 어른스러움 정도는 간직해야 할 것 아닌가. 그래야 어르신이란 말을 들을 수 있다.

노인은 쌓아온 경험과 터득한 것이 많다. 그러나 항상 배울 것이 더 많다.

나이가 들었다는 이유만으로 사회의 뒷전으로 물러설 필요는 없다. 마찬가지로 전면에 나서서 설쳐댈 필요도 없다. 그저 자연스러움 속에 스스로를 순리에 맞게 자신의 길을 지켜가면 된다.

하루를 살아도 목표가 있는 법이다. 표정을 잃은 노인의 얼굴은 삶의 의욕을 잃은 모습과 같다.

어린이에게 맞는 옷이 있고 언어가 있듯이 노년에게 어울리는 삶의 방법이 있다. 젊은이와 꼭 같은 방법으로 미를 추구할 필요는 없다. 또 그렇게 되지도 않는다. 노인에게는 노인의 미가 있다. 젊은이를 무리하게 따라 하면 뒤늦게 흉물이 될 수 있다. 할머니가 처녀 흉내 내면 자칫 귀신 꼴이 되고, 할아버지가 아이 흉내 내면 어릿광대가 된다.

그런데 요즘 지도층 특히 정치인들이 생각 없이 어른스러움을 버리려 하는 경향이 있어 안타깝다. 선거철이 다가오니까 대통령 후보로 나오 겠다는 사람들이 젊은이들 흉내를 낸다고 엉덩이를 요란하게 흔들고, 이상한 복장으로 경박하고 해괴한 말투로 유튜브나 틱톡에서 재롱을 떤다. 대중의 이목을 끌기 위해 자신의 영혼을 내쫓아버리는 것 같아서 측은한 생각마저 든다. 요즘엔 나이 들면서 퇴행하려는 사람들이 지도 층에 참으로 많은 것 같다.

일을 하려면 우선 건강하고 힘이 있어야 하니까 자신의 운동하는 장 면이나 일할 수 있는 활기찬 모습을 은연중 나타내 보이는 것은 좋다. 바이든 대통령이 선거운동을 할 때나 당선 직후 연설할 때 가끔씩 연 단을 향해 뛰어가는 장면을 연출한 것은, 고령의 건강을 걱정하는 미국 민들 보기에 좋았을 것이다. 만일 바이든이 어릿광대로 히히덕거렸으면 얼마나 끔찍했겠는가. 그리고 그런 노인에게 미국의 아니 세계의 대통령 직을 맡길 수 있었겠는가.

지도자가 되려는 자는 자신의 있는 그대로의 모습으로 국민의 심판을 받아야 한다. 흉내 내서 이기려고 하는 것은 일종의 기만이다. 이상한 행동을 하는 사람이 대통령이 되면 이상한 행동으로 늘 국민을 걱정케 할 것 아닌가.

자기 자랑만 늘어놓는 것도 어른스러운 모습이 아니다. 정치인은 정 책과 비전을 내놓아야 한다. 원래 자기 자랑 많이 하는 사람은 열등감 을 느끼는 사람이다. 자기 자랑 일삼는 정부는 믿을 수 없는 정부다.

그런가 하면 국회 대표연설에서조차 거리낌 없이 '꼰대정당' 운운하는 경우도 있다. 많은 사람이 젊은 정당이라야 일을 잘하는 것으로 착각한다. 지금 '꼰대' 소리 듣는 사람들도 과거엔 예외 없이 젊었고 꼰대를 비판했었다. 또 지금 젊은 세대도 곧 그 꼰대가 된다. 그러니까 젊었느냐 늙었느냐가 문제가 아니라 어떻게 생각하고 행동하느냐가 문제다. 만일 미국이나 영국에서 이런 공적 연설에서 노인층을 가리켜 꼰대라고 폄하했다면 우선 시민단체 특히 노인단체들이 그런 정치인 가만 놔두지 않을 것이다. 리스트를 만들어 다음 선거에서 낙선운동을 벌일 것이다.

노년세대가 되면 먼저 자신이 어른이 되고 당당해야 한다. 세계의 장수촌 노인들의 삶을 심층 연구한 보고서에서 보면 그들은 한결같이 당당한 노년(confident aging)의 삶을 특징으로 하고 있다. 당당하려면 마음속으로부터 당당하게 살아야 한다.

그러자면 어른의 맛과 멋을 알아야 한다. 세상을 보는 눈이 달라져야 하고 달관하며, 가끔 지구를 넘어 우주를 바라볼 수 있어야 한다. 외모, 태도, 행동이 어른스러워야 하고 늘 인자해야 한다. 유머가 있으면 더욱 좋다. 이것이 밖으로 나타나는 멋이다. 아울러 지혜, 지식, 이해, 포용, 취미와 같은 내면의 멋 또한 필요하다. 이러한 요건들을 모두 갖추기란 물론 쉽지 않다. 그래서 멋을 찾으려는 노력이 중요하다. 몸과 마음이 풀어지기 쉬운 노년에게는 노력하는 것 또한 훌륭한 멋이다.

'젊은이처럼' 보다는 '어른처럼' 나의 노년을 지니고 싶다.

감사하는 노년

'행복은 감사하는 사람의 것이다' 아리스토텔레스의 말이다.

늙으면서 감사하다는 생각을 많이 할 수 있다면 그것만으로도 행복한 노년이다. 노년에 이르도록 살아온 것부터가 바로 축복이 아닌가. 그러나 축복은 감사할 때까지는 축복이 아니다.

감사할 줄 아는 한 비록 몸이 말을 잘 듣지 않고 눈도 흐리고 귀도 잘 안 들려도 그 사람은 삶을 소중히 여기는 사람이며 아름답고 멋진 노년을 보낼 수 있는 사람이다.

그런데 대체로 노인들은 감사하는 데에 인색한 것 같다. 늙으면서 자신의 활동 영역이 줄어들고, 보고 듣는 정보의 양도 적어지고, 주위로부터의 관심도 멀어지면서 뭔가 야속하고 불만스럽다는 생각을 갖게 된다. 아마도 감사하는 마음이 감소하는 것이 노화 과정의 한 특징인지도 모른다.

그런가 하면 겉으로 나타나는 작은 일 가지고도 노인은 감사하게 생각한다. 즉 자신에게 이득이 되는 일이면 감사하다는 말을 하고, 그와 같은 말에는 또 다른 이득을 기대하는 심리가 숨어 있다.

여기서 얘기하고자 하는 감사는 나에게 이득이 있고 없고가 아니라 사회에 대한 감사, 이웃에 대한 감사, 나라에 대한 감사, 친구에 대한 감사, 지금까지 나를 지켜주고 늙기까지 보호해준 하늘에 대한 감사이다. 나아가 어려운 경우에도 감사할 줄 아는 마음과 태도이다.

사실 말이 그렇지 고통과 불만 속에서 감사함을 찾는 것은 그리 쉬운 일이 아니다. 그러나 감사는 우리 특히 노년에게 행복을 가져다준다. 노년 그 자체가 감사이니까. 감사만이 최후에 남겨진 고귀한 인간의 임무이기도 하다.

나는 젊었을 때 감사는커녕 늘 불만 속에 살았다. 경쟁사회에 시달리고 비교하고 욕심을 갖다 보니 얼굴은 어둡고 불만족할 수밖에 없었다. 나이 들어서 겨우 세상 모두가 감사하다는 생각을 갖게 되었다.

지난날 내가 겪었던 어려움의 고비들도 훗날 돌이켜보면 내가 용기와 힘을 잃지 않고 이겨낼 수 있는 하나의 훈련의 과정이었음을 깨닫는 순간 모두가 감사의 대상임을 확신하게 되었다.

지금은 늘 감사함 속에 살고 있다. 그리고 그것이 바로 행복임을 몸소 느끼며 산다. 일단 감사의 생활이 시작되면 나를 둘러싼 모든 것이 감사의 대상이 된다.

사실 감사할 것이 하나도 없는 인생이란 없다. 매일 아침 일어나 맑은 공기를 마실 수 있는 것만으로도 얼마나 감사한 일인가. 매일 떠오르는 태양이지만 오늘도 밝은 해를 맞으며 움직일 수 있는 것 또한 얼마나 감사한 일인가. 하루 24시간 1천 440분의 시간을 일정하게 내려주는 공기로 계속 숨을 쉴 수 있다는 게 얼마나 다행이고 감사한 일인가. 나는 히말라야 4천 미터쯤 올랐을 때에 산소 부족으로 큰 고통을 당한 일이 있다. 그 후로 나는 공기에 대해 늘 감사한 마음을 갖고 있다.

아무리 불만스러운 일이 있어도, 또 짜증스럽고 섭섭한 일들이 있더라도 나는 누군가의 힘으로 여기까지 살아온 것이다. 미워해야 할 대상보다는 감사해야 할 대상이 대부분이다. 밥 한 그릇이 나의 식탁에 오르기까지 얼마나 많은 사람의 땀과 감사함이 집합되었겠는가. 우리는 그 감사함 속에 서로가 살아가고 있는 것이다.

불특정인들에게 감사하다는 생각을 갖는 것은 참으로 행복한 것이다. 그런데 많은 사람은 이 작고 간단한 생각을 저버리고 불만 속에 어렵게 살아가고 있다. 그것은 곧 불행이다.

또 간단히 감사의 표시를 할 수가 있는데도 인색하다. 등산길에서 사람과 마주치면 거의 예외 없이 내가 길을 비켜주는데 고마움을 표시하는 사람은 거의 없다. 일 년에 몇 명 정도다. 그럴 때마다 우리는 참으로 무례한 국민이구나 하는 생각이 든다. 그 말은 우리는 문화 국민이 못 된다는 말과 같다.

다른 사람이 나에게 길을 양보할 경우 나는 꼭 감사인사를 한다. 당연하다. 그래야 내가 편하다.

늙어가면서 감사함에 인색해지기는 하지만 요즘 젊은 세대들도 '감사합니다'라는 말을 사용하는 데 인색한 것 같다. 젊음의 힘으로 어려운 일을 해내고 주식으로 떼돈을 벌고 우수한 머리와 능력으로 고액의 연봉을 받는 등 자신의 도전의식과 위대함이 머릿속에 새겨져서 그런지 감사함보다는 능력에 대한 자부심과 긍지에 차 있는 듯하다. 그리고 그 것이 젊은이의 미학처럼 여겨지기도 한다.

그러나 젊은 세대들도 누군가가 오랜 세월을 두고 쌓아온 기반 위에 자신이 살아가고 있음을 알고 이에 감사해야 한다.

감사한 생각이 없어지면 대신 불만이 자리 잡고 요구하는 목소리가 커지게 마련이다. 그래서 우리 사회는 국민소득 3천 달러 하던 시대보 다 3만 달러 하는 지금이 더 불만과 갈등으로 가득 차 있다.

특히 최근 사회 전반적으로 가치관의 대혼란과 공정과 정의, 평등에 대한 개념이 흔들리면서 신구 대립, 이념 갈등이 가속화하고 있다. 이러 한 현상은 거의 정치세력에 의해 크게 좌우된다.

감사해야 할 일보다 분노해야 할 일이 많은 사회에서는 개인이나 국가 의 발전을 기대할 수 없다.

어떤 때는 현재의 청년층이 우리 사회의 주인이 되는 시기가 되면 물 질적 풍요 속에서 불만에 찬 군중들이 무질서하게 구심점 없이 굴러갈 까 두려운 생각이 들 때도 있다.

학교 교육에서도 감사함보다는 경쟁에서 이기는 방법만을 가르친다. 그래서 이들이 사회에 나오면 자신이 소속된 집단만을 생각하는 집단 이기주의에 사로잡히게 된다. 소위 코드인사도 그래서 나오는 것이다. 때로는 그들의 목소리가 온 나라를 고통에 몰아넣기도 한다.

사회생활을 하면서 몸에 밴 이기심은 은퇴한 후에도 불평과 불만으 로 나타나며, 다 늙은 사람들끼리도 편 가르고 불협과 갈등 속에서 지

내게 된다. 참으로 무서운 일이다.

노년에 이르면 이런 생각들을 버려야 한다. 한발 물러날 줄을 알아야한다. 그동안 달려오느라고 숨찬 신발을 벗을 줄도 알아야 한다. 그렇다고 옳지 않은 일을 그냥 따르라는 얘기는 아니다. 노인도 우리 사회의당당한 구성원이다. 주장할 일은 당당히 주장해야 한다. 목소리를 높여야 할 일이 있으면 높여야 한다. 특히 유럽 여러 나라에 있어서 노인들의 목소리는 각 노인단체가 앞장서서 높이는 경우가 많다.

다만 노년이 되면 자기주장만이 아니라 상대방의 주장을 경청하고 이해하며 자신의 주장이 사회에 미치는 영향, 나아가 국가장래에 관한 생각을 아울러 해야 한다.

그리고 정치와 관련된 문제는 선거 때 표로써 표출하면 된다. 이탈리아나 프랑스 등 유럽 여러 나라에서 선거운동 기간에는 곧 좌파정권에넘어갈 것 같다가도 막상 선거를 치러보면 보수가 승리하는 경우가 왕왕 있었다. 이는 입 다물고 있던 노년층 표의 향배 때문이다.

노년에 이르면 남을 이해하고 관대할 줄 알아야 한다. 그리고 즐거움은 투쟁하고 다투고 싸워서 얻는 것이 아니라 내가 만드는 것임을 알아야 한다.

나아가 자유인의 맛과 멋을 알고 즐겨야 한다. 그것은 너그러움에서나온다. 여유, 양보, 사색, 내려놓기, 유머 이런 것들이 덕목이 되면 행복할 수 있다. 그리고 이 세상에서의 생명이 다하는 순간 감사한 마음을 갖는 사람은 행복한 사람이다.

신앙이 장수케 한다

성경에서 사람의 수명과 관련된 기록을 찾아보면 최초의 인간이었던 아담은 930년을 살았고 그 이후 노아는 950세까지 살았다. 그러나 하나님의 심판이었던 대홍수를 거치면서 성서 속의 인간의 수명은 급격히 줄어들게 되어 아브라함은 175세, 모세는 120세 그리고 야곱이 147세를 살았으며 요셉은 110세까지 살았다.

인간의 수명이 1천 살 가까이 까지 살 수 있을까 하는 의문도 들지만, 대홍수 이전에는 지구를 둘러싼 두꺼운 수증기층이 태양의 자외선 투과를 막는 등 당시의 지구환경이 장수할 수 있도록 조성되어 있었음은 이미 과학이 증명하고 있다. 그 당시에는 노아뿐만 아니고 모든 사람의 수명이 그렇게 길었다고 한다.

역사적으로 볼 때 환경의 악화와 전쟁이나 질병 등으로 수명은 계속 짧아질 수밖에 없었지만, 의학의 발달과 과학적 건강관리, 영양섭취 등으로 계속 수명은 연장되고 있다. 뿐만 아니라 정신적, 심리적 안정이 수명에 크게 영향을 미치고 있다는 사실은 이미 여러 연구 조사에 의하여 밝혀진 바 있다.

신앙을 가진 사람이 그렇지 않은 사람보다 더 오래 산다는 조사 역시 많이 있었다. 영국의 전문지 '데모그라피'에 의하면 교회 등 종교의식에 매주 나가는 사람은 그렇지 않은 사람보다 오래 산다고 밝힌 바 있다. 또 미국의 한 의료설문조사에 의하면, 종교집회에 최소한 매주 한 차례 이상 참여하는 사람의 평균수명은 그렇지 않은 사람보다 7년이나 더 긴 것으로 나타났다. 특히 흑인들의 경우에는 무려 14년이나 차이가 나는 것으로 나타났다고 한다.

아무래도 신앙을 갖고 열심히 집회에 참여하면 마음의 안정을 찾을 수 있고, 서로 의지하며 대화를 나눌 수 있는 친구가 생기며, 전문적 상담에 의해 문제가 해결되는 경우도 있으며, 신앙적 확신이 심리적 안정을 가져와 수명에 영향을 미칠 수 있을 것이다.

우리나라의 한 생명보험회사에서 80세 이상의 노인 500명에 대하여 실시한 조사에서도 장수의 비결로 '마음의 평안'을 으뜸으로 꼽았다. 실제로 신앙 등으로 마음의 평안을 얻어 오래 살고 있는 사람이 35%나 되는 것으로 나타났다.

미국 듀크대 메디컬센터의 쾨니그 교수가 노인 4천 명을 대상으로 실시한 임상조사에 의하면, 기도나 명상 등 종교생활을 하는 사람들은 그렇지 않은 사람들보다 더 오래 산다고 한다.

반대로 종교생활을 전혀 하지 않는 사람들은 한 달에 한 번 이상 기도나 명상을 하는 노인들보다 사망확률이 50%나 더 높은 것으로 나타났다. 쾨니그 교수는 그 원인을 '기도하는 사람들은 스트레스를 덜 받기 때문인 것 같다'고 하며, 기독교가 아닌 다른 종교의 기도와 명상도 건강에 도움이 된다고 설명했다. 기도나 명상이 불안한 마음을 진정시키고 스트레스를 유발하는 호르몬의 생성을 낮춤으로써 혈압상승이나 면역력 저하 등을 예방하는 효과를 보여주기 때문이다.

종교 생활이 건강과 장수에 도움이 된다는 사실은 이전에도 여러 차례 제기된 바 있다. 미국 심장학회에서는 명상이 동맥경화를 억제하는 데 효과가 있다는 연구결과를 일찍이 발표한 바 있다.

UCLA대 연구팀도 목 부분에 동맥경화가 있는 흑인들을 상대로 7개월간에 걸쳐 조사한 결과 하루 두 번씩 명상을 한 환자들은 동맥 속의 혈전이 현저히 줄어든 반면 그렇지 않은 환자들은 동맥경화가 더 심화된 사실을 발견하였다. 명상은 매우 효과적인 심리치료 방법으로 예부터 특히 동양에서 널리 쓰여 오던 방법이기도 하다.

또 캔자스시티의 성 루가병원이 심장병 환자 1천 명을 대상으로 실시한 조사에서 보면, 기독교 모임의 한 교회에서 쾌유 기도를 받은 환자들은 그렇지 않은 환자들보다 병세가 호전됐다고 한다. 쾌유 기도는 하나님께 의지하면 반드시 치유될 수 있다는 확신을 요하기 때문에 신앙심과 자신감이 필요하다.

우리나라에서도 기도로 병을 치유하는 경우가 많이 있고 회복의 가망이 없는 암 환자가 기도원에 들어가서 완쾌되었다는 사례도 적지 않게 있다. 일각에서는 이 같은 방법이 사람들에게 '질병은 나쁜 행동을 한 사람들에게 내리는 벌'이라는 잘못된 인식을 심어줄 수도 있다고 비판하기도 한다. 이러한 비판이 아니더라도 의료적 치료가 가능함에도 이를 무시하고 전적으로 기도치료에 의지하는 것은 그것대로 문제가 있다.

그러나 어쨌든 이 분야의 전문가들은 종교와 건강 간에는 분명히 상관관계가 있다고 주장한다.

물질문명의 발달과 더불어 건강과 장수에 대한 욕구가 많아졌고 첨단의료기술과 갖가지 장수의약품의 개발로 평균수명이 크게 늘어나기는 했지만, 성경에서는 하나님을 경외하며(잠언 10:27), 말씀에 순종하며(신명기 30:20), 부모를 공경하며(에베소서 6:1), 탐욕을 멀리하는(잠언 28:16) 사람이 장수할 것이라고 가르치고 있다.

신앙이 장수에 도움이 된다면 교회운영도 이에 맞추어 장수하는 노인들에 대한 특별한 배려가 있어야 한다. 즉 젊은이들 위주의 운영으로 노인들을 소외시켜서는 안 된다. 길어진 노후를 어떻게 의미 있게 보내느냐에 목회적 관심을 가져야 한다.

대체로 많은 노인들은 불안과 무용성, 죽음에 대한 두려움, 과거 실패에 대한 후회감 같은 것을 가지고 있다. 그렇기 때문에 목회자는 예배 시의 설교나 각종 모임에서 노인들이 갖는 영적 욕구를 충족시켜 줄 수 있어야 한다. 물질적 욕구충족이나 생활편의도 중요하지만 무엇보다도 노후의 영적 욕구를 충족시켜주는 것이 중요하다. 그리고 교인들로 하여금 노인에 대한 성서적 이해를 갖도록 노력하게 해야 한다.

'늙어도 여전히 결실하며 진액이 풍족하고 빛이 청청하니'(시편 92:14)라고 노래한 것처럼 늙음은 퇴화만이 아니라 새로운 앞날을 바라보는 눈이 뜨이는 새로움의 시기임을 깨달아야 한다.

사람은 믿음과 함께 젊어지고, 의심과 함께 늙어간다. 희망이 있으면 젊어지고, 실망이 있으면 빨리 늙어간다. 노년에 이를수록 신앙과 확신을 갖는 것이 좋다.

노년에 들수록 평소 평온한 마음을 가지고 명상에 잠기며 미움도 욕심도 버리고, 아름답고 보람있는 추억을 간직하며 신앙생활에 열중하는 것은 비단 장수와 관계가 있기 때문만이 아니라 자신의 남은 인생이 보다 더 의미 있는 것이 되기 위해서도 필요하다.

장수하기 위하여 신앙을 가질 수도 있겠지만, 신앙을 간직하기 위해 장수하는 것도 의미가 있다.

죽음은 두려운 것인가

누구나 죽는다. 그것은 자연이다. 자연스럽게 자연으로 돌아가는 것이다.

그것이 죽음의 참모습이다. 그것이 하늘의 섭리다.

더 살려고 발버둥 쳐도 소용없다. 캡슐에 들어앉아 냉동인간이 돼도 언젠가는 죽는다.

무릇 살아있는 것은 다 죽게 되어 있다. 그런데도 우리는 이 지극히 자연스러운 현상에 대해 두려워하고 때로는 거부하려고 한다. 아무리 생명공학이 발달하고 의술이 발전해도 그것은 불가능하다. 만일 그것이 가능해진다면 지구상에 살아있는 것 모두가 죽음일 뿐이다.

죽음이 두렵고, 죽음을 피해갔으면 좋겠고, 아예 죽지 않았으면 좋겠고, 죽더라도 이전상태로 다시 살아났으면 좋겠다고 생각하지만 그것은 우리의 바람일 뿐이다. 정진홍 교수는 인류의 문화는 이러한 죽음관들을 제각기 축으로 하여 선회하는 현상이라고 표현하였다.

나이가 들면서 서서히 죽음에 대한 공포가 밀려오게 되는데 물론 건강하게 오래 살려는 의지는 좋다. 또 그렇게 노력해야 한다. 그렇지만 공포감을 가질 필요는 없다. 그냥 순순히 받아들여야 한다.

죽지 않겠다고 안간힘을 써도 그 죽음은 내게 다가오고 있고, 죽지 않겠다고 강한 의지를 불태우는 것도 어찌 보면 측은한 노릇이다. 당연한 귀결을 아니라고 우기는 것도 그렇고, 자기 삶의 끝을 투시하지 못하는 어리석음 또한 그렇다.

룻소는 '죽음이 두렵지 않은 척하는 사람은 거짓말쟁이다'라고 했고, 버트란드 럿셀은 97세에 '세상을 떠나는 게 정말 싫소' 하면서 떠났다. 사르트르는 죽기 전 한 달 동안을 죽기 싫다고 발버둥 치며 외치다가 죽었다. 그러니 죽음이 두렵지 않은 이가 누가 있겠는가.

그러고 보면 죽음을 어떻게 맞느냐 하는 것, 곧 죽을 준비를 어떻게 하는가가 중요하고 그것이 곧 사람다움을 판단하는 한 준거가 될 수 있다. 죽음은 삶을 다듬는 마지막 자리이고 삶은 죽음을 낳는 회임의 기간이기 때문이다.

자신의 죽음을 미리 다듬지 않으면 삶이 추해진다. 또한 삶이 말끔하지 않으면 인생의 마침표가 지저분해진다. 그렇게 살 수는 없다. 인간으로서의 자존(自尊)을 위해서도 그렇게 죽을 수는 없다.

전에는 암과 같은 치명적인 병에 걸려 죽음이 임박해 오는데도 환자에게 알려주지 않는 경우가 많았는데 이는 잘못이다. 회복할 수 없을 정도의 환자에게 계속 희망적인 말만 들려주다가 사망할 경우 본인으로서는 정리해야 할 일들을 남겨놓게 되고, 정신적으로는 새로운 마음가짐과 죽음에 대한 준비를 해야 할 기회를 놓치게 되는 것이다.

물론 불안과 절망의 상태를 면하게 해줄 수 있고, 또 생명을 더 연장

시킬 수 있는 경우도 있을 수 있다. 그러나 자신이 죽는 줄도 모르고 죽는다는 것은 위로이기 이전에 마지막 기회 하나를 박탈하는 잔인한 행위라는 생각이 든다.

평소에 '나는 늘 죽음과 함께 산다'라는 생각이 필요하다. 영국에 가면 그들의 생활 속에 죽음이 깊숙이 들어와 있다는 것을 느끼게 된다. 교회 바닥에, 학교 복도 벽에 무덤이 있다. 그들의 생활태도는 우리가 죽음을 애써 외면하려는 것과는 좀 다르다.

소크라테스는 '음미 되지 않은 삶은 살 가치가 없다'고 하여 하루하루를 그냥 사는 것이 아니라 그 의미를 깊이 새기면서 살아야 한다고 가르치고 있다. 의미는 우리의 삶에서 늘 강력한 도구다.

레오나르도 다빈치는 그의 67세 되던 때 '나는 사는 법을 배우고 있다고 생각했지만 실은 죽는 법을 배워 왔다'고 했다. 즉 우리가 살아서 하고 있는 생각과 행동은 모두 죽음을 향한 준비라고 할 수 있다. 따라서 조지 버나드쇼가 '나는 죽을 때까지 나 자신을 모두 사용하겠다'고 한 말을 음미해 보면 나의 남은 인생이 나의 최고의 시간이 될 수도 있다.

잘 늙는다는 것은 곧 잘 죽을 수 있는 준비행위이기도 하다. 그러자면 먼저 세상과의 이별을 준비하는 마음가짐이 필요하다. 내일로 미루지 말고 가급적 오늘 끝내도록 노력해야 한다. 미루다 보면 할 수 없게 되는 경우가 대부분이다. 오늘 올바르지 않으면 다시 올바를 수 있는 날이 많지 않다. 오늘 용서하지 않으면 용서할 날이 언제 올지 모른다.

친구와의 관계, 노여운 것이나 오해했던 일 등 모든 인간관계가 깨끗해야 하고 잡동사니 생각은 훌훌 털어버려야 한다.

잘 늙기 위해서는 유예하는 일이 없어야 한다. 그래야 죽을 때 맺힘이 없게 된다. 만일 꼭 해야 할 일이 남아 있는데 죽음에 이르게 되면 지금까지 한 일에 만족할 수밖에 없다. 그리고 남은 일은 언젠가 다른 사람이 완성할 것이라고 믿어야 한다. 죽음이 임박했는데 아직 이루지 못한 일을 걱정하고 완성하려고 몸부림치는 것은 측은한 욕심으로 비쳐질 수 있다.

죽음으로 다가가는 늙음에 대해 많은 사람은 공포감을 갖고 '늙는 것은 끔찍하다'고 생각한다. 늙음의 의미 속에는 노쇠, 감퇴, 퇴화, 죽음 등의 기분 나쁜 단어들로 가득하다. 게다가 머리가 빠지고 배가 나오고, 시력과 청력도 떨어지고 정력감퇴와 요통, 두통, 콜레스테롤, 고혈압에 시달리게 된다.

저 멀리 있던 것들이 현실로 눈앞에 닥쳐오는 것이다. 그런 것들을 걱정해야 한다면 정신이 혼미해진다. 어차피 늙는다. 그리고 죽는다. 죽음을 너무 두려워하고 늙음을 외면하려고 안간힘을 쓰는 것은 분명 추한 모습이다.

20세기 후반 들어 특히 1970대 이후 죽음에 직면한 사람인 임사인(臨死人)에 대한 연구가 미국과 영국을 중심으로 활발히 진행되고 있는데 이에 관한 학문을 사생학(死生學, Thanatology)이라고 한다.

임사인(dying person)은 살아있는 사람이며 임사는 삶의 한 특수한 형태다. 뇌파가 정지한 상태에서도 의식은 살아있다. 30억 개의 유전암호인 DNA 염기들도 한동안 손상되지 않은 채로 존재한다.

죽음의 순간에도 우리 몸의 세포는 99%가 평상시처럼 활동한다. 심장박동이 멈추어도 두뇌에 영구적인 손상을 가져올 10분 이내에 다시 작동될 수 있으며 사람의 신체는 마치 아무 일도 없었던 것처럼 정상으로 돌아갈 수 있다고 한다. 따라서 죽는 사람의 입장에서 죽는 순간은 매우 중요한 의미를 갖는다.

일본에서도 1990년대에 들어오면서 이 부문에 대한 관심이 많아져 '사생학'이라는 학문으로 소개되고 있으며, 특히 간호학, 사회학, 민속학, 종교학, 사회복지학 등의 관점에서 종합적으로 다루고 있다.

나는 한때 이 분야에 대한 학문적 관심이 많아서 미국을 주로 한 외국의 자료들을 구해 공부하면서 우리에게 맞는 학문체계를 세워보려 노력한 적이 있었는데, 삶 다음에 죽음이 오는 것이기 때문에 '생사학(生死學)'이라고 명명하여 소개한 적이 있다.

우리나라에서는 이에 관하여 아직 생소하며 학문으로 정립되지 않고 관련 서적 한 권도 없다. 다만 호스피스 분야에서 부분적으로 다루어지고 있을 뿐이다.

생명의 탄생만큼이나 신비로운 것이 바로 생명의 끝남이다. 그리고 죽은 자는 죽음에 대해 알고 있어도 말이 없고, 죽음을 말하는 자는 아직 죽음에 대해 알지 못한다. 분명한 것은 우리의 인식과 사회 관념과 제도가 죽음의 과정에 있는 사람들에 대해서 지금부터라도 깊은 관심을 가져야 한다는 점이다. 우리가 흔히 주장하는 휴머니티의 영역이 죽음 직전, 직후에까지 확대되어야 한다.

죽음은 내가 무엇을 소유하느냐에 관한 문제가 아니고, 내가 무엇이 되느냐의 문제다. 우리는 탄생을 받아들였듯이 죽음을 받아들여야 한다.

출생과 관련해서 태아 때부터 관심을 갖는 것처럼 죽음 직전의 생명에 대해서도 관심을 가져야 한다. 그러자면 복합적인 케어대상으로서의 임사인에 대한 연구가 이제 우리나라에서도 전문적으로 이루어져야 한다.

죽음은 멀리 있는 게 아니다. 따라서 죽는 이의 입장에서 우리는 죽음에 대해 너그러워야 한다. 그러자면 평소에 여유를 가져야 한다.

너그러움이 늙음을 채색하면 우리는 삶의 마지막에서 이제까지 다하지 못한 관용을 베풀 수 있게 되고, 자신을 용서해 주기를 빌 수 있게 된다. 그리고 모든 사람을 신뢰하면서 비로소 늙음이, 삶이, 인생이 자유로워진다.

그리고 마침내 자유롭게 죽을 수 있게 된다. 그렇게 늙어야 한다.

죽음에는 잃어버린 시간이 없다. 죽음 앞에 가장 소중한 것은 감사의 마음과 사랑이다.

죽음은 자신의 생을 완결한다는 의미에서 그냥 죽는 것이 아니라 '자신의 죽음을 창조하는 것'이 되어야 한다.

효(孝)문화를 생각한다

토인비는 '만일 지구가 멸망하여 다른 별로 가야 한다면 무엇을 가지고 가야 할 것인가'라는 기자의 질문에 '효와 경로사상이 아름다운 한국의 가족제도를 포함시킬 것이다'라고 했다는데, 고맙긴 하지만 참으로 꿈같은 이야기다.

얼마 전, 유니세프에서 아태지역 17개국 청소년 1만여 명을 대상으로 조사한 결과에서 보면 한국 청소년들의 어른에 대한 존경심이 최하위인 것으로 나타났다.

참으로 충격적이다. 예로부터 동방예의지국으로 자랑해 왔던 우리나라가 어쩌다 이렇게 변했는지 참담할 지경이다. 지난 반세기 남짓 세계에서 가장 큰 변화를 겪었다고 해도 우리가 지켜온 전통이나 사회적 덕목이 이렇게까지 흔들리고 무너져 내리는 것은 정말 안타까운 일이다.

경제가 우리의 모든 것을 해결해 줄 것 같지만 그렇지 않다는 것이 사회 곳곳에서 나타나고 있다. 가난할 때보다도 재화를 움켜쥘 때 더 문제가 생긴다하여 옛사람들은 살림이 풍족할 때 더 경계하고 조심하였다. 인간됨을 잃은 사람들이 모여 사는 사회라면 결국 경제적 부의 의미도 사라지게 마련이다.

국어사전에 나와 있는 효(孝)의 뜻은 '부모를 잘 섬기는 일', '부모를 정성껏 섬기는 일'로 되어 있다. 원래 노(老)자에서 아래 획을 생략하고 그자리에 아들 자(子) 자를 받치면 효(孝)라는 글자가 된다. 아들이 늙으신 부모를 업고 있는 것을 나타낸 회의문자라고 한다.

글자가 나타내는 것처럼 윤리적이기도 하지만 논리적이다. 즉 자식이 어렸을 때는 그 부모가 업어주고 부모가 늙으면 그 자식이 업어준다. 논리적으로 따져봐도 맞는 이치다.

옛부터 우리나라에서 노인은 집에서는 가장이고 사회에서는 어른으로서의 확고한 지위를 누려왔다. 그리고 효행의 원리를 효, 불효로 구분하여 학습시켰다.

예기(禮記)에서 가르치는 효행의 5대 원칙을 보면 첫째, 부모의 마음을 즐겁게 하며(孝子之養老也 樂其心) 둘째, 그 뜻을 어기지 아니하고(不違其志), 셋째, 그 이목을 즐겁게 하며(樂其耳目) 넷째, 그 잠자리를 편안하게 하고(安其寢處) 다섯째, 그 음식을 정성껏 마련, 봉양한다(以其飮食忠養之)라고 하였다.

한편 고훈(古訓)에서는 자신의 직분을 바탕으로 하여 불효가 무엇인지 폭넓게 가르치고 있다. 즉 불효는 첫째, 몸가짐과 언동이 단정치 않음이요(居處不莊) 둘째, 나라에 충성치 않음이요(事國不忠) 셋째, 관직에 있으면서 공손치 않음이요(苟官不敬) 넷째, 친구와 사회생활에서 신의가 없는 일이요(朋友不信) 다섯째, 전쟁에 나아가 용맹이 없는 일(戰陣無勇) 등이다.

이와 같은 일을 온전히 하지 못하면 결국 부모에게 염려를 끼치게 할 것이니 효라고 할 수 없다는 것이다. 이를 오늘날에 적용해 보더라도 옛사람들의 훈계가 다 옳다는 것을 알 수 있다.

사람됨은 덕의 근본인 효로부터 출발한다. 내 부모에게 효도할 줄 아는 사람은 남의 부모도 위할 줄 안다. 그것은 곧 경(敬)이다. 이 효와 경은 사람을 사람답게 만드는 근본이며 사회질서를 유지하는 근간을 의미하는 것이기도 하다.

공자(孔子)는 인(仁)을 윤리 도덕의 최고이념으로 삼았는데, 인을 실천하려면 자신의 뜻이 참되어야 하고(誠心), 마음을 올바르게 하며(正心), 가정을 화목하게 하는 것(齊家)으로부터 나아가서는 나라를 다스리고(治國), 천하를 평정하는 일(平天下)에까지 모두 인에 바탕을 두지 않으면 안 된다고 하였다. 그리고 인에는 반드시 효가 기본이 되어야 한다고 하였다. 즉 공자는 자기 부모를 잘 섬긴 후에라야 인을 성취할 수 있으며, 인이 전제되어야 나라도 통치할 수 있다고 하였다.

우리나라에서는 일찍부터 나라에서 경로사상을 강조하고, 임금부터 몸소 실천하였다. 삼국시대에서는 역대 왕조에 걸쳐 효를 가정은 물론 치국의 최우선에 두었다. 특히 고려 성종은 '나라를 다스림에 있어 효도보다 더한 것이 없다'고 하며 효치주의를 내세웠다.

유교를 정치의 근본이념으로 내세웠던 조선조에서는 경국대전을 비롯한 여러 가지 법전으로 효를 근본으로 한 체제가 정비되었다. 특히 삼강

오륜(三綱五倫)을 대대적으로 편찬 보급하여 백성들에 대한 경로효친교육에 주력하였다.

이와같이 동양사상에서는 효도를 모든 행실의 근본이고 인을 행하는 원천으로 삼았다. 그래서 수많은 죄 중에서도 불효를 가장 무겁게 여길 만큼 효도를 중요시했다.

우리의 효 사상이 그것이 최상의 인간윤리로서 타당한지 아닌지 여부와 상관없이 이미 오래전부터 우리의 사고와 행동을 규제하는 원리로 되어왔다. 효 사상이 합리적인지 아닌지, 또 그것이 자랑스러운 것인지 부끄러운 것인지 간에 효는 일찍부터 우리의 문화로 굳게 정착되어 있었다.

그런데 그렇게도 짧은 기간에 우리의 모습은 전혀 다른 모습으로 변했다. 급속한 세계화, 도시화, 산업화 그리고 핵가족화의 심화가 지금 효를 바탕으로하는 전통적 가족윤리와 가치관을 깨뜨리며 가정을 위기로 몰고 있다.

전통적 신분질서의 규범이 무너지고 부모는 자녀의 행동을 통제할 능력을 상실했다. 부모와 자식 간에 직업이 달라지면서 부모는 자식에게 가르쳐 줄 수 있는 지식이나 기술도 없어지게 되었다. 자녀의 장래는 부모와 상관없이 자녀 자신의 능력에 좌우되게 되면서 부모의 경험과 지식은 자식에게 무용지물이 돼 버렸다. 여기에 윤리가 중요시되던 도의사회가 무너지고 능력과 이익만을 추구하는 경쟁사회로 바뀌면서, 가정 내에서의 부모와 사회생활에서의 연장자의 지위가 크게 흔들리게 되었다.

심지어 부모 또는 형제간에 이해관계로 인한 법정분쟁이 증가하고 있고, 노인학대가 큰 사회문제로 나타나는 세상이 되었다.

신구가치관의 혼재뿐만이 아니라 여권신장에 따라 아버지의 지위가 약화되고 어머니의 역할이 커지면서 전통적 가족질서도 흔들리고 있다. 자식이 부모를 모시기를 꺼리기도 하지만 부모 역시 자식과 함께 살기를 원치 않는다. 이러한 경향은 우리의 효 문화를 점점 더 어렵게 한다.

더구나 고령층의 급증으로 만성질환자들이 날로 늘어나고 있는데, 효를 강조하며 이들을 장기간 가족이 돌보는 것은 현실적으로 매우 어려운 일이다. 그래서 이제는 배우자나 가족이 만성질환 노인을 돌보는 경우가 세상에 알려지게 되면 화젯거리가 되는 세상이 되었다.

그렇다고 한탄만 할 일도 아니다. 고심하고 해법을 찾아야 한다.

사회가 변하고 생활형태가 변해도 우리의 전통적 효의 가치는 인정되고 지켜져야 한다. 다만 시대변화에 따라 효의 개념과 내용 그리고 실천방법이 현실에 맞게 바뀌어져야 한다. 그래야 효가 지속될 수 있다.

전통사회에서의 효의 개념은 무조건적이었지만 현대적 효의 개념은 합리적이어야 한다. 사회의 흐름과 일치해야 하며 사회능률을 저해하는 것이 아니고 돕는 것이어야 한다. 부담스럽고 불편한 효가 아니라 자발적이고 윤리적이어야 한다. 이렇게 하면 효는 우리 사회에서 엄청난 힘을 발휘하는 요소로 작용하게 될 것이다. 그러자면 먼저 효에 대한 현대적이고 합리적인 개념화가 필요하다.

효의 현대적 개념은 강압적이거나 규범적인 것보다는 합리적이고 가치지향적이어야 한다. 일방적인 것이 아니라 자유롭고 자발적이고 본성에 따르도록 유도해야 한다.

이를 위해 그 실천방법도 현대사회에 맞게 다양하게 바뀌어야 한다. 우리의 전통적인 효도나 효행을 전근대적이고 낡은 것으로만 생각할 것이 아니라 여기에 새로운 의미를 부여하고 그 의미의 한계를 설정하는 것이 필요하다.

예컨대 중요한 일에 관하여 부모의 의견을 듣는다거나, 멀리 떨어져 살고 있어 자주 찾아보기는 어려워도 전화는 자주 할 수 있다. 경제적인 문제로 물질적으로는 잘해드리지 못해도 따뜻한 말 한마디와 마음은 얼마든지 전할 수 있다. 그리고 그것은 훌륭한 효다. 중요한 것은 지금의 효란 자식으로서의 마음이라는 점이다.

또한, 부모의 입장에서도 달라져야 한다. 사회현실을 외면한 채 일방적으로 효를 강요해서 될 일이 아니다. 또 그렇게 할만한 입장도 아니다. 가정이나 사회에서 효가 자발적으로 실천될 수 있는 방법이 마련되어야 한다.

그러자면 정부가 효의 중요성을 인식하고 이에 대한 정책을 수립하고 어릴 때부터 몸에 배이도록 특히 교육 측면에서 적극적인 대책을 세워야 한다.

오늘날과 같이 사회공동체 의식이 무너지고 다양한 사회갈등이 일어나는 때일수록 효 사상의 보급과 실천은 더욱 필요하다.

올바른 인성을 갖추고 부모를 공경하는 청소년을 육성하는 것은 곧 건강한 사회를 만드는 지름길이다. 그러나 우리나라는 불행하게도 효행장려를 위한 중앙정부나 지방정부의 정책은 거의 전무하다시피 한 실정이다.

가정은 인간이 태어나서 최초로 접하는 공동체다. 따라서 효의 근본적이고 기초적인 교육은 가정에서 이루어져야 한다. 특히 학교에서 어린이와 청소년기에 효 교육을 체계적으로 실시하는 것이 매우 중요하다

이미 2007년 8월 '효행장려 및 지원에 관한 법률'이 제정되었지만 지금 이를 시행하고 있는 단체는 거의 없다. 이 법 제5조에서 '국가 및 지방자치단체에서는 유치원, 초중고교에서 효행교육을 실시'하도록 하고 있고, 영유아 보육시설과 사회복지시설, 그리고 평생교육기관 등에서 효행교육을 실시하도록 하고 있다.

더구나 이 법 제7조에서 보면 중앙정부와 지방정부에는 효 사업과 교육을 위해 각각 '효문화진흥원'을 설치하도록 하고 있으나 이는 의무규정이 아니어서 중앙정부는 물론 아직 이와 같은 교육기관을 설치한 자치단체는 없다.

나는 공직에서 은퇴할 당시 서울시장을 만나 미래 우리 사회에 대한 걱정을 함께 나누면서 초중고생들에게 효 교육을 실시하는 것이 미래사회에 대비하는데 매우 중요한 시책임을 역설하며, 서울시에서 먼저 선도적으로 나서 줄 것을 요청한 바 있다. 서울에서 먼저 시작하면 전국에서 실시하게 될 것이기 때문이다. 그러나 서울에 효문화진흥원을 설치하여 대한민국의 미래를 위해 청소년들에게 효 교육을 실시한다는 말은 아직 듣지 못했다.

분명한 것은 지금 이 시점에서 효 문화의 재정립을 위한 노력을 기울이지 않으면 지금의 청소년들이 나라의 주인이 되는 다음 세대에 가서 엄청난 사회적 갈등과 국가운영에 어려움을 맞게 될 것이라는 점이다.

다행히 우리에게는 아직도 경로효친의 DNA가 몸속에 흐르고 있고 그 사상의 뿌리가 깊숙이 버티고 있다.

교육과 실천프로그램을 만들어 지속적으로 추진해나가면 얼마든지 건강한 사회를 만들 수 있는 여지는 남아 있다. 또 그렇게 하지 않으면 우리나라는 앞으로 '동물의 왕국'이 될 수밖에 없다.

아무쪼록 토인비의 희망이 헛된 꿈이 아니었으면 좋겠다.

성경에서 보는 효

효는 거의 모든 종교에서 기본이 되어 권장되고 있다.

기독교의 경우 우선 하나님 '아버지'와 그의 독생자 '아들'인 예수와의 관계에서부터 효 개념을 찾을 수 있다. 기독교 사상의 진수는 부자 관계에서 출발하고, 기독교 진리의 핵심은 성부(聖父)와 성자(聖子)의 인격적 관계에서 해답을 얻어야 한다.

구약시대에만 해도 인간의 삶 자체가 신앙이었기 때문에 효는 당시 생활이었고 그 가르침을 충실히 따르는 것은 당연하였다. 만일 기독교인들만이라도 구약시대처럼 효를 잘 지켰으면 세상은 지금과는 크게 달라졌을 것이라는 생각이 든다.

우리가 예배 때마다 고백하는 사도신경에서 보면 '하나님 우편에 앉아 계시다가'라는 구절이 나오는데, 독생자인 예수 그리스도가 하늘 아버지의 뜻을 잘 순종하므로 그를 하나님 우편에 앉도록 계시한 것이 분명하다. 이것은 효경에서 말하는 배천(配天)의 진리와도 같다.

'하나님 우편에'는 부자유친(父子有親)의 뜻과 같다. 하나님이 땅에서 부활하여 돌아온 아들을 하늘의 아버지 품에 안기게 했다는 뜻이다.

하나님은 진심으로 자복하고 회개하면 대부분의 죄는 다 용서해 주시는데 부모에게 효도하지 않는 사람은 용서하지 않는다. 마태복음 15장 4절에 '네 부모를 공경하라'고 하였고, 이어 '아버지나 어머니를 비방하는 자는 반드시 죽임을 당하리라'고 하였다. 이처럼 자신의 부모에게 효도를 게을리하지 말라고 강하게 밝히고 있다.

그래서 특히 고대 유태인들은 부모와 연장자에 대한 경로효친의 엄격한 계율을 정하고 실천했다. 그들은 자기의 부모를 소중히 여기고 성심껏 잘 모시면 복을 받고 장수한다고 가르치며 젊은이들에게 경로사상을 가르쳤다.

그리고 이와 같은 계율과 훈육은 나아가 약자나 고통받는 사람을 도와야 한다는 박애사상으로 발전하였다. 효 사상의 놀라운 확산이다.

로마시대에 이르러서는 양친부양의 의무를 로마법에 규정하기에 이른다. 고대 로마시대에서는 노인의 경험과 지식을 존중히 여기는 사회 풍조가 있어 노인은 가정이나 사회에서 높은 지위와 권위를 누릴 수 있었다. 로마 원로원도 이와같은 경로효친사상의 토대에서 나온 제도이다.

기독교에서는 일찍부터 부모에 대한 효도를 십계명에 의해 강조하였으며, 기독교가 효를 얼마나 중요시하는 종교인지는 그 밖에도 많은 구절에서 밝히고 있다. 성경에서 강조하고 있는 효는 크게 다음과 같이 나누어 설명할 수 있다.

첫째, 성경에서는 늙음을 기쁨과 축복으로 보았다.

잠언 16장 31절에 '백발은 영화의 면류관이라 공의로운 길에서 얻으리라'고 하였고, 20장 29절에서 '젊은 자의 영화는 그의 힘이요 늙은 자의 아름다움은 백발이니라'고 하여 노인을 영광스러운 존재로 보고 노인의 경험과 지혜 그리고 덕을 칭송하였다.

이러한 경지에 이르도록 장수하려면 신앙심이 깊어야 함은 물론이고 평소 선한 일을 많이 해야 한다는 것을 가르치고 있다.

둘째, 성경에서 노인은 지혜로 표현하고 있다.

욥기 12장 12절에 '늙은 자에게는 지혜가 있고 장수하는 자에게는 명철이 있느니라'라고 기록되어 있다. 세상을 오래 살아온 사람은 그동안 쌓은 경험과 지식으로 지혜가 높을 것은 당연하다. 노인 중에서도 특히 지도층인 원로는 오랜 경험과 지혜로 명철함을 지니게 된다.

시대가 변하면서 노인의 지혜나 생각은 젊은이에게 뒤떨어지고 판단력도 현실에 맞지 않을 것이라고 흔히 생각할 수 있다. 그러나 많은 조사 결과에서도 알 수 있듯이 노인의 경험과 특히 사회원로의 생각과 판단은 지금도 가정이나 사회에서 유익하다. 다만 시대가 변함에 따라 가치판단의 기준이 달라질 수 있고 적용에 한계가 있을 수 있다.

또한 '너 낳은 아비에게 청종하고 네 늙은 어미를 경히 여기지 말지니라'고 했는데, 이는 가정에서뿐만 아니라 사회에서 모두 어른을 공경할 것을 강조한 것이다.

잠언 17장 25절에는 '미련한 아들은 그 아비의 근심이 되고 그 어미의 고통이 되느니라'라고 했다. 자식은 부모를 행복하게 해드릴 수도 있고 부모에게 슬픔과 실망을 가져다줄 수도 있다. 부모를 행복하게 해드리는 것이 바로 효다. 또한 부모의 기쁨과 행복이 곧 자식의 기쁨과 행복이 된다.

이어서 잠언 23장 15절에는 또 이런 구절이 있다. '내 아들아 만일 네 마음이 지혜로우면 나 곧 내 마음이 즐겁겠다'. 또 잠언 19장 20절에서는 '부모님의 권고를 들으며 훈계를 받으라 그리하면 네가 필경은 지혜롭게 되리라'고 했다.

부모가 자식에 대한 책임을 다할 수 있도록 부모를 돕는 것이 곧 부모에게 효도하는 길이 된다. 물론 부모와 자식 간에 생각이 다르고 가치판단이 다를 수 있다. 그럴 때는 자신의 일방적인 주장보다는 부모를 설득하거나 부모의 입장을 이해하려는 노력이 있어야 한다. 이러한 문제는 결국 자신이 부모가 되었을 때 똑같이 겪게 된다.

자식의 행동에 대해 관심이 없는 부모보다 훈계하고 징계하는 부모를 가진 것이 얼마나 더 행복한가를 깨달아야 한다.

잠언 6장 23절과 13장 1절을 보면 '부모의 징계에 유의하라. 너희는 스스로 유익을 받을 것이며 부모의 마음을 즐겁게 할 것이다'라고 하였다. 부모는 인생을 살면서 쌓아온 경험과 지혜로 자식을 가르치는 것이므로 자식이 이에 잘 따르면 자신에게 유익이 될 것이요 부모는 순종하는 자식에 대해 기뻐할 것이다.

골로새서 3장 20절에서 역시 '자녀들아 모든 일에 부모에게 순종하라'고 하였는데, 이 또한 같은 의미이다. 여기서 부모에게 순종하라 함은 곧 나이가 들면 경험과 지식이 쌓이게 되고 판단도 젊은이보다 정확하다는 것을 암시하고 있다. 여기서 부모에게 순종하라 함은 비단 자신의 부모에게만 효도하라는 뜻은 아니고, 모든 윗사람으로부터 배울 것이 많다는 것을 포함하고 있다. 한편 부모의 입장에서는 자신의 생각을 일방적으로 주장하려 하지 말고 자식의 의견이나 입장도 이해하려 노력해야 한다.

기본적으로 하나님을 경외하는 부모를 기쁘게 하는 것은 곧 하나님을 기쁘게 하는 것이며, 이런 경우 부모의 마음을 상하게 하는 것은 곧 하나님의 마음을 상하게 하는 것과 같다. 이와같이 기독교에서는 노인의 지혜를 배우며 공경함으로써 하나님으로부터 축복받는다는 것을 가르치고 있다.

셋째, 성경에서 노인을 존경과 공경의 대상으로 표현하였다.

에베소서 6장 2절과 3절에서는 '네 아버지와 어머니를 공경하라. 이것은 약속이 있는 첫 계명이니 이로써 네가 잘되고 땅에서 장수하리라'고 하였다. 부모에게 효도하면 하는 일이 잘되고 장수한다고 하나님이 약속했으니 이를 지키지 않을 사람이 어디 있겠는가.

레위기 19장 32절에서는 '너는 센머리 앞에 일어서고 노인의 얼굴을 공경하며 네 하나님을 공경하라'고 하였고, 잠언 23장 22절에서는 '너를 낳은 아비에게 청종하고 네 늙은 어미를 경히 여기지 말지니라'고 하고, 25절에서는 '네 부모를 즐겁게 하며 너 낳은 어미를 기쁘게 하라'고 하였다.

또한 신명기 5장 16절에서는 '너는 네 하나님 여호와께서 명령한 대로 네 부모를 공경하라. 그리하면 네 하나님 여호와가 네게 준 땅에서 네 생명이 길고 복을 누리리라'고 하여 여기서도 하나님은 사람들이 부모를 공경하고 잘 모시는 보상으로 행복과 장수를 누릴 것을 약속하고 있다.

이처럼 부모공경을 곳곳에서 되풀이하며 강조하는 것은 그만큼 효가 가정은 물론 사회적으로 중요한 기반이 되기 때문이다. 뿐만아니라 하나님과의 관계가 아버지와 아들의 관계여야 함을 가르치는 것이다.

사무엘상 17장 55절에는 다윗에 관한 얘기가 나온다. 다윗이 탁월하고 담대하고 믿음이 있는 행동을 했을 때 사울 왕은 즉시 '이 소년은 뉘 자식이냐?'고 묻는다.

특히 청소년들이 평소 하는 행동이나 인격은 그 부모에 대한 인격과 가치판단에 큰 영향을 준다. 따라서 부모에게 영광을 돌리기 위해서라도 다른 사람에게 친절하고, 서로 돕고, 우정을 나누며 존경받는 생활을 할 필요가 있다. 이러한 마음과 행동은 나아가 하나님을 영광스럽게 하기도 한다. 이것은 잠언 20장 11절과 히브리서 13장 16절에도 나와 있는 말씀이다.

마가복음 8장 36절과 37절에는 '사람이 만일 온 천하를 얻고도 자기 목숨을 잃으면 무엇이 유익하리요. 사람이 무엇을 주고 자기 목숨과 바꾸겠느냐'고 했는데, 이는 인간의 생명은 단순히 값으로 환산할 수 없는 소중함을 말한 것이다. 이렇게 소중한 생명을 준 어버이를 공경해야 함은 당연한 도리이고 의무이다.

또한 로마서 13장 8절에서 보면 '피차 사랑의 빚 이외에는 아무에게든지 아무 빚도 지지 말라'고 하였다. 우리가 살아있는 한 부모로부터 입은 은혜와 사랑의 빚을 갚는다는 의미에서 부모에게 정성을 다하여 계속 사랑으로 보답해야 한다는 뜻이다.

시편 90장 10절에는 노후에 닥쳐올 고통과 슬픔으로부터 보호해 달라는 기원이 기록되어 있다. 즉 '우리의 연수가 칠십이요 강건하면 팔십이라도 그 연수의 자랑은 수고와 슬픔뿐이요 신속히 가니 우리가 날아가나이다'라고 하며 인생의 무상함을 지적하고 있다.

이토록 짧은 인생을 사는 부모를 공경하는 것은 자식의 당연한 도리이고, 자식이 늙으면 또 그 자식으로부터 같은 공경을 기대하게 된다.

레위기 25장 35절에는 '너희 종족 가운데 누가 옹색하게 되어 너희에게 의탁해야 할 신세가 되거든 너희는 그를 몸 붙여 사는 식객처럼 붙들어두고 함께 데리고 살아라'고 함으로써 부양가족이 없거나 있다고 해도 빈곤하여 부양할 수 없는 처지일 때에는 종족 중에서 그러한 부양을 대신하도록 가르치고 있다.

이와같이 성서에서는 비단 자기부모 뿐만이 아니라 모든 노인을 공경하고 노인의 가르침을 소중히 하라는 내용이 많이 나온다.

성경에서 이토록 효를 강조하고 가르쳐도 효는 요즘 세상에서 구시대 유물처럼 취급되고 있다. 구약시대 사람들처럼은 못하더라도 하나님의 가르침을 조금만이라도 가슴에 넣고 살면 세상은 이렇게까지 되지 않았을 것이라는 생각이 든다.

현재 76억 세계 인구 중 기독교 신자가 21억 명이다. 세계 기독교 인구는 지난 1백여 년에 걸쳐 전 세계 인구의 33%를 차지해 오고 있다.

한국의 경우 종교 인구수는 2천155만 명이다. 이중 개신교가 967만 명, 불교 761만 명, 그리고 천주교가 390만 명이다. 우리나라에서 효가 무너져 내리는 것은 이들 신자들에게 우선 책임이 있다고 본다. 불교에서도 경전을 통하여 효를 강조하고 있다. 인진경(忍辰經)에서는 효를 선의 극치로 보고, 불효를 악의 극치로 규정하고 있다. 또 부모은중경(父母恩重經)에서도 어버이 은혜를 열 가지로 나누어 설명하고 있다. 그밖에 심리관경(心理觀經), 본사경(本事經) 등 수많은 관련 규정들이 나온다.

이러한 종교적 가르침에도 불구하고 효가 나날이 쇠퇴해가고 있는 데에는 우선 종교인들의 책임이 크다고 볼 수밖에 없다.

특히 우리나라 전체 종교인구의 45%를 차지하는 기독교 신자들의 책임이 크다. 세태가 어떻게 변하든 최소한의 예의범절과 효 교육을 실시하고 지켰더라면 우리나라가 지금과 같은 세계 최하위 수준의 불효국가는 되지 않았을 것이다.

지금이라도 늦지 않다. 우선 개신교가 먼저 나서서 하나님 가르치신대로 하면 된다. 그러면 나라가 달라지고 세계가 달라질 것이다.

제2부

언덕에 올라 바라보면

서울, 서울 사람

나는 외국의 큰 도시들을 여행할 때는 그곳의 명소나 관광지도 물론 좋지만 사람들을 유심히 관찰하는 습관이 있다. 그래서 그곳 도시민의 특성을 살펴보고 그 유래나 전통을 비교하는 것이 참 흥미롭다.

어느 도시이고 간에 그 도시가 갖는 독특한 이미지가 있다. 특히 오래된 도시일수록 더욱 그렇다. 더구나 한 나라의 수도는 그 나라의 심장부로서의 역할과 문화의 상징성을 가져야 한다. 그래야 국민정신을 일깨우고 국민단합을 기할 수 있다.

서구의 도시들은 대개 중세 이후의 기독교 사원이나 국민국가 형성기의 영웅들을 숭모하는 거창한 기념물을 중심에 놓고, 조국의 영광과 자존심을 연출해 내고 있다.

런던의 트라팔가 광장이나 파리의 개선문이 그 대표적인 상징물이다. 장중한 크렘린궁과 아름다운 바실리 성당이 있는 붉은 광장으로 상징되는 러시아의 얼굴 모스크바, 장엄한 자금성과 혁명기념탑 그리고 혁명기념관으로 둘러싸인 천안문 광장으로 대표되는 중국의 얼굴 북경.

도시의 역사가 깊을수록 그 도시에 사는 사람들의 특성이 자연스럽게 형성된다. 그리고 이러한 도시민이 갖는 특징은 하나의 전통이 되고 시민들은 이를 아끼고 가다듬어 더욱 발전시켜 나가는 것을 자랑으로 여기게 된다.

예컨대 뉴욕 하면 무질서한 빌딩과 뒷골목이 떠오르기도 하지만, 뉴욕시가 주는 전체적인 이미지는 역시 세계 증권시장의 향방을 좌우하는 경제도시, 세계를 주름잡는 역동적인 비즈니스 도시를 연상케 한다. 그리고 자유롭고 활기찬 시민들의 모습이 떠오른다. 워싱턴 하면 세계 정치의 중심지로서 매일 매일 세계인의 눈과 귀를 모으게 한다.

런던 하면 영국 신사, 자유분방하고 예술을 사랑하는 파리인, 상냥하고 예의 바른 동경인, 음악을 사랑하는 비엔나 시민들, 개방적이고 낭만적인 마드리드 시민, 웅장하면서도 깊은 문학과 음악을 사랑하는 모스크바인, 조용하고 예의 바른 방콕 시민, 예로부터 어딘가 가슴이 넓은 것 같은 북경인 등. 이러한 도시민이 갖는 특성은 오랜 세월이 지나면서 하나의 전통이 되고 그 나라 국민을 대표하는 국민상 내지는 이미지가 된다.

그러면 서울의 특징은 무엇이고 서울의 시민상은 무엇인가.

인구이동이 적은 지방 도시들은 대체로 그 지역이 갖는 역사와 전통이 잘 보존되고 있고 또 그곳에 살고 있는 사람들의 특성도 잘 유지되고 있는 경우가 많다. 그러나 과거 1백여 년 동안 극심한 변화와 변동을 겪어온 서울의 경우 그 전통과 이미지를 유지하기란 매우 어려운 일이다.

지금도 서울 사람의 이미지가 옛날처럼 선비 같고 예절 바르고 체면을 소중히 여기는 사람들이라고 생각하는 이가 몇 명이나 될까. 해방 이후부터 통용되고 있는 소위 '서울깍쟁이' 정도가 서울인이 갖는 일반적인 상이 아닐까 생각된다.

사실 서울 사람들은 예로부터 재테크에 능하지가 못했고 어려운 이웃을 도와주는 것을 좋아하였지만, 해방 이후 특히 6·25전쟁을 거치면서 북한과 지방으로부터 많은 사람이 이입되면서 인심은 각박해지고 거친 이미지가 형성되었다.

거기다가 아예 '서울 사람'의 개념 자체가 명확하지 않게 되어 버렸다. 현재 서울에 살고 있는 사람은 모두 서울 사람이다. 서울 사람이라고 해서 다른 지역 사람과 다를 게 뭐가 있으며 또 다른 것이 무슨 의미가 있겠느냐고 물을 수도 있다. 사실 별로 다를 것도 없다. 더구나 요즘 같은 디지털 정보 시대에 한곳의 사건이 전 세계에 동시에 퍼져나가는 상황에서 한 지역의 특색과 전통이란 그 의미가 적어질 수밖에 없다.

만일 그렇다면 아무 특징도 없고 전통도 없이 그날그날 사는 것이 서울과 서울 사람들의 특징이 될 수도 있다. 다만 문제는 서울처럼 6백 년 이상의 오랜 전통을 가진 도시가 그래서 되겠느냐는 것이다. 세계인의 눈에 계속 '조용한 아침의 나라'로 남을 수만은 없다는 말이다.

서울인의 상이 반드시 서울 토박이들에 의해 옛 모습이 지켜지고 전해져야 하는 것은 물론 아니다. 또 그것이 가능하지도 않다. 1천만 서울 인구 중에서 서울의 전통을 이어온 사람이라고 해보아야 그 수가 얼마나 되겠는가.

어디서 왔던 서울이라는 용광로 속에 일단 들어오면, 서울시민이라는 새로운 모습으로 탈바꿈하여 생활하고 적응해 나가는 가운데 서울인으로서의 새로운 이미지를 형성하게 되며, 이것이 서울인의 특색으로 비쳐지고 이를 전통으로 이어 나갈 수 있어야 한다.

따라서 타 지역에서 올라온 사람들이 얼마만큼 도시생활에 적응하면서 '서울 사람화'하여 다수 서울 사람들이 갖고 있는 공통된 의식구조를 받아들여 적응할 수 있느냐 하는 점이 '서울인'을 형성케 한다. 마치 갖가지 인종이 모여 사는 미국에서 피부색에 관계없이 아무리 급해도 줄서기를 철저히 하고, 산책길에서 마주치면 서로 인사를 나누고, 엘리베이터에서 서로 양보하며 고맙다는 인사를 하는 것처럼 말이다.

나는 서울시청에 근무할 때 도시 새마을운동 업무를 담당한 적이 있었다. 당시 농촌새마을 운동은 어느 정도 체계가 잡혀가고 성과도 눈에 띠게 나타났지만 도시에서는 농촌과 다른 형태의 운동이 필요했다. 지붕을 뜯어고치고 골목길을 넓히고 청소를 하는 것도 물론 중요하지만, 도시 새마을은 사람 즉 시민에 중점을 두는 것이 중요하다.

특히 서울 같은 대도시에서는 주거환경이 전반적으로 아파트 중심으로 단지사회화 해가고 있어 자칫하면 개인주의, 집단이기주의로 흐를 염려가 많다. 그런가 하면 동기부여를 어떻게 하느냐에 따라 힘을 모아 결집하는 데에 큰 힘을 발휘할 수도 있다. 파리시나 마드리드시의 이웃돕기 성금이 시의 복지예산과 거의 맞먹는다는 말을 현지에서 들은 적이 있다. 서울에서는 서울올림픽 때 서울시민의 단합된 역량을 보인 좋은 사례가 있다.

서울의 전통은 일찍이 피터 드러커가 말했듯이 반세기 동안 '세계에서 가장 심한 사회변동'을 겪으면서 무너져 왔다. 이제 서울인의 새로운 상을 정립하는 데 역량을 모아야 한다. 그래야 세계에 내놓을 수 있는 전통과 특징을 자랑할 수 있다. 그것이 문화시민이 되는 길이다. 그것은 서울 토박이들만이 해야 할 일은 아니다.

세종 8년인 1426년 당시 서울의 인구는 10만 3천 명이었다. 해방 당시만 해도 90만 1천 명에 불과했다. 그러던 것이 1960년에 230만 명이 되었고, 1972년에는 6백만 명을 넘어섰다. 이 시기는 우리나라의 산업화와 동시 도시화가 활발한 시기였다. 이 무렵 농촌의 특히 젊은 사람들은 너도나도 일자리를 찾아 서울로 몰려들었다. 그러면서 서울인의 흔적은 차츰 자취를 감추게 되었다. 그 옛날 순진했던 시골 사람들이 괴나리봇짐 지고 올라와 심한 경쟁 속에 살아가면서 서울의 '어설픈 깍쟁이'가 되었고, 이것이 서울 사람의 특징같이 되어 버렸다.

서울시에서 몇 해 전에 '서울 토박이' 조사를 한 일이 있는데 당시 적어도 1910년 이전부터 서울에서 살아온 사람을 토박이로 규정했었다. 따라서 서울 토박이를 해방을 기준으로 하여 넉넉히 잡아 1백만으로 본다 해도 현재 서울시 전체인구의 10%밖에 안 되는 셈이다.

더구나 해외와 지방으로 이리저리 흩어진 사람들을 감안한다면 순수한 서울 사람은 이에 훨씬 못 미칠 것이다. 그리고 현재 서울에 살고 있는 사람들의 약 60%는 그 출생지가 서울이 아니다. 즉 서울은 각 지방에서 올라온 이주민으로 구성된 인구 면에서 볼 때 전혀 새로운 형태의 도시로 변모되었다. 따라서 서울의 새로운 이미지와 전통을 세우는 데 있어 서울 토박이의 역할은 큰 의미가 없다.

어찌 보면 이러한 상황에서 선비의식을 찾고 전통을 찾는 것 자체가 무리일런지도 모른다. 이제 지조 있는 선비들이 거주하던 선비촌도 없고 남산골 딸깍발이도 없어진 지 오래다. 그래도 서울을 특징 지을만한 새로운 정신적, 문화적, 전통적 상징물을 발굴하고 바로 세워 새로운 서울의 이미지를 세계에 내놓아야 한다. 아니 이미 역동적인 서울의 모습을 세계인들이 주시하고 있다.

아무리 경제적으로 풍족하게 살아도 문화인이기를 거부하고 이기적 경쟁의식으로 무장하고 시민의식을 저 버린다면 결코 선진 문화시민일 수가 없다.

이제는 새마을운동도 까마아득한 옛일로 되었고, 올림픽과 월드컵도 한때의 이벤트로 흘러갔다. 시민 정신도 흐트러졌고 한강 시민공원에 버리고 간 쓰레기 더미가 지난날 자연보호운동을 비웃고 있다.

그런가 하면 개인주의와 이해충돌에 따른 사회갈등이 전보다 더 확산되는 양상이다. 거기다가 정치권을 중심으로 진영논리에 빠져 정의의 개념이 도착되고 공동체 의식도 '패거리 의식'으로 전도되는 분위기다. 사회통념과 도덕이 기초부터 흔들리는 위기에 처해 있다. 이러한 일련의 현상들은 우리의 시민의식이 일대 위기에 처해 있음을 말해주고 있는 것이다. 이럴 때일수록 새로운 사회분위기와 동기를 조성하고 시민의식을 결집시키는 일이 중요하다.

서울의 인구구성이 크게 바뀌어 새로운 전통을 만드는 일이 어려울 것이라는 견해도 있지만, 시민의식은 자신이 사는 지역에 대한 애정에서부터 시작한다는 점에 착안하면 그것은 가능하다고 생각된다.

몇 년 전 서울시가 2만 가구를 대상으로 실시한 시민의식 조사에서 보면 서울시민 10명 중 8명은 서울을 고향같이 느끼고 있다고 답하여 '서울 타향살이'라는 종전의 의식이 많이 바뀐 것으로 나타났다. 이것은 '서울사람'으로의 과정이 진행되고 있음을 의미하는 것이다. 자신이 태어난 고향 못지않게 현재 살고 있는 서울을 사랑한다는 것이다. 이점은 서울인 정립에 매우 희망적인 시사점이 된다.

아무리 인구이동이 심하고 경상도, 전라도, 충청도 사람이 많아도 지금껏 서울말이 이 나라의 표준말로 사용되고 있는 것처럼 분명히 '서울'은 우리들의 생활 구석구석에 남아 있다.

서울은 정치, 경제, 사회의 중심지이기 전에 문화의 중심지다. 다양한 문화가 접합하고 교차되면서 하나의 독특한 서울의 문화를 형성하고 도시민의 정신을 전통으로 쌓아가고 있다.

우리가 찾아야 할 바람직한 서울인 상, 세계의 모든 이들이 서울 하면 바로 머리에 떠올리게 되는 우리들의 이미지, 그것은 어떠한 것이어야 할까. '예의 바르고 인정 있고 활기찬 문화시민'이었으면 좋겠다.

K-pop이 세계를 흔들고 첨단기업들이 미국을 비롯한 여러 나라에서 그 품질과 신용을 자랑하고, 예술, 체육 등 각 분야에서 인재들이 국제무대에서 활약하고 있다.

우리가 스스로 자랑스럽게 여기고 세계에 내놓을 만한 서울의 이미지를 만들어 내려면 먼저 우리 스스로가 서울을 사랑하고 '서울인'임을 자랑스럽게 생각하는 것으로부터 시작되어야 한다.

광장문화

오래된 도시에는 광장이 있다. 시민들은 그 광장을 사랑한다. 유럽의 오래된 도시들을 보면 도시를 건설할 때 제일 먼저 교회 건물을 배치하고 그 후에 관청 건물을 배치했다. 관청 건물 앞에는 거의 광장을 마련하였고, 그곳은 주요도로망이 연결되고 대회의장이나 군중 집회 등의 행사장으로도 사용하였다.

광장은 고래로 시민의 애국심과 애향심을 생산하던 곳이다. 나는 공무원 사무관 시절부터 시민광장에 대한 깊은 관심을 갖고 외국의 도시들이 갖는 광장의 의미와 역할에 대해 주의 깊게 관찰하곤 했다.

우선 공통적인 것은 광장의 주인이 바로 시민이라는 것과 지역의 구심점으로 역할한다는 점이다. 과거 광장은 직접민주주의의 현장이기도 했다. 그리고 광장은 시민문화가 생성되는 곳이라는 점이 중요하다.

핀란드의 수도 헬싱키에 가면 바로 국가원수 집무실 앞에 넓은 시민광장이 있고 저녁이 되면 시간을 정해 노점상들이 모여 시장을 이루고 많은 사람이 모여 북적댄다.

벨기에 브뤼셀에 가도 고색창연한 시민광장이 있어 여기서도 시간을 정해 놓고 노점상들이 모여 일대 시장통을 이룬다. 많은 사람이 모여 축제도 하고 토론도 벌이며 도시의 담론의 장으로 변하기도 한다. 로마에 가도 마찬가지고 스페인에 가도 광장은 시민의 사랑을 받는 만남과 소통과 여가와 담론의 장이다. 여기에는 역사적 인물이나 소설 또는 전설 속의 인물을 기리기 위한 동상들도 서 있다.

　지금도 아주 인상 깊게 기억되고 있는 마드리드 광장에 가면 참으로 천국 같다는 생각이 든다. 밤 열두 시가 넘은 늦은 시간인데도 시민들이 쏟아져 나와 산책도 하고 서로 어울려 춤도 추고 노래도 부른다. 아는 사람들끼리 만이 아니고 나같이 처음 보는 사람도 함께 어울릴 수가 있다. 중세시대의 복장을 한 대학생들이 나와 연극도 하고 한쪽에선 악기도 연주한다.

　여기엔 가끔 시장 부부도 나와 시민들과 어울려 시정 얘기도 나누고 시민들과 노래하고 춤도 춘다고 한다. 이럴 경우 시장과 춤춘 사람은 사회복지 기금을 내놓기도 하고 어떤 사람은 자신의 유산을 사회에 기부할 것을 서약하기도 한다고 한다. 우리 같으면 기부금품모집 금지법에 저촉되어 문제가 될 텐데, 참으로 자유롭고 시민이 하고 싶은 일은 최대한 보장되는 나라다.

　원래 광장에는 시민의 피와 땀이 역사로 새겨져 있다. 옛날 부족국가 시절에는 이웃 부족이 침범해 오면 청년들이 광장에 모여 창과 칼을 흔들며 나라를 지키자며 외치고 나가 싸워 피를 흘리고, 또는 싸움에서 이기고 돌아와 시민들과 더불어 개선가를 부르며 승전의 축배를 들고 애국심을 드높이던 시민의 마당이다. 그래서 광장은 장소적으로도 지역의 중심에 있을 뿐만 아니라 정신적으로도 시민의 가슴 한가운데 자리 잡고 있는 것이다. 그야말로 '광장문화'가 형성되는 곳이다.

몬트리올도 그렇고 뮌헨도 그렇지만, 시청 앞 광장에 저녁에 나가보면 참으로 자유분방하고 거리낌이 없다. 맥주 마실 수 있도록 아예 좌석을 마련한 곳도 있다. 학생들이 연극공연을 할 수 있도록 무대를 마련한 곳도 있다. 내가 몬트리올 시청을 방문했을 때 시청 로비에서는 중학생들 사진 전시회를 하고 있었다.

광장에서는 춤추고 즐거운 행사만 하는 것이 아니고 시정에 대해 불평불만을 털어놓고 시장에 대해 욕도 한다. 내가 저녁에 뮌헨시청 앞 광장에 갔을 때 한 남자가 시정을 비판하고 시장에 대한 욕을 하는데 몇 사람이 박수 치는 것을 보았다. 그렇다, 광장은 시장 욕도 하는 곳이다.

서울시청 앞에는 원래 광장이 없고 대형분수대가 있었다. 분수대를 끼고 차선이 교차하는 복잡한 구조였는데 2004년 이를 없애고 광장을 조성하였다. 시청 앞에 광장이 들어선 것은 환영할만한 일인데 왜 접근이 자유롭지 못한 잔디광장으로 조성했는지 알 수가 없다. 혹시 시장 욕먹기 싫어서 불편하게 봉쇄한 것 아닌가 하는 생각도 든다.

광장이 생긴 후에도 시민의 자유는 전혀 고려하지 않고 정부와 서울시의 입맛에 맞는 행사에만 주로 사용하도록 운영하였다. 즉 서울광장 조례를 만들어 시민의 사용제한을 엄격히 하였고, 시민의 자유로운 공간이어야 할 광장이 '하이 페스티벌' 등 서울시와 정부의 자체행사를 위한 광장으로 전락하고 말았다. 서울광장조례에는 이런 조항이 있다. '광장의 조성목적에 위배 되는지와 다른 법령 등에 따라 사용을 제한할 수 있다'. 도대체 광장의 조성목적이 무엇인지 모르겠다. 시민을 위한 것인지, 시장을 위한 것인지.

2009년에 개장한 광화문광장도 마찬가지다. 광화문광장조례는 이보다 한술 더 뜬다. 즉 광화문광장은 서울광장에서 제한하는 것에 더하여 '공공질서를 확보하기 위하여 필요한 경우 조건을 부여할 수 있다'라는 조항을 추가하였다. 여기서 공공질서 확보는 물론 시장이나 중앙정부의 눈으로 보는 기준이다.

더 나아가, '국가나 서울시가 공익을 위해 광장 사용이 필요하거나, 시민의 안전 확보와 질서유지를 위해 필요하면 광장 사용허가를 변경, 취소할 수 있다'라고 하고 있다. 여기서 말하는 공익의 기준도 마찬가지다.

대한민국 서울광장이나 광화문광장은 시민의 것이 아니라 권력의 것으로 착각하고 있다고 볼 수밖에 없다. 제정러시아 때의 모스크바 붉은 광장이나 북경의 천안문 광장쯤으로만 생각하는 것 같다. 아니면 핵무기 퍼레이드에 사용하는 평양의 광장쯤으로 여기는지도 모른다.

그래서 시민들이 억울함을 호소하려고 모이는 집회에 대해 공익을 보호한다는 명목을 내세워 경찰버스 장벽으로 원천 봉쇄하는 장면을 우리는 자주 본다.

시민광장에 대한 이와 같은 인식과 태도는 집회의 자유를 근본적으로 침해하는 것이며 이러한 제한은 광장공포증에서 나오는 억압정책이기도 하다. 이는 민심 역주행 정책일 뿐만 아니라 시장의 시정철학을 의

심케 하는 부분이기도 하다. 광장에 장벽이라니 말이 되는가.

원래 다른 나라들 못지않게 우리에게도 광장문화가 있어왔다. 옛날 우리 조상들은 놀이마당이나 장마당에서 춤추고 노래하고 줄타기와 마술도 하며 서민들의 애환을 펴 왔다. 이러한 소중한 광장문화가 꽃을 피우고 전통이 이어지도록 해야 한다.

시간을 정해 벼룩시장도 서고 청소년들이 몰려와 축제도 벌이고 누구나 자유롭게 춤추고 노래하고 연극도 할 수 있어야 한다. 그것이 광장문화이고 그것을 보려고 관광객들이 몰려온다.

시민의 광장이 문화의 중심이 되고 시민의 감정을 표출할 수 있는 자유로운 마당이 되어야 함은 당연하다.

우리나라 디자인, 건축, 미술 관련 전문가를 대상으로 실시한 한 조사에서 보면 한결같이 광화문광장이 우리의 역사와 시대정신, 그리고 국민의 성숙해진 미의식을 반영하지 못했다고 답한 것만 보아도 조성설계부터 시민의 의견을 외면했음을 알 수 있다. 조성한 지 10년 남짓 된 광화문광장을 다시 시민의 혈세를 들여 뜯어고치고 있는 것만 보아도 얼마나 무계획하고 무책임한지 알 수 있다.

또 이미 오래된 일이지만 한강 개발 당시 조성한 여의도광장을 구태여 없애고 공원으로 대체한 것도 아쉬운 일이다. 공원을 조성하더라도 일정 부분 광장으로 존치시킬 수도 있었을 텐데.

광장은 도시의 역사성과 상징성을 회복할 수 있어야 한다. 그리고 도시민의 삶을 위한 휴식공간이고 만남의 장소이고 공적 토론과 의사표시의 장으로 기능해야 한다. 또한 문화의 품위와 깊이를 지켜나갈 수 있도록 관리되어야 한다.

특정 단체나 집단이 일 년 내내 가설물을 설치하고 무단 점유하는 일도 있는데 이런 일은 허용해서는 안 된다. 특정 집단이 수천 명씩 몰려와서 다른 사람들의 행위를 방해해서도 안 된다.

그리고 지방자치 시대에 와서는 구 단위로도 이와 같은 광장이 있어야 한다. 실제 시민의 일상생활과 더 밀접한 공간은 구 단위 지역이다. 그래서 해당 지역의 학생들을 비롯한 구민들이 자유롭게 모여 각종 야외 전시회나 연주회 같은 활동을 할 수 있도록 해주어야 한다. 그리고 개방된 형태의 토론회도 할 수 있어야 한다.

이런 일은 지역 공동체 의식을 함양하는 데에 아주 중요하다. 그러자면 처음부터 구 단위로 광장조성을 계획했어야 하는데, 이제 땅값이 오른 후에는 거의 불가능하다.

사방이 온통 고층아파트로 둘러싸인 좁은 공간에서 '광장문화'를 들먹이며 광장 얘기를 하자니 좀 사치스럽다는 생각이 들런지도 모르지만, 부족하면 부족한 대로 어딘가에 시민을 위한 열린 공간이 있어야 한다. 그래야 시민이 가슴을 펴고 숨을 쉴 수 있다. 광장은 공원과 또 다르다. 그러자면 지금 가지고 있는 광장이나마 효율적인 문화광장으로 운영할 수 있는 지혜가 있어야 한다.

색채환경도 생각해야

파리의 한 부인이 자신의 집 창문 커튼 색깔을 고르려고 지나가는 행인들에게 어떤 색을 선택하면 주변과 잘 어울리겠는가 의견을 묻는 것을 보았다는 얘기를 들은 적이 있다.

자기 집 커튼 색깔을 자신이 마음대로 선택해도 될 텐데 다른 사람들의 의견을 묻는 부인의 행동에서 높은 시민의식 수준을 느낄 수 있다. 이런 마음들이 모이고 서로 협력해 가면서 자연스럽게 도시의 색이 형성되어간다. 그것이 역사이고 전통으로 이어지기도 한다. 그 색은 도시의 마음이고 성격이며 그것이 도시의 이미지를 형성하게 된다. 그리고 도시민의 문화를 엿볼 수 있는 기준이 되기도 한다.

예컨대 파리의 색은 양털 같은 밝은 베이지색으로 우아한 고전미를 풍긴다. 전통적으로 파리인들이 좋아하는 색이다. 방콕 등 동남아 도시들은 스님의 노란 가사와 황금빛의 사원이 어울려 빚어내는 황색 이미지가 강하다.

겨울이 긴 모스크바는 그들의 긴 코트처럼 검은색이며 무겁다. 그러면서 힘이 있다. 일본은 비가 많이 오고 안개가 끼는 날이 많아, 밝은 흰색의 벽과 이에 조화되는 검은색 내지는 짙은 색 지붕이 특징이다.

서울의 전통적인 도시의 색은 흑 빛깔, 나무빛깔이 많았다. 사계절 변화가 많기 때문이다. 그래서 옛날에는 짙은 회색 기와지붕, 갈색의 나무 기둥, 회백색의 벽이 조화되어 전체적인 도시의 색을 이루어 왔다.

그러던 것이 1960년대 산업화와 도시화가 급속히 이루어지면서 주변 환경과 아랑곳없는 빨리빨리 건축문화가 도시의 색을 혼란케 만들었다.

지금 서울의 색은 무엇인가. 혼란 그 자체다. 좋게 얘기하면 자유스러움이다. 어지러운 광고물과 시설물, 자동차와 네온사인, 옥상마다 흔드는 대형 전자광고판 등 물결치는 현란한 색깔 속에 시민들은 피곤하고, 때로는 불안감과 거부감을 갖게 된다.

색에 대한 선호도가 다양해지면서 여기에 적응하고 익숙해질 시간적 여유가 우리에겐 없었다. 그만큼 우리의 근대화 속도가 빨랐기 때문이다.

내가 서울시 올림픽 기획관으로 있을 때 서울올림픽을 앞두고 광고판을 정리하고 색채에 관한 규제를 하려고 했으나 민원과 반대여론에 밀려 흐지부지 된 적이 있다. 아무리 좋은 시책이라고 해도 시민의식과 일상생활의 하나로 차츰 바꾸어 가야지 규제나 명령으로 하루아침에 바꿀 수 있는 게 아니다.

색채가 사람에게 주는 심리적 영향은 개인의 행동뿐만 아니라 사회적, 국가적 영향으로 확대된다. 우리가 일상생활을 하면서 각종 색깔을 매일 접해야 하는데도 색채가 갖는 비중을 무시한다면 이는 환경이 시민에게 주는 부정적 영향을 방치하는 것이나 다름없다.

우리 주변의 각종 색깔은 온통 젊은이들 위주다. 빨간색이 많고 너무 자극적이다. 그 많은 간판, 혼란스런 색깔, 난잡하게 춤추는 글씨, 벽이란 벽, 창이란 창마다 광고다. 간판이 홍수를 넘어 하늘까지 뒤덮었다.

이면도로에 들어서면 아예 간판 속을 걸어야 한다. 걸린 것도 모자라 저녁이면 이동간판을 또 내놓는다. 세상에 이런 나라는 없다. 이제 지자체별로 지역과 어울리는 색깔을 전문적으로 개발하여 행정시책에 포함하는 이른바 색채행정을 발전시켜 나가야 한다. 그것은 도시의 품격을 높이는 데 필요하다.

구청장 재직시절 대학의 색채전문가들에게 의뢰하여 관내 아파트단지별로 그 주변 환경에 어울리는 색깔을 연구토록 하여 단지별로 나누어 주고 아파트를 도색 할 기회가 있을 때 참고하라고 했더니 대부분의 아파트단지에서 이를 채택하여 도시의 색채 수준을 높였던 일이 있다. 연구하고 개발하여 도와주면 반대할 이유가 없다.

우리나라는 지금까지 도시건설을 할 때 주택이나 아파트단지, 상점건물과 생활환경을 이루고 있는 시설물들의 색채에 대한 연구가 부족하여, 주로 건설업자나 주인에 의해 선택되어왔다. 따라서 건설업체에 따라 색채에 깊은 관심을 갖고 전문적인 색깔 선택을 하는 경우도 있으나 대개의 경우는 건축공정에 주력한다.

그러나 이제는 주변 환경뿐만 아니라 건물형태와의 조화, 사람에게 미치는 영향 등 전문적 접근이 필요하다. 강변지역, 상가지역, 스포츠시설지역, 문화재 지역, 공원과 산 등 위치에 따라 주변환경과 조화를 이룰 수 있는 코디네이션 표를 만들어 장기적으로 도시의 색채환경 수준을 높여나가야 한다.

색채가 사람에게 주는 심리적 영향은 개인뿐만 아니라 사회적 영향으로 확대된다는 점을 잊어서는 안 된다.

특히 감수성이 예민한 청소년이나 활동량이 줄고 심리적으로 위축되기 쉬운 노년에게는 색채를 통한 배려가 중요하다.

일반적으로 빨강, 파랑 등의 원색을 많이 사용하면 쉽게 피로를 느끼게 되고 불안정, 흥분, 우울, 소화불량 등의 반응이 나타나기 쉽다. 한편 베이지색이나 갈색, 회색은 안정감을 주지만 활동에 있어서는 소극적이게 하기 쉽다.

날이 갈수록 인공적인 색채가 많이 개발되고 있고, 색채학이 산업미술이나 제품디자인 분야에서 중요한 몫을 하고 있다. 그러나 역시 사람에게 가장 좋은 색은 자연의 색이다. 따라서 자연스러움이 조화되도록 하는 것이 중요하다.

색채환경에는 노인도 당연히 배려되어야 한다. 노인을 위한 주택을 지을 때나 기존주택의 수리 또는 도배나 페인트칠할 때에도 노인특성을 감안하여 안정감을 주려면 강한 원색은 가급적 피하는 게 좋다.

조명에 있어서도 노인을 모신 경우에는 유의해야 할 점이 많다. 특히 밖에서 들어올 때 내부가 어두우면 자칫 안전사고를 유발할 수도 있으므로 점멸장치가 된 조명기구가 바람직하다.

노인들이 대체로 무색을 선호해온 것은, 전통적으로 우리나라 노인들이 흰옷이나 검정색, 회색 계통의 색깔과 친숙해 왔기 때문이다. 그러나 근래에 와서는 노인들이 선호하는 색도 다양해지고 있다. 밝은색을 좋아하고 보다 젊은 색을 찾는 노인들이 많아졌다.

언젠가 대통령 선거 때 후보자들이 빨간색 넥타이를 매고 다녀 한때 고령층에 빨간 넥타이가 유행한 적도 있었다.

노인들의 활동량이 많아지고 건강하고 젊게 살려고 하는 욕구는 색의 취향에 있어서도 큰 변화를 보이고 있다. 따라서 자유분방하고 다양한 개인의 취향은 그것대로 의미가 있다.

다만 도시 전체가 갖는 주변 환경과 서로 조화를 이루면서 그 도시의 특성을 나타낼 수 있어야 한다. 개인의 취향을 존중하되 도시 전체를 생각하는 마음가짐이 필요하다. 그러자면 제도도 중요하지만 시민들이 색채에 대한 관심을 갖는 것이 더 중요하다.

파리의 그 부인처럼.

정치인의 나이

내가 16대 국회에 등원하니 당시 국회의원 273명 중 만 70세 이상은 2002년 현재 8명뿐이었다. 김종필 의원이 76세로 가장 고령이고 그다음이 74세의 신영균 의원이었다. 16대 국회가 개원한 2000년에는 만 70세 이상이 네 명에 불과했다. 15대 때에는 70이 넘는 고령의원이 12명이었다. 16대 총선에서 이른바 '바꿔열풍'이 불어 젊은 세대들이 대거 들어 왔기 때문이다.

당시 미국의 상원의원은 백 명이었다. 그중에 40세 이하는 단 한 명도 없었다. 고령자라고 할 수 있는 66세 이상이 29명이고, 71세 이상도 12명이나 되었다. 440명의 하원의원도 66세 이상이 61명이고, 71세 이상이 25명이었다.

당시 일본의 중의원들은 5백 명 중 66세 이상이 139명이고, 71세 이상은 79명이었다.

생각해 보면 우리 국회는 그리 늙은 국회가 아닌데도 국민으로부터 그토록 따가운 눈총을 받는 것은, 막상 바꿔야 할 것은 정치인의 나이가 아니라 '구태'에 젖은 생각과 행동이라고 여겨진다. 노정치인은 구정치인이요 구정치인은 모두 구태라는 인식이 꼭 맞는 말은 아니다. 그것은 내가 나이가 많아서가 아니다. 바꿔열풍으로 들어 온 젊은 정치인들이 거의 고령자가 된 지금 우리나라 정치가 20년 전에 비하여 얼마나 나아졌는가.

심지어 지금은 고령의 정치인 면전에서 서슴없이 '꼰대'라고 비아냥댄다. 시대가 변하니 할 수 없다. 나이가 문제가 아니라고 해도, 늙어도 얼마든지 좋은 정치 할 수 있다고 해도, 경험과 지식과 경륜이 중요하다고 해도 소용없다. 그래서 영국도, 프랑스도, 이탈리아도, 뉴질랜드도 젊은 수상과 대통령이 나온다. 중국도 정치 중심세력이 대거 젊은 세대로 바뀐 지 오래다.

우리나라 21대 국회에는 바꿔의식 뿐만이 아니고 선거법 개정으로 어느 때보다도 젊은 층이 많이 들어왔다. 심지어 30대의 제1야당 대표가 생기는가 하면 20대의 대변인들이 기염을 토하고 있다. 청와대에서 마저 1급 비서관에 25살짜리 경험 없는 젊은이를 기용하는 이변을 연출할 정도다.

그 바람에 나이 든 의원들은 주눅이 들어서인지 '점잖게' 뒷전에 물러서 있고, 우리 국회는 거의 30~40대가 앞장서서 싸우고 각종 발언을 독점하다시피 한다. 역동적이고 좋은 일이긴 하다.

그런데 우리 정치판이 갈수록 더 죽을 쑤는 것을 보면 그렇지도 않은 모양이다.

정치가 국민에게 신뢰감을 주고 멀리 보며 제대로 된 정책을 만들어내자면 나이 든 사람들의 소리도 좀 들어야 한다. 또 고령층 의원들도 스스로 소리를 내고 젊은 사람들의 잘못을 바로잡아주도록 노력해야 한다. 사실 일로 따지자면야 국회에서 늙었다는 것은 전혀 문제가 되지 않는다. 노소가 협력하고 조화가 되어야 좋은 법과 제도를 만들 수 있기 마련이다.

나는 18대 국회에 들어가서 민주당 내 60세 이상 된 의원들로 '민주시니어'란 모임을 만들었다. 숫자는 모두 해야 15명에 불과했다. 당이 중요한 의사결정을 할 때나 현안 문제가 있을 때 수시로 모여 경험 있는 사람들의 의견을 모으고 당 대표에게 조언을 하자는 취지였다. 다행히 고령의원 모두가 참여하여 활발하게 운영할 수 있었다.

나이를 좀 먹었다고 해서 어려운 일이 있을 때 뒷짐 지거나 침묵하는 것은 어른으로서 직무유기다. 힘을 모으는데 나이는 문제가 아니다. 그런데도 우리나라 국회는 유별나게 나이가 문제가 되고 있다.

1951년 영국총선에서 보수당이 승리했을 때, 수상이 된 처칠은 76세였다. 1984년 미국 대통령에 당선된 레이건은 당시 73세였다. TV토론에서 상대 후보가 나이를 들먹이자 레이건은 '나는 정치적 목적을 위해 상대방의 젊음과 경험 부족을 이용할 생각이 없다'고 말해 미국 국민을 환호케 했다.

스트럼 서먼드 미국 상원의원은 2001년 당시 꼭 100세였다. 일 년 전인 99회 생일날 그는 성명에서 '나는 의정활동을 만끽하고 있으며 100세가 되는 해에 유종의 미를 거두겠다'고 하며 다음 해에 은퇴했다.

흑인 인권을 위해 애썼던 유명한 영국의 밸포어 의원은 55년간 연속

해서 의원을 지냈다. 여든을 맞은 그의 생일날 상하 양원 의원들로부터 선물로 받은 승용차에 올라타고 처칠의 선창으로 외치는 의원들의 '밸 포어 만세' 소리를 들으면서 은퇴했다. 늙었다는 것은 한편 멋진 일이기 도 하다.

우리 국회에도 의정의 전통을 쌓아갈 고령의원들의 역할이 필요하다. 16대 국회 당시 우리 국회의 최고령이 76세라고 해 봤자 실은 그리 많 은 것도 아니다. 우리가 지금 100세 시대에 살고 있다는 것을 생각하면 80대까지는 얼마든지 일할 수 있다. 김대중 대통령은 80대 노령이었지 만 경제, 외교, 사회, 문화 등 각 분야에서 젊은이 못지않은 훌륭한 국 정을 수행하여 국내뿐만 아니라 국제적으로도 높게 평가받았던 정치인 이다.

바이든은 78세에 미국 대통령에 당선된 '젊은 노인'이었고 그와 격렬 하게 싸웠던 '젊은 혈기'의 트럼프도 76세였다. 나라가 발전하려면 세대 가 구별됨이 없이 협력해야 한다. 비단 정치뿐만 아니라 모든 분야가 그 렇다.

그리고 정치에도 여유와 멋이 있어야 한다. 나의 기억으로는 당시 김 종필 의원이 해박한 지식과 경험에 예술적 감각을 더하여 여유와 풍류 의 멋이 있었다.

이만섭 당시 국회의장도 깡마른 체구답지 않게 여유가 있었고 특히 아랫사람에 대한 정이 깊었다. 중립적인 의사 진행으로 여야가 모두 좋 아하는 정치인이었다. 나는 은퇴하고 나서도 그분과 종종 만나 세상 이 야기를 나누곤 했다.

옛날 정치에는 어려워도 소통하고 여유를 찾으려는 노력이 있었다. 간간이 서로 돕는 멋도 있었다. 투쟁만 하면 멋은커녕 찌그러지고 성질만 고약해진다. 정치인의 성질이 고약해지면 정치가 고약해진다. 요즘은 특히 소셜 네트워크를 통해서 해서는 안 될 자극적인 말들을 연구하며 마구 쏟아내고 있는 것을 흔히 볼 수 있다.

특히 젊은 정치인들이 이런 일에 앞장서는 것을 자랑스럽게 생각하는 것 같아 안타깝다. 말이 곧 인격이다.

그 책임은 모범을 보이지 못하는 고령 정치인에게도 있다.

시인과 정치

시인과 정치, 뭔가 궁합이 잘 안 맞는 것 같다.

셰익스피어는 '정치인은 양심을 깔고 앉고 산다'고 했는데, 가슴 한가운데 있어야 할 양심을 깔고 앉으면 어쩌자는 것인가.

동서양을 막론하고 옛날부터 정치인은 좋지 않은 사람의 대명사로 세간에 인식되어왔다.

막스 베버는 한술 더 떠서 '정치인이 되고자 하는 자는 자신의 영혼을 빼 내버릴 각오를 해야 한다'고 했다. 그가 왜 그런 고약한 말을 했는지 모르겠다. 왜 정치인이라고 해서 소중한 영혼까지 버려야 하는가. 도대체 정치가 뭐길래 존재의 이유인 영혼까지 빼내 던지란 말인가. 이 말은 아마 당시 정치인들이 극도로 부패하고 국민으로부터 지탄과 개혁의 대상이 되었기 때문이리라. 좀 기분 나쁘긴 하지만 지금 우리나라에서도 해당되는 말이다.

반대로 시인은 가난하지만 양심이 비교적 깨끗하고 영혼이 맑은 사람으로 인식되어(지금은 그렇지도 않지만), 세상 사람들로부터 못났다고 동정은 받을지언정 욕먹을 일은 별로 없고 또 그럴 만큼 힘이 있는 존재도 아니었다.

시인은 꿈만 있지 비현실적이며 주변머리가 없고 남루하고 빈궁의 대명사로 존재해 왔었다.

한편 정치인은 얼굴이 두껍고, 거짓말 잘하고 우쭐대고, 나서기 잘하고, 수단과 방법 안 가리고, 무책임하고, 비리를 잘 저지르고, 백성들로부터 원성을 듣고 손가락질을 받아 왔다.

구소련 후르시초프의 말이 생각난다. '정치인들은 언제 어디서나 똑같다. 심지어 강이 없는 곳에도 다리를 놓아주겠다고 약속한다.' 정치인들이 권력과 표만을 의식하다 보니 거짓과 임기응변이 난무한다. 그러나 시인은 좀 다르다. 어느 정도 진실과 정직에 가까워야 하고 꿈을 놓지 않아야 한다.

시인이란 원래 불가능한 것을 꿈꾸는 사람이다. 아니 불가능한 것을 꿈꾸기에 시인이다. 그러니 세상 사람들 눈에 얼마나 허황된 존재인가.

사색을 하고 본질을 생각하고 꿈을 그리며, 가치를 더 높은 것에 두며 의미를 찾는 시인의 가치관과 태도는 정치엔 잘 안 맞는다. 그래서 정치를 하면서 시를 쓴다고 하면 좀 못난 사람 취급을 받을 수밖에 없다.

남을 짓누르고 패거리 짓고 권력 싸움하고, 이권에 개입하고, 트집 잡고, 잡기에 젖고 그것이 무슨 인생의 큰 자랑거리나 인간승리라도 되는 것처럼 여기는 것이 지금까지의 정치인의 개념이었다. 이런 것들은 시인이 아주 싫어하고 또 죽었다 깨어나도 할 수 없는 일들이다.

독일 프라이브르크에 가면 아주 오래된 건물을 수도사업소 사무실로 쓰고 있는데 옛날에는 음식점 건물이었다고 한다. 이 층으로 올라가면

방으로 들어가는 출입문 중간 한 150센티쯤 되는 높이에다 막대기를 가로질러 놓았다. 그래서 이 방에 들어가려면 누구나 반드시 머리를 숙여야 한다. 그 기둥은 지금도 그대로 있어 나도 머리 숙이며 들어갔다.

이유를 물으니 옛날 이 방에 정치인들이 많이 드나들며 식사하면서 정치를 하곤 했는데, 음식점 주인이 정치인들이 하도 오만하여 머리 좀 숙여보라고 입구를 그렇게 만들었다는 것이다.

이미 1800년대쯤의 일인데 지금도 그대로 놔두고 있는 게 재미있기도 하고 정치하는 사람으로서 내겐 좀 찔리는 구석도 있었다. 국민이 뽑아주었는데 국민 앞에 거들먹거리는 것은 일단 자격미달이다.

몇 년 전, 새로 당선된 대통령이 공무원들보고 영혼이 없다고 질책하여 많은 공무원이 속으로 부글부글한 적이 있었다.

사람에게 영혼이 없다면 이미 사람이 아니다. 다른 동물이나 마찬가지다. 그러니 욕도 이만저만한 욕이 아니다. 그럼 대통령은 영혼이 있느냐고 묻고 싶다.

그런데 정치인들은 자신의 영혼을 빼 버리고 가끔 이런 소리를 듣는다. 그리고 그런 소리 들어도 싸다는 생각도 든다. 그만큼 우리 정치는 뒤쳐져있다. 지금 우리 주변에는 영혼을 빼버리고 권력 앞에 완장 차고 무비판적으로 설쳐대는 시인 출신 정치인들이 국회나 권력 중심부에 적지 않게 있다. 그러니까 막스 베버의 말이 옳다.

시인에게 영혼이라는 말은 늘 가까이 있는 시어다. 시인이 정치하려면 다른 사람보다 더 사색하고 연구하고 만나서 이야기 나누고, 고민해야 한다.

지금은 업무에 정통하지 않으면 정치하기 힘든 세상이다. 아무나 뽑아 놓고 후회하는 일이 얼마나 많은가. 그러니 유권자들이 그런 사람을 잘 골라 뽑아야 한다.

지금의 정치는 옛 독립운동하던 때나 독재 시절에 저항하던 그런 단순한 정치가 아니다. 큰소리치고 삿대질해서 해결되는 정치가 아니다.

시민 생활 구석구석을 들여다보고 문제를 해결하고 미래를 예견하고 그래서 시민이 의욕에 찬 생활을 할 수 있도록 섬세하고 예술 같은 정치를 해야 한다. 인기 영합하고 이벤트로 눈길 끌고 자기 자랑 늘어놓는 정치는 못 난 정치다. 열심히 공부하고 자기 분야에 몰두하며 정통하지 않으면 정치하기 어려운 세상이 되었다.

특히 문제가 되는 것이 패거리 정치다.

중국 전국시대 한비자(韓非子)는 정치지도자 중 3류는 자신의 능력만으로 정치를 하고, 2류는 타인의 힘을 이용하고, 1류는 타인의 지혜를 이용한다고 하였다. 패거리 정치인들이 새겨들어야 할 말이다.

대통령 선거를 앞두고 수많은 현안 문제를 놓고 퍼즐게임 하듯 공방을 벌이는 것을 보면 실소를 금할 수 없다. 아무리 천재라도, 옛날 같으면 왕자에게 4살부터 정치를 가르쳐도 다 알 수가 없다. 하물며 보통사람 아무나 대통령 하는 지금 같은 세상에 몇 달 공부해서 나라의 일을 다 알 수가 있겠는가. 또 그럴 필요가 있겠는가. 나라를 이끌어 갈 기본방향만 확고하면 되는 것 아닌가. 분야별로 사람을 잘 골라서 쓰면 된다.

정치는 인기놀음이 아니다. 이벤트도 아니다. 좋은 정책 만들어 내고, 억울한 사람 없게 하고, 잘못된 시책 바로잡아 백성이 웃으며 미래를 바라볼 수 있다면 정치야말로 해볼 만한 직업이다.

니체는 '시인, 그 사람들 거짓말을 너무 많이 해'라고 꼬집었다. 시인들의 생각이 허황하고 꿈 같이 비쳐질 때도 많이 있다. 그건 비록 시인만이 아니라 상상력이 풍부한 사람에게서 흔히 볼 수 있다. 그러나 허황하게 비쳐질 수 있는 꿈이나 이상을 현실화해 나가는 것 역시 정치인의 능력이고 임무다.

사실 옛날에는 정치인은 모두가 시인이었다. 원래 우리나라 과거제도도 시인을 뽑는 제도였다. 문무 가릴 것 없이 그렇다. 무관인 이순신도 시인이고 이성계도 시인이었다. 그래서 옛날의 정치는 여유도 있었고 낭만도 있었다. 그래서 나랏일에 종사하는 지도자들은 공직자로서의 기본을 갖추고 있었다. 백성들 또한 가진 것 없어도 베풀 줄 알았고 감사할 줄 알았다.

그런가 하면 신하가 올바른 말 하다가 목숨을 잃거나 의를 위해 죽음을 택하는 일도 많았고, 소신을 굽히지 않고 간언하다가 귀양을 가는 사례도 많았다.

임금이 하는 일 중에 가장 중요한 일은 전국을 뒤져 인재를 찾아내는 일이었다. 혼자서 다 할 수는 없다. 타인의 지혜를 얻어내 이를 잘 이용하고 백성을 편케하는 것이 지도자의 능력이다.

그러던 것이 시대가 바뀌어 산업화, 도시화가 가속화하고, 대량 소비 사회가 되면서 우리의 생활 자체가 바빠지고 삭막하고, 생각할 틈도 없이 뛰어야 먹고사는 세상이 되었다. 곰곰이 생각하고 따지고, 더구나 꿈과 영혼을 들먹이면 마치 달나라에서 온 사람같이 돼버리는 세상이 되었다. 여기서는 시인이 발붙일 곳이 없어지게 마련이다. 이제 시인은 얼빠진 사람이나 하는 것으로 변해 버렸다.

지금 시 써서 먹고 사는 사람은 없다. 시집은 공짜로 주어도 읽지 않는다.

지난 18대 국회에서 국회의원 100여 명에게 내가 쓴 시집을 준 적이 있는데 받은 사실 자체를 기억하는 사람이 대여섯 명밖에 안 되었다. 그러면서도 다들 시는 좋아한다고 한다. 하기야 따지고 보면 시를 좋아한다는 것은 곧 시인이라는 의미도 된다.

사실 모든 사람이 다 시인이다. 표현이 좀 다를 뿐 머릿속에 생각하고 전개되는 사색과 감성의 일면은 시인의 그것과 다를 바 없다. 정치인들이 정치하면서 조금은 시적 감성을 가졌으면 좋겠다는 생각도 든다.

볼테르는 '시는 영혼의 음악이다'라고 했다. 정치인에게 보다 더 시적 감성과 낭만이 있으면 정치가 좀 여유롭고 너그러워질 것 같다.

무릇 정치하는 사람은 세 가지로 분류된다. 즉 '정치꾼'은 사욕과 음모를 생각하고, '정치인'은 다음 선거를 생각하고, '정치가'는 다음 세대를 생각한다고 한다. 우리나라에서 정치꾼이 아닌 정치가가 많이 나왔으면 좋겠다.

북 유럽 여러 나라에서는 선거를 할 때 후보자가 가진 향후 비전을 제일 중요시한다. 나라나 지역의 미래를 걱정하고 다음 세대를 위한 크고 긴 안목이 지도자 선택의 핵심이 되고 있다. 비전이라는 말은 시인과 가깝기도 하다. 꿈을 구체화한 것이 비전이다. 우리에게 비전이 아쉽다. 상상력과 철학이 빈곤한 정치일수록 더욱 그렇다.

세계적인 정치인 중에도 시인이 적지 않게 나오고 있다. 중국의 모택동도 시인이었고, 특히 원자바오의 시사랑은 이미 세계에 잘 알려져 있다. 세네갈, 코스타리카 대통령도 시인이었다. 더 거슬러 올라가서 로마의 네로도 폭군이었지만 시인이었다. 지금도 나의 서재에는 이승만 대통령이 귀국선에서 쓴 시가 걸려있다.

그러나 시를 쓰는 일보다 시처럼 사는 일이 더 중요하다. 이런 일은 먼저 시인 정치인들이 솔선수범했으면 좋겠다.

정치를 생각하면 가끔씩 자괴감이 들 때가 있다. 오죽했으면 정치를 교육계, 예술계, 문화계, 경제계, 체육계와 달리, 싸움판, 놀음판, 술판과 같이 '정치판'이라고 하겠는가.

시는 나로부터 출발하여 우주에 이르고 하늘을 간다. 끝없는 이상에의 추구가 과정을 아름답게 한다. 따라서 나를 찾으려는 노력이 세상의 것을 추구하는 것보다 먼저 이루어져야 한다. 이것은 기본과 상식이라는 현실적 용어로 표현되기도 한다.

하늘의 섭리가 지배하는 나의 영혼을 찾으면 세상이 달라진다. 그래서 꿈과 현실이 함께 가는 세상을 만들어 가야 한다.

아리스토텔레스는 '희망이란 눈을 뜨고 꿈을 꾸는 것이다'라고 했다. 꿈이 없는 사람은 희망도 없다. 눈을 부릅뜨고 꿈을 꾸어야 현실로 이루어진다.

그러고 보면 시인과 정치는 그렇게 멀기만 한 것도 아니다.

나쁜 것의 대명사인 정치와 비현실적인 것의 대명사인 시와의 만남, 그것이 잘 이루어지면 세상은 조금 더 나아지지 않을까. 조심스런 생각이다.

소위 코드인사

옛날 왕조시대에서는 물론이고 민주국가에서도 흔히 조직의 자리는 인사권자의 고유권한이라고 마음대로 휘둘러 온 것이 보통이었고 또 그것이 당연시되기도 했다.

미국 같은 나라에서도 오랜 기간 동안 정부기관의 자리를 일종의 전리품으로 여겨 정권이 바뀌면 대대적으로 물갈이를 했다. 지금도 미국은 대통령이 바뀌면 워싱턴 인구의 5만 명이 바뀐다고 하는 말이 나올 정도다.

심지어 1881년 미국의 제20대 가아필드 대통령은 기차역에서 인사에 불만을 품은 한 엽관주의자의 총에 맞아 죽었다. 거리 불량배에서 시작하여 대통령까지 된 입지전적인 정치인이 그 '고유권한'인 인사문제로 객사한 것이다.

물론 집권 초기에 집권세력의 이념이나 정책 방향에 맞추려면 어느 정도의 물갈이 인사는 불가피하다.

그런데 문제는 일을 하기 위한 것이 아니고 선거에서 공을 세운 사람들에 대해 일종의 전리품으로 베풀어지는 철저한 보은 인사라는 점이다. 그리고 그것이 먼 옛날 일이 아니고 지금 대명천지에 이 땅에서 일어나고 있다는 점이다.

해당 직위에 상응한 전문가도 아니고 능력도 없는데도 단지 측근이라는 이유로, 선거에서 도와주었다는 이유로 중용하고 학연, 지연, 심지어 다니는 교회가 같다고 해서 공직을 일종의 선물로 나눠준다는 데에 문제가 있다.

그렇게 되면 조직은 흔들릴 수밖에 없게 되고 업무능력보다는 줄 대는 일에 열심이어야 하며 이는 필연적으로 능률과 생산성을 떨어뜨릴 수밖에 없게 된다. 민간회사에서 이런 인사하면 그 회사는 언젠가는 망한다. 나라의 인사를 이렇게 하면 정부기관들이 무능해지고 국민에게 그 피해가 고스란히 돌아갈 수밖에 없다.

옛 왕정시대에는 그렇다 치더라도 지금 이 시대, 그것도 말단 행정기관에서 까지 이런 일이 마구 벌어지고 있다. 아니 옛 왕정시대에서도 유능한 임금은 유능한 인재를 전국에서 찾아 중용했음을 기억해야 한다.

옛 중국 주나라 문왕은 인재를 널리 구하러 다닌 것으로 유명한데, 강태공도 왕이 간청하여 자신의 스승으로 삼은 것이다.

대통령이 바뀌는데 왜 직업공무원들이 자리를 떠나야 하며 국책기관 관리자들이 물러나야 하는가. 그것도 무능한 후임자들에게 밀려서.

대통령이나 자치단체장이 바뀌면 거의 물갈이를 하는데 이때 선거에서 누구 편에 섰느냐가 가장 중요한 인사기준이 된다. 참 기가 찬 노릇이지만 눈앞에 흔히 벌어지고 있는 일이다.

윗사람이 마음을 주고 신임을 하면 아랫사람들은 다 따라오기 마련이다. 내사람 네 사람 편 가를 이유가 없다. 다만 그 기준은 업무능력이어야 한다. 능력이 없으면 나의 선거에 도움을 주었다 하더라도 중용을 해서는 안 된다.

그렇게 하면 조직의 사기는 저하되고 정부는 무능하게 된다.

소위 '코드인사'라는 말은 노무현 정부 때 나온 말이다. 노무현 대통령은 '인사는 대통령의 고유권한'이라고 큰소리치며 '코드인사'로 명성을 날렸다. 당시 나는 새천년민주당 대변인이었는데, 그의 코드인사와 관련한 논평을 여러 차례 낸 기억이 있다.

인사가 대통령의 권한이 맞긴 하지만 그 대통령의 권한이 하늘에서 떨어진 것이 아니고 국민이 위임해 준 것이다. 즉 분명히 국민의 권한이다. 따라서 국민의 뜻에 맞는 인물을 써야지 선거캠프에서 자신을 도와주었다는 이유 하나만으로 중용한다면 이는 국민을 무시하는 전제적 발상이다. 노무현 대통령은 도저히 자격이 안 되는 사람을 코드가 맞는다는 이유로 마구잡이로 썼다.

이명박 대통령도 예외가 아니다. 아니 한술 더 떴다. 공천에서 탈락된 사람, 선거 유공자, 특정 학교 출신, 차곡차곡 챙겨 선물로 한 자리씩 주곤 했다. 공기업 선진화한다면서 해당 분야와는 전혀 문외한인 사람에게 거리낌 없이 한 자리씩 자비를 베풀었다.

문재인 시대에 와서 코드인사는 절정을 이룬다. 실로 그는 인사에 관한 한 대한민국 역사상 최악의 대통령이다. 인사청문회 같은 건 아예 무시해 버린다. 이는 곧 국민을 무시하는 것이고 전제정치 하자는 것이다. 각료뿐만 아니라 대사 등 외교관과 공기업 임원 등 거의 모든 분야에 걸쳐 철저하게 코드인사에 전념한 대통령이다.

심지어 그는 비리 혐의가 있어 국민으로부터 심하게 지탄받는 사람까지도 철저하게 싸고도는 코드인사 편벽증을 보였다.

직업외교관제를 무시하고 아무나 대사로 내보내니 외교 참사가 그치지를 않았고 외국에만 나가면 망신이었다. 분명히 역사에 기록될 일이다. 대통령은 심지어 인사청문회에서 도덕성은 빼고 업무능력만 검증하자는 해괴한 주장을 하기도 했다.

도덕성은 지식의 부족함을 어느 정도 보완할 수 있지만, 지식은 도덕성의 부족을 보완할 수 없다. 자칫하면 권력 핵심부에 '지혜로운 악마'들이 모이게 된다. 그래서 공직자에게는 무엇보다도 도덕성과 청렴성이 중요한 것이고, 세계 모든 나라에서 우선 검증하는 항목이 바로 도덕성이다. 더구나 범죄의식을 가지고 일하는 천재가 가장 위험하다는 사실을 모를 리 없을 텐데 참으로 한심한 노릇이다.

그런가 하면 김대중 대통령은 철저하게 능력과 통합성을 중요시했다. 그는 대통령에 취임하자 상대 당 소속이었던 김중권씨를 대통령 비서실장에 임명했고, 가장 중요한 미국대사에 전 정권에서 국무총리를 지낸 이홍구씨를 임명했다. 각료 임명에 있어서도 능력 위주로 철저하게 검증하고 신중을 기했다. 김대중 대통령이 IMF를 극복한 것은 그냥 된 게 아니다.

나는 몇 해 전 미얀마에 갔을 때 아웅산 국립묘소를 참배한 적이 있다. 묘소에 세워진 추모비에서 지난 1983년 북한 공작원들의 테러로 희생된 서석준, 이범석 등 각료를 비롯한 희생자 이름을 한 사람 한 사람 새삼 읽으면서 전두환 대통령이 참으로 훌륭한 분들을 골라서 썼구나 하는 생각을 했다. 내 사람 네 사람 가리지 말고 유능한 사람을 잘 쓰는 게 대통령이 해야 할 가장 중요한 일이다.

스웨덴의 엘란데르 총리는 23년간 11번의 선거를 치르면서 장기 집권을 했지만 대화와 타협을 주요 무기로 사용하였으며, 특히 유능한 야당 인사를 내각에 참여시켜 크게 활용하였다. 그는 검소하고 겸손한 생활로 세계인의 주목과 칭송을 모은 것으로도 유명하다. 톨스토이는 '겸손한 사람보다 강한 사람은 없다'라고 말했는데, 자기 자랑과 홍보에 열 올리는 우리나라 지도자들이 새겨들어야 할 대목이다.

미국의 프랭클린 루즈벨트 대통령은 자신의 정책을 반대하는 사람들 중에서 능력 있는 자를 발탁 중용해 정치를 잘한 것으로 유명하다.

링컨의 경우는 좀 심하다 싶을 정도로 인사를 폭넓게 썼다. 링컨에게는 변호사 시절부터 자신을 무시하고 모욕하며 반대만 하는 에드윈 스탠턴이라는 변호사가 있었는데 그는 당시 링컨보다 훨씬 유능하고 이름을 날리는 변호사였다. 그는 기회가 있을 때마다 링컨을 조롱하기도 하고 욕설을 퍼붓기도 하였다. 링컨이 대통령에 당선되었을 때 스탠턴은 '링컨이 대통령에 당선된 것은 국가적인 재난'이라고 하면서 링컨을 공격했다.

링컨이 대통령에 당선되고 내각을 구성하는데 참모들의 반대를 무릅쓰고 그를 당시 가장 중요한 직책인 국방장관에 임명하였다. 더구나 그는 공화당 사람도 아니고 반대당인 민주당 사람이었다.

링컨의 고집에 참모들은 할 수 없이 따르면서도 그를 국방이 아닌 다른 자리로 임명할 것을 진언하였으나 링컨은 구태여 그를 국방장관에 임명했다.

참모들 말대로 그는 분명 그들의 정적이었으나 남북전쟁에서 이기려면 스탠턴 같은 소신 있고 추진력 있는 사람이 필요했기 때문이다.

결국 스탠턴은 링컨과 함께 국난을 극복하고 많은 일을 해냈다. 국방장관으로 재임하는 동안 최선을 다한 그는 링컨이 암살됐을 때, 그를 부둥켜안고 이렇게 말했다. '여기, 가장 위대한 사람이 누워있습니다'. 이후 스탠턴은 링컨을 가장 위대한 인물로 존경하는 사람으로 살았다.

어렸을 때부터 고생 많이 하며 성장하여 미국의 대통령까지 된 링컨이 훗날 남긴 말을 음미해 볼 필요가 있다. '사람의 성품은 역경을 이겨낼 때가 아니라 권력이 주어졌을 때 가장 잘 드러난다'. 우리나라 지도자들에게도 해당되는 말이다.

이 조그만 땅덩이에서 그렇게까지 자기 사람 써야 믿고 일을 할 수 있단 말인가. 만일 그렇다면 그런 대통령, 그런 도지사, 그런 시장은 무능한 지도자다. 소위 자기 사람을 쓰면 마음 놓고 일을 할 수 있고 비밀도 유지되고 나쁜 짓 해도 미화될 수 있다. 특히 임기가 끝나고 나면 떼지어 찾아가 여전히 왕 노릇 할 수도 있어 좋기는 할 것이다.

문제는 그러한 인사가 과연 올바른 인사인가. 그렇게 해서 나라가 발전할 수 있고 국민이 신뢰할 수 있느냐 하는 점이다.

보은 인사를 하면 당사자도 역시 인사권자에게 보은을 해야하기 때문에 임기 후에도 늘 방문객으로 문전성시를 이룬다. 만일 그렇게 하지 않으면 우리나라에서는 배은망덕한 인간으로 취급받는다.

인사를 올바로 하면 은퇴 후 특별히 찾아오는 사람도 없고 외롭다. 다만 국민 가슴속에 널리 공정하고 능력 있는 인사로 나라를 잘 다스린 지도자로 기억될 것이다.

자기 안에 갇혀있는 사람은 작은 상자밖에 만들 수가 없는 법이다. 소위 코드인사는 스스로 골목대장임을 자인하는 것이고 국정철학의 빈곤으로 이어진다.

인사권은 대통령의 고유권한이라는 생각은 국민 앞에 큰 오만이다. 코드인사로 국정을 망치고 국민을 걱정케하는 지도자는 결국 국민의 힘으로 가려내야 한다. 그래서 코드는 바로 인사권자가 아니라 국민과의 코드가 되도록 하여야 한다.

우리나라 지도층 인사치고 링컨 대통령 존경 내지는 좋아하지 않는 사람 없는데 링컨 같은 인사하는 사람은 없는 것 같다.

기도하겠습니다

제17대 국회의원 선거에서 낙선하고 한동안 멍하니 정신이 없었다. 그동안 살아오면서 많은 시험을 거치고 선거도 여러 번 치러왔지만 별로 실패를 모르던 나에겐 큰 충격이었다. 노무현 대통령 탄핵의 역풍이 그만큼 컸다.

나는 당시 노무현 대통령을 별로 좋은 지도자라고 생각하지는 않았지만 그렇다고 탄핵의 대상이라고는 생각하지 않았다.

만일 특정인을 지지하는 발언을 했다는 이유로 탄핵을 한다면 앞으로 모든 대통령은 탄핵의 대상이 되는 선례를 만들 것이며 이는 끝없는 정치 불안으로 이어질 것이라는 이유 때문이었다. 만일 내가 끝까지 탄핵을 반대했다면 나는 탈당을 했어야 했다. 그러나 나는 탈당까지 해야 할 만큼 강한 노무현 옹호론자는 아니었다.

그분은 소탈하고 솔직하다는 장점 말고는 나는 잘 몰랐다. 하지만 그의 언행에 대해 나로선 긍정할 수 없는 부분이 많았다. 사후에 정치권에서 '노무현 정신'을 신주단지처럼 모시고 패거리 지어 외치는데, 나는 대통령 선거 때 그의 사회정책 특보를 맡아 전국을 함께 순회하며 많은 시간을 같이했고, 20여 회에 걸쳐 각종 선거토론회에도 나가서 토론도 했지만 노무현 정신이 무슨 정신인지 아직도 모른다.

그래서 민주당에서 떨어져 나가 만든 열린우리당에서 오라는 것도 거부하고 쪼그라든 민주당에 그대로 남았었다. 아무리 생각해도 내가 당을 버려야 할 명분이 전혀 없었기 때문이다. 정치적 이해득실로 봐선 미련하기 이를 데 없는 짓이었다.

그러나 대통령에 당선되자마자 자신을 당선시켜준 당을 버리고 새로운 당을 만들어 뛰쳐나가겠다는 것에는 도저히 수긍할 수가 없었다.

어쨌든 총선에서 패배한 것은 국민의 뜻이다. 민주당은 전국에서 추풍낙엽이 되었다. 옳고 그르고가 없다. 국민의 심판은 그 이유가 '국민이 뽑은 대통령을 감히 국회가 탄핵하다니' 무엄하다는 것이다. 맞는 얘기다. 대통령을 뽑자마자 국회가 탄핵부터 하다니. 국회가 국민의 뜻을 더 잘 살펴보고 결정했어야 했다.

구구절절 옳다고 해도 막상 선거에서 패배하고 나니 지역주민에 대해 어딘가 섭섭한 마음은 금할 수가 없었다.

낙선의 방망이에 얻어맞고 정신이 멍해도 일단 선거가 끝났으면 유권자들에게 고맙다는 의사표시를 해야 한다. 옛날 같으면 당선된 사람은 춤추고 돌아다니며 술이라도 퍼먹일 텐데 선거법 개정으로 아주 엄격해졌다. 그래서 지금은 길목마다 고맙다는 현수막을 걸어 인사를 대신하는 게 고작이다.

당선된 사람은 '당선사례', '성원에 감사드립니다', '더 열심히 뛰겠습니다', '약속을 꼭 지키겠습니다' 등 할 말이 많지만, 선거에서 떨어진 사람은 뭐라고 해야 할까. 낙선한 것이니 '낙선사례'라고 할 수도 없고, 그냥

성원에 감사하다고 하자니 이는 당선된 사람과 똑같은 문구가 되는 것이고, 더 열심히 하겠다고 하자니 떨어진 사람이 뭘 열심히 하겠다는 건지. 보통 낙선한 사람은 입 다물고 가만히 있는 경우도 많으나 그건 주민에 대한 예의가 아닌 것 같고.

생각하다가 빤히 쳐다보고 있는 사무장에게 옜다 모르겠다 하고 불쑥 던진 말이 '여러분과 나라 위해 기도하겠습니다'였다. 사실 지역을 위해 오랜 세월을 나름대로 헌신했는데 낙선이라니 섭섭한 마음이 가슴 가득했는데 막상 표현은 내 본심과 다르게 나간 셈이다.

말은 쉽지만 일단 거리 곳곳에 현수막을 내다 걸어놓고 보니 그 다음부터가 문제였다. 기도하겠다는 것은 우리 주민과의 약속이기도 하지만 하나님까지 거기에 끌어들였으니 하나님과의 약속도 되고 말았다. 사람과의 약속도 꼭 지켜야 하는데 하물며 하나님과 약속을 했으니 이거 안 지킬 도리가 없게 되었다.

다음날 새벽부터 도리없이 새벽기도회에 나가기 시작했다. 나는 평소 한밤중 일어나 두세 시간 공부하고 새벽녘에 다시 잠을 자는 못된 버릇이 있는데 이거 큰일 났다.

매일같이 새벽잠이 드는 시간에 교회에 가서 기도를 해야 하는 막심한 고통 속에서 무조건 '여러분과 나라 위해' 기도했다. 그런데 예전처럼 나의 문제에 대한 기도를 할 때보다 훨씬 마음이 가벼워지고 하나님 앞에 어딘가 떳떳하다는 생각도 조금은 들었다.

사실 우리 지역을 위해서는 구청장 할 때도 꽤 기도했다. 아마 하나님도 그건 기억하고 계실 거다. 특히 어려운 업무를 당할 때 기도하곤 했으니까.

조용한 시간에 새벽을 깨우면서 하나님이 내려다보시는 교회 의자에 앉아 묵직하게 기도한다는 게 참 근사했다. 하나님 보시기에도 그랬을 거다.

링컨이 그의 집무실 옆에 조그만 기도실을 마련하고 수시로 기도드렸다는 생각도 났다. 조지 워싱턴이 그가 성공한 이유를 묻는 기자의 질문에 '나는 매일 남보다 두 시간 먼저 일어나서 기도하고 나서 하루를 시작한다'라고 했던 말도 생각이 났다.

기도는 영혼의 호흡이다. 하나님과 이뤄지는 생명의 소통이다. 시간이 지나면서 새벽기도가 그리 불편하지는 않았고 내 영혼이 새로 숨을 쉬는 것 같기도 했다.

그리고 며칠이 지나자 메일로, 전화로, 편지로 그 문제의 플래카드에 대한 반응이 들어왔다. 플래카드가 이색적이고 참신하다는 사람, 고맙다는 사람, 다음엔 꼭 찍어 줄 테니 용기를 잃지 말라는 사람, 또 어떤 사람은 플래카드가 진정성이 있어 보인다는 사람(이 경우는 좀 미안한 생각이 들었다), 또 어떤 엄마는 그걸 보고 울었다고도 했다.

나는 떨어졌어도 그저 감사할 따름이었다. 떨어졌는데 감사하다니 참으로 내 스스로도 놀라운 일이다. 원래 감사는 영혼에서 피어나는 아름다운 꽃이다. 주민들의 염려와 위로와 응원은 내게 큰 힘과 용기를 가져다주었다. 그리고 거리를 지나면서 나의 플래카드를 볼 때마다 참 잘했고 멋있구나 하는 생각도 들었다.

아무리 사람이 원해도 하나님이 주시지 않으면 거기엔 다 뜻이 있는 법이다. 모든 실패의 원인은 은밀한 기도를 하지 않기 때문이라는 누군가의 말이 옳게 다가왔다.

실패의 의미는 교훈이라는 점도 새삼 새겨듣게 되었다. 그리고 그 교훈을 찾아 나서게 되었다.

내친김에 신앙 서적 파는 기독교 백화점에 가서 읽을 만한 책을 한 보따리 샀다. 그리고 할 일도 마땅치 않으니 무조건 읽었다. 할 일이 없어 하나님 책을 읽다니 하나님이 얼마나 섭섭해하실까. 다 읽고 나면 또 가서 사 오고 해서 대략 백여 권은 읽은 것 같다. 그리고 이와 같은 왕성한 독서는 나에게 엄청난 위로와 마음의 평안을 가져다주었다.

운동도 될 겸 새벽에 자전거를 타고 어떤 때는 안개 낀, 또 어떤 때는 이슬 맺힌 가로수 길을 달리며 교회로 가는 기분은 상쾌하기 이를 데 없었다. 동트는 새벽 교회 종탑을 바라보며 계단을 오르는 기분이 그렇게도 뿌듯하고 좋았다.

얼마쯤 지난 후, 나는 민주당의 사무총장직을 맡게 되었고, 또 건양대학교 석좌교수로 매주 두 차례 강의를 나갔다. 새벽이슬을 맞은 사람은 한낮의 태양을 이길 수 있다고 했듯이, 새벽기도는 나에게 큰 힘을 매일 공급해 주었다.

당시 내 앞에 캄캄하기만 했던 낙선이라는 벽이 결코 나쁘기만 한 것도 아니고 또 그것이 끝을 의미하는 것도 아니라는 사실을 깨달았다. 그러나 다시 정치를 하겠다는 생각은 점점 희미해져 갔다.

일찍부터 사회복지 특히 노인복지에 관심이 많았던 나는 대학에서 사회복지정책을 강의하면서 학문적 욕심이 많아졌고, 흔히 웰 다잉(well-dying)과도 관련되는 새로운 학문인 사생학(死生學, Thanatology)에 심취해 있었다. 그리고 미국의 30여 곳에 이 과정이 설치되어있는 곳도 알아보았다.

그러나 18대 국회의원 선거가 임박해 오자 당에서 내게 출마를 권유했고, 사무장은 출마 수속을 밟고 있었다. 그는 내가 정치를 포기하고 비용도 주지 않았는데도 혼자서 어렵사리 사무실을 꾸려오고 있었다. 참으로 두고두고 잊지 못할 고마운 일이다.

선거가 처음부터 열세였고 전국의 분위기도 좋지 않았지만 열심히 뛰었다. 정치하는 사람의 본능은 열심히 뛰는 것이다.

그렇게 해서 다시 18대 국회에 들어갔다. 4년 동안 얼굴도 안 비친 사람을 다시 뽑아준 주민들이 너무 고마웠다.

파스칼은 '참된 행복은 신과 연결되는 것에 있다'고 했다. '기도하겠습니다'라는 즉흥적 발상의 현수막이 하나님과 연결되고, 낙선이 귀중한 교훈이 되고, 내게 어려움이나 고통에 대해서도 감사할 줄 알게 하는 깨우침이 되었다는 것이 참 오묘하다.

나는 18대 국회에 들어가서도 내내 '기도하겠습니다' 플래카드를 가슴 깊이 두르고 의정활동에 전념하였다.

'여러분과 나라 위해' 그리고 나를 위해.

인구절벽, 어쩌나

우리 집 주변에는 입시학원들이 많이 있다. 저녁이면 노란색 버스가 두 개의 차선을 거리낌 없이 다 차지하고 온통 장사진을 이룬다. 똑같은 색깔의 학원가방을 메고 오르내리는 어린 학생들을 보노라면 측은한 생각이 든다. 주말이고 휴일이고 없다. 전천후 혹사에 시달린다. 가슴이 답답하다.

왜 우리나라 아이들은 한창 뛰놀아야 할 나이에 이렇게 입시지옥의 문턱에서 저리도 아귀다툼해가며 공부에만 열중해야 하는가. 졸업 학년 같으면 어느 정도 이해가 가기도 하지만 초등학교 입학하는 날부터 생지옥이다. 도대체 유치원 가는 날부터 영어공부다. 그렇다고 우리가 노벨상 수상자가 많이 나오는 나라도 아니다.

미국, 영국의 아이들은 노는 것을 아주 중요시한다. 노는 게 곧 교육이다. 그래도 세계를 제패하고 풍요롭게 잘산다. 우리 아이들은 교육이 아니라 단지 시험준비, 경쟁의 굴레에 얽매인 채 귀중한 어린 시절을 보낸다. 아이를 낳으면 그날부터 사교육비 등 키울 걱정이 태산 같아진다. 그러니 함부로 아이를 낳을 생각을 하지 못한다.

부부가 자녀 2.1명을 낳아야 나라 인구의 현상 유지가 가능한데 우리나라는 0.84명으로 세계에서 가장 아이를 낳지 않는 나라가 되었다. OECD 38개 회원국 평균인 1.65명의 절반 수준이다. 말 그대로 인구절벽이다. 참고로 일본은 1.42명, 대만 1.06명, 싱가포르 1.14명, 스페인 1.26명 등이다. 한국의 이같이 낮은 출산율은 한국 역사가 아니라 인류 역사상 처음 있는 일이다.

합계출산율 1명 미만인 경우를 역사적으로 보면, 14세기 유럽에서 창궐했던 흑사병으로 인해 종전 출산율의 3분의 1로 줄어든 적이 있었고, 통독 직후의 동독지역과 공산권 붕괴 후 동구의 몇몇 작은 공화국들에서 있었다. 그렇지만 우리나라 정도의 규모의 나라에서 경제위기 등 외부충격 없이 이 같은 현상이 벌어진 예는 역사상 전례가 없다.

나는 16대 국회의원을 하면서 우리나라의 인구감소가 너무나도 심각하여 전문가들과 함께 장래 예측을 시뮬레이션한 적이 있다. 그 결과 우리나라는 2100년에 가면 인구가 1,628만 명만 남는 것으로 추계되었다. 깜짝 놀라 공식적으로 발표하지는 못하고 속으로만 끙끙거리며 근본적이고 장기적인 인구 대책을 세워야 되지 않겠느냐고 수차례 주장한 적이 있다.

그 후, 20여 년을 지나면서 여러 전문가와 연구기관에서 걱정스런 결과를 계속 발표하고 있다. 국회 입법조사처에서는 출산율 1.19명을 적용하였는데도 우리나라 인구는 2100년에 2,000만 명이 될 것이라고 예측했고, 2256년에 가면 단 100만 명, 그리고 2750년에 가면 아예 나라가 소멸될 것이라고 추계하였다. 그러니 출산율 0.84명으로 적용하면 이보다 훨씬 기간이 앞당겨질 것이다.

서울대 보건대학원 추계에서도 한국은 2050년부터 매년 강남구와 맞먹는 50만 명씩 인구가 감소하여 2100년에 가면 1,700만 명 내외가 될 것으로 예측하고 있다. 삼성경제연구소에서도 2100년의 우리나라 인구를 2,468만 명으로 보았고, 2500년에 가면 단 33만 명만 남게 되어 민족소멸의 위기를 맞게 될 것이라고 경고하였다. 통계청에서도 '장래인구특별추계'에서 우리나라는 2117년에 가면 인구 2,082만 명으로 전망하였는데, 이는 일제 강점기였던 1930년 경의 우리나라 인구 수준이다.

유엔 인구국에서도 '한국은 인구감소로 인해 세계에서 최초로 소멸되는 나라가 될 것'이라고 예측했다. 참으로 끔찍하고 생각하고 싶지 않은 예측들이다. 그런데 그것이 예상보다도 빨리 현실로 다가오고 있다.

1970년대만 해도 한해 1백만 명이 넘던 신생아 수가 2002년에 40만 명, 2017년엔 35만 명으로 그리고 2020년에는 27만 명대로 급락하고 있다.

여기에 산모의 고령화도 문제를 어렵게 하고 있다. 첫아기 출산 연령이 2008년에 30.8세였던 것이 2020년에는 32.8세로 높아졌다. 특히 35세 이상의 고령 산모가 전체의 31.8%나 되어 우리나라 출산율을 어둡게 한다.

그런가 하면 통계청 조사에서 보면 결혼한 사람도 자녀가 필요하다는 사람은 69.6%밖에 안 되고, 20대 중 절반은 결혼 후에도 '자녀가 없어도 된다'고 답하고 있다.

우선 가까운 장래에 인구 절벽에 부딪혀 사라지게 될 자치단체들은 출산율을 높이는 것이야말로 최대의 과제가 되고 있다. 한국고용정보원의 예측에 따르면 전국 228개 지방자치단체 중 3분의 1 이상인 85개소가 30년 후에는 소멸될 위험이 있다고 경고하고 있다.

특히 인구감소가 심각한 전남은 전국 16개 광역단체 중 가장 먼저 소멸의 위기에 처하게 될 것이라고 한다. 경북 의성군과 군위군, 경남 합천군과 전남 고흥군 등이 가장 위험한 지역으로 분류되고 있다.

우리나라는 전 지역이 저출산의 덫에 빠져 있다. 특히 농어촌에서는 아예 아이의 울음소리가 사라진 지 오래다.

'로마인 이야기'를 쓴 시오노 나나미는 나라가 망하는 이유에는 전쟁 말고는 인구감소와 과다한 복지비 지출 때문이라고 하면서 특히 출산감소를 방치한 나라 중 부흥한 예는 없다고 지적했다. 이 두 가지 이유 때문에 로마는 전성기에 1억 2천만 명에서 5천만 명으로 줄어들어 쇠퇴하고 말았다.

인구학자들은 적정규모의 인구 유지가 국가 존망에 직결된다고 입을 모으고 있다. 저출산은 생산인력의 감소로 이어지며 이는 경제를 위축시킨다. 더구나 우리나라와 같이 고령화 속도가 빠른 경우 이에 따른 의료비, 연금 등의 급증으로 인한 엄청난 사회적 충격을 면할 수 없다.

인구의 감소는 우리의 미래에 대한 희망이 사라져 가고 있다는 징표이며, 우리 사회가 해결해야 할 가장 시급하고 가장 심각한 문제이다. 종족 번식은 민족이 번영하는데 기본적 요건이 되기 때문이다.

젊은 사람들이 아이를 낳지 않으려는 것은 개인의 문제가 아니라 나라의 문제이고 민족의 문제이다. 따라서 국가에서는 이 문제에 대하여 장기적 관점에서 대책을 세워 꾸준히 밀고 나가야 한다.

한국은 저출산 대책을 위해 지난 2006년부터 14년 동안 무려 185조 원의 예산을 쏟아부었다. 그러나 그 효과는 지극히 저조하다.

매년 100여 가지의 대책에 20조 원 이상 투입하여 중소기업 근로자 지원, 사교육비 감소, 남성휴가 휴직, 어린이집 교사의 질 향상, 초등 저학년 돌봄교실 지원 등 크고 작은 시책에도 불구하고 개선되기는커녕 오히려 매년 출산율이 하향하는 추세로 악화되고 있다.

우리나라 출산정책의 80%가 보육에 집중되어 있는데 보육이 다른 사회적 요인과 연계되어야 좋은 효과를 낼 수 있다.

이러한 문제를 해결하자면 무엇보다도 먼저 우리 사회를 '덜 경쟁적인 사회'로 만들어야 한다. 청년들이 취직해서 결혼하고 집을 구입하고 아이를 낳는 평범하고 정상적인 일을 할 수 있도록 사회환경을 바꾸어야 한다. 한국은 유별나게 노동시장에서의 학력차별이 심하다. 따라서 경쟁에서 이기려면 사교육 시장이 커질 수밖에 없고 이에 따른 양육비용이 늘어날 수밖에 없다. 여기에 청년취업난, 집값 상승, 보육비, 여성의 사회적 지위 등 많은 문제가 복합적으로 나타난다. 따라서 출산문제는 단순하게 250만 원의 출산 장려금이나 월 10만 원의 아동지원금 등 일회성 지원으로 간단히 해결될 문제가 아니다.

그러자면 고용, 주거, 교육, 양육이 서로 양립할 수 있고 소득 불평등과 삶의 균형을 이룰 수 있는 여건이 마련될 수 있도록 사회의 근본시

스템이 바뀌어야 한다. 그리고 이를 위한 노동시장과 기업문화가 변화되어야 한다. 요컨대 내 아이가 태어나서 행복하다는 보장이 있어야 아이를 낳을 수 있다. 따라서 아이를 낳으면 국가가 키운다는 정책적 신념이 있어야 한다.

일본은 출산과 보육을 지원하고 일과 가정이 양립할 수 있도록 장단기 대책을 세워 인구가 1억 명 이하로 떨어지지 않도록 하기 위해 저출산담당장관을 두어 총괄하고 있다.

프랑스는 각종 수당을 비롯한 기본적인 지원정책 이외에도 특히 비혼출산에 대한 지원을 강화하고 있으며, 독일은 남성의 육아 참여 프로그램을 확대하고 있다.

우리는 인구문제의 절박함에 대하여 불과 얼마 전까지만 해도 인식하지 못했다. 1974년부터 1989년까지 국가가 나서서 권장했던 낙태시술이 무려 115만 건이었다. 연평균 7만 명가량의 신생아가 세상 구경도 못하고 갔다는 얘기다.

저출산 문제의 심각성에 정부가 뒤늦게 대책을 세워 시행해 왔지만 대체로 출산과 육아에만 집중된 근시안적 정책이라는 비판을 받고 있다. 물론 국공립 보육시설을 파격적으로 늘려 무엇보다도 보육의 부담을 실질적으로 경감해 주는 것이 필요하다. 그러나 출산율을 높이기 위해서는 다른 사회적 요인과 연계시켜야 한다.

그리고 지나치게 정부의 경직된 개입이 오히려 효율을 그르칠 수 있다. 무엇보다도 예산의 비효율적 지출이 문제가 된다. 예컨대 저출산으로 지난 10년간 학생 수는 30%나 감소했는데도 교육청과 산하기관 직원은 오히려 두 배로 늘어났다. 학령인구가 줄었어도 교육 관련 공공부문 일자리는 계속 늘어났다.

특히 우리 정부는 2017년부터 4년 동안 공무원을 13만 명이나 증원하고 공공기관 일자리까지 포함 시 25만 명 이상 증원했는데, 이는 세계 모든 나라가 공무원 수를 줄이는 것과 정반대되는 일이다.

이제 우리는 타 부분의 예산을 크게 줄이고 저출산 관련 예산을 크게 늘려야 한다. 우리나라 저출산 대책 예산은 OECD 회원국 평균의 절반에도 못 미치는 GDP의 1% 선이다. 프랑스와 스페인이 각 3%인 것과 크게 비교된다. 더구나 예산집행의 효율성 면에서 볼 때 우리는 너무 독단적이어서 방만하고 낭비가 많다.

정부가 나라의 일을 모두 하겠다는 빅 브러더 같은 무모한 생각을 버리고 기업을 비롯한 민간부문과 모든 환경여건이 연계되어 이루어지도록 해야 효과를 볼 수 있다.

그리고 앞으로 불어날 젊은 세대의 부담을 줄이기 위해 고령 인구의 생산성을 높여야 한다. 적극적인 이민정책도 검토해야 한다.

65세 이상 노인 인구가 27%인 일본은 지금 학교가 하나씩 둘씩 사라지고 대신 노인요양시설이 늘고 있다. 보다 좋은 요양시설에 들어가려고 기다리고 있는 '대기노인'들이 어린이집 순서를 기다리는 '대기 아동'의 20배가 넘는다고 한다. 그게 어찌 일본만의 현실인가.

한편 인구감소를 너무 걱정만 하지 말고 이를 최적의 환경을 찾아가는 자연스러운 과정이라며 '두뇌자본주의'로의 전환을 주장하는 학자도 있다. 그러나 국가 자체의 존망이 걸린 우리와 같은 경우 이와 같은 논의는 의미가 없다. 우리에게 인구감소는 이젠 절벽도 아니고 재앙도 아니고 소멸을 걱정해야 할 단계다.

미국은 원주민인 인디언을 보호하기 위한 정책을 시행하고 있고, 호주도 대만도 토착민을 보호하기 위하여 교육, 취업 등 각종 혜택을 주는 시책을 쓰고 있다. 언젠가 우리의 후손들이 조상들을 원망하며 이 땅에서 사라지고, 대신 까무잡잡하고 자그마한 이민족들이 들어와 이 땅을 차지하고 오히려 원주민인 배달민족을 보호한다며 찾아 나서는 일이 일어날까 두렵다.

붓글씨의 향기

나는 72살 때 처음으로 붓을 잡았다.

처음에는 은퇴 후 별로 할 일이 없으니 붓글씨나 쓰며 소일하는 것이 공부도 되고 또 멋있어 보이기도 하기 때문이었다. 동네 서당 비슷하게 운영하는 모임에 가서 죽포 조득승(竹圃 趙得升) 선생에게 배우기 시작했다.

이분은 한학에 조예가 깊고 운필에도 중국 정통 필법으로 배울 점이 참 많은 분이다. 겸손하고 검소하며 자상하여 사람들이 잘 따르지만 다른 유명한 사람들처럼 자신을 잘 드러내지 않고 조용한 분이어서 내가 특히 좋아했다. 더 후학들을 가르쳐야 하는데 몇 년 전 타계하셨다. 지금도 참 애석한 마음이다.

처음에 한 일(一) 자부터 시작하는데, 이렇게 작대기 하나로 단순한 글자가 그렇게 어려운 줄 몰랐다. 역입하여 그은 다음 힘주어 마무리하는 단순 작업(?)을 며칠 했다. 그리고 가로 긋기, 세로 긋기를 또 며칠 한 후 한자 한자 배워갔다.

붓글씨 쓰는 데는 우선 준비 자세부터 배워야 한다. 몸 전체의 자세를 바로 하고 호흡을 조절하고 평정심으로 머리를 맑게 해야 한다. 내 영혼을 한곳에 집중하고, 내 생각 같아서는 사전에 명상이나 간단한 기도도 좋을 것 같다.

그렇게 한 달 두 달 지나면서 붓글씨 쓰기에 빠져들어 가다 보니, 이건 재미나 시간 보내기 또는 멋이 아니라 더 깊은 서예의 정신세계로 내 영혼을 이끌어가는 것을 느끼게 되었다.

붓글씨는 손으로만 쓰는 게 아니라 붓끝의 섬세함이 내 손에서 가슴으로 그리고 영혼으로 전달되어 글자 속으로 도(道)의 여행을 하는 것과도 같다.

서예(書藝)는 한국에서 부르는 명칭이고 이를 중국에서는 서법(書法), 일본에서는 서도(書道)라고 한다. 공부를 하면서 곰곰 생각해 보니 서법은 글씨를 쓰는 방법이나 형식에 중점을 둔 것 같고, 서예는 예술이라는 점에서 수긍은 가지만 요즘 우리나라에서는 주로 글씨를 쓰는 기술이나 기법에 중점을 두는 것 같다.

그래서 나는 붓글씨는 하나의 도(道)가 되어야 한다는 점에서 서도란 말에 더 마음이 간다. 그렇다면 붓글씨를 쓰면서 깨우침이 있어야하고, 인격이 변하고 사람의 품격이 높아져야 한다. 잘 쓰고 못쓰고는 그다음의 문제다.

한자의 시초는 기원전 16세기 은나라 때 갑골문자에서 시작된다. 거북 껍데기에 새겨진 상형문자로서 주로 기후, 제사, 사냥, 전쟁 등을 표시했다.

이어 금문(金文)이 나왔는데 한자의 원형을 찾을 수 있는 또 하나의 서체이다. 주(周)나라의 다양한 문화까지 엿볼 수 있는 소중한 자료이다.

그다음이 전서(篆書)인데 도장(圖章)이나 전각에 흔히 사용되며 획이 복잡하고 곡선이 많은 글씨이다.

예서(隸書)는 전서를 간략하게 표현한 것으로 진(秦)나라 때 번잡한 문서를 줄이고 일상에서 편히 쓸 수 있도록 개선한 것이라고 한다.

해서(楷書)는 후한 시대 말부터 사용하기 시작했는데, '본보기'나 '모범'의 뜻으로 나랏글의 표준으로 삼을 만한 서체라는 의미이다. 동진의 유명한 왕희지(王羲之)와 당나라의 구양순(歐陽詢) 등이 발전시켰다.

다음 행서(行書)는 해서와 초서의 중간적인 서체로 정서(正書)를 조금 바꾸어 쓰기 쉽게 한 서체이다. 약간 흘리고 간략화한 것으로 구름이 가고 물이 흐르듯 획이 빠르게 이어질 수 있다.

초서(草書)는 아주 거칠고 단정치 못하다는 의미이다. 글자를 쓸 때 너무 복잡하고 시간이 걸리는 것을 극복하다 보니 자연스럽게 간략하게 쓰는 방법이 나왔다고 한다. 하지만 너무 간략화하다 보니 해독의 어려움과 실용성의 상실이라는 점도 있다고 한다.

나는 행서와 초서를 주로 쓴다. 모든 서체를 다 쓰기에는 나로서는 벅차기 때문이다. 그리고 처음부터 논어와 맹자, 대학, 중용도 함께 배우기 시작했다. 옛날 서당처럼 7, 8명의 나이 많은 학동들이 큰소리로 낭송을 하면 지나가던 행인들 특히 학생들이 신기한 듯 기웃대며 궁금해 하는 표정이 재미있고 힘이 난다. 그리고 우리들의 공부하는 모습이 그 아이들의 정서에 조금이나마 영향을 주었으면 하는 생각도 든다.

나 혼자 집에서 붓글씨 쓰는 연습을 할 때도 그냥 쓰는 게 아니라 정중한 마음가짐으로 옛 성현들을 만나 서로 교감하고 있다는 생각을 하며 쓴다.

글씨를 쓰면서 나는 수시로 두보, 도연명, 백거이를 만나고 당송 팔대가는 물론 우리나라의 율곡 이익, 송강 정철, 이규보 같은 성현과 명사들을 만난다는 착각을 할 때가 많다. 이 얼마나 멋진 일인가.

서예는 서양에 대한 동양문화의 특징이며 진수이다. 이미 지필묵 시대가 끝나고 펜글씨도 지나 자판 시대에 사는 우리에게 붓글씨는 너무 낡고 뒤떨어진 문화라고 생각할 수도 있겠지만 그것은 편견이라고 생각한다. 붓글씨는 계속 우리의 새로운 정신문화와 밀접하게 존재한다.

붓글씨는 배우면 배울수록 쓰면 쓸수록 시대를 넘어 호흡하고 소통하는 문화의 터널이라는 생각이 든다. 동시에 문화운동이기도 하다.

서예는 동시에 서예(禮)여야 한다. 쓰면서 인격부터 달라져야 한다. 주말에 손주들이 집에 오면 나는 아이들 들으라고 일부러 큰 소리로 서당에서처럼 맹자를 낭송하곤 했다. 그것은 아이들에게 중요한 인성교육인 동시에 좋은 추억이 될 것이기 때문이다. 내 어릴 적에 어머니가 등잔불 밑에서 이야기책을 읽어주곤 하던 추억이 내겐 아직도 생생하다.

일본에서는 초, 중교 과정에서 이미 붓글씨를 쓰게 하는데, 남이 해서가 아니라 우리도 어릴 적부터 일상에서 서(書)의 도(道)와 예를 익히게 하는 것이 인성교육에도 좋을 것 같다.

다행히 지난 2018년 우리나라에서도 '서예진흥법'이 제정되어 중학교 과정에서 서예교육을 시키도록 하였다. 또 국립 서예박물관 등을 비롯하여 적극적인 서예진흥사업을 할 수 있게 되었으니 다행이다. 다만 지방자치단체에서 이에 얼마나 관심을 갖느냐가 중요하다.

사실 지난 1970년대까지만 하더라도 서예는 우리 문화 발전의 한 중요한 축이었으나 컴퓨터 시대가 본격화하면서 우리 일상생활에서 쇠락해 왔다. 다만 취미활동으로서의 서예는 계속해서 매우 활발하며 서예 인구도 날로 늘고 있어 다행이다. 한편 취미활동에 그치는 것으로 전락해가는 붓글씨가 참으로 안타깝다는 생각도 든다.

붓글씨는 잘 쓰는 것 못지않게 내용을 깊이 음미하는 것이 중요하다. 내가 붓글씨를 배우면서 처음 써본 것이 '광풍제월'(光風霽月)이다. 이는 비 온 뒤에 맑게 부는 바람과 달이라는 뜻이다.

송대의 시인 황정견이 유학자 주돈이(周敦頤)를 가리켜 '그의 인품이 심히 높고 마음결이 시원하고 깨끗함이 마치 맑은 날의 바람과 비 갠 날의 달과 같구나'라고 칭송한 데서 나온 말이다. 글씨가 심히 조악함에도 나는 이글을 나의 방 머리맡에 걸어놓고 마음을 맑고 밝게 가져보려고 매일 쳐다본다.

나는 틈만 나면 자주 인사동에도 나가고 각종 전시회에도 다닌다. 도록이나 사진으로 보는 것보다 현장에서 접하면 살아있는 사람과 함께 숨 쉬며 소통하는 것 같아 더욱 좋다.

붓글씨를 쓰다 보면 문인화를 함께 해야겠다는 아쉬움이 생긴다. 그래서 함께 배워왔다. 문인화는 그림도 그림이지만 화제(畵題)가 중요하다. 화제야말로 서양화에서 볼 수 없는 문인화의 독창성을 보여준다. 더구나 한글 화제는 한자와 달리 우리만이 갖는 독특한 맛과 향기의 표현을 가능케 한다. 그래서 외국인들도 한글 화제에 감탄한다.

예컨대 국화의 경우 그냥 가색(佳色), 청향(淸香)이라기보다 '국화는 뒤돌아보며 핀다' '추억의 여백에 향기로 남고 싶다', 소나무의 경우 '소나무는 전설을 쓰며 산다', 대나무의 경우 청풍고절(淸風高節)보다 '비워서 행복한 대나무 생각'이라고 쓰면 한글의 멋이 묻어나고 읽는 이로 하여금 한 번 더 생각하게 될 것이다. 밤잠을 설쳐가며 화제를 생각해 내는 게 나로서는 무척 즐겁고 행복하다.

지난 2018년 가을에는 그동안 쓰고 그려온 190여 점의 붓글씨와 문인화를 모아 '노을이 아름다운 시간'이라는 제목으로 개인 서화전을 가졌다.

많은 사람이 관심을 보이고 격려해 주었다.

전시회가 끝난 후 대부분의 작품은 관내 사회복지시설과 기관 등에 기증했다. 어려운 사람들의 문화접근에 조금이나마 도움이 됐으면 하는 마음에서다.

어떤 분들은 나보고 큰 대회에 응모하여 인정을 받아보라고 하기도 하는데, 나는 전혀 그럴 생각이 없다. 더 이상 누구에게 무엇인가를 증명해 보일 필요가 없을 것 같기 때문이다. 그냥 배우고 즐기면 된다는 생각이다. 공자의 말처럼(學而時習之 不亦說乎). 그리고 옛 선비의 향기를 느끼며 예서(隷書)처럼 차분하게 살고 싶다.

인간은 부드럽게 태어나서 굳어지면 죽는다.

자유스러움과 원숙미로 많은 명필을 남긴 서예가 강창원 선생은 얼마

전 102세에 굳어지면서 마지막 작품으로 '美'자 한자 써놓고 타계하셨다고 하는데 얼마나 아름답고 멋진가.

죽을 때까지 자신의 몸을 모두 사용하겠다는 버나드 쇼의 말처럼 나의 온몸을 조화롭게 불태우며 삶을 배우고 음미하는 것은 의미 있고 멋진 일이다.

그리고 서투르지만 붓글씨, 문인화와 함께 창조적 고독을 누리면서 시대를 넘나들며 동학들과 함께 정신세계를 공유하며 산다는 건 그것대로 행복한 삶이다.

오늘도 나의 서툰 글씨로 걸려있는 '광풍제월'을 바라보며 '붓글씨의 향기'에 젖어본다.

제3부

뒤돌아보며 걷는 길

남산골 과수원 추억

내가 태어난 남산기슭 이태원 골은 복숭아밭으로 유명했다. 우리 집 과수원은 지금의 하얏트 호텔 정문에서 남산3호터널에 이르는 언덕바지에 있었다.

복숭아뿐만 아니라 자두, 딸기밭, 무, 배추, 오이, 파, 콩, 보리, 수수, 조 등 쌀을 제외한 거의 모든 농산물을 농사짓는 농사꾼의 셋째 아들로 나는 태어났다.

살림살이가 풍족하지는 않았지만 그렇다고 궁색하지도 않은 자급자족 형태의 '서울 농촌'에서 어린 시절을 보냈다.

우리 집은 650여 평의 크기로 동네에서 가장 크고 마당이 넓고 커다란 온실까지 있었고, 밤, 감, 대추, 자두, 살구 등 유실수와 화초가 많아 놀기가 좋아서 동네 아이들 놀이터 역할을 했고 저녁이면 동네 어른들 마실 터로도 이용되곤 했다.

6·25전쟁이 나고 인민군들이 탱크를 앞세워 약수동 방면에서 밀고 들어 올 때는 소대 병력의 국방군들이 우리 집 마당으로 들어와 약 1km 거리에 내려다보이는 탱크를 향해 소총을 몇 발씩 쏘기도 했다. 곧 어머

니가 가마솥에 밥을 지어 먹이고 이웃까지 동원하여 옷을 거두어 변복케 하여 이들은 남산 방향으로 도주했다. 두어 시간쯤 지난 후에는 인민군들이 또 마당에 몰려와 남은 밥을 얻어먹고 사라졌다. 아마 우리 집이 무슨 군사적 요충지라도 되었던 모양인지. 그 후 비행기 폭격이 심하고 위험할 때는 우리 집 측면 언덕에 큼지막하게 파놓은 방공호에 이웃 주민들이 대피하곤 했다.

우리 집 과수원은 집에서 산등성이를 타고 1㎞쯤 떨어진 곳에 있었는데 당시엔 아버지랑 짐을 지고 다녔고, 특히 나 혼자서 지게를 지고 언덕길을 오르내리는 고되고 지옥 같고 원수 같은 시간을 생각하면 십리도 넘을 것 같았다. 일이 많은 파종이나 수확기에는 일꾼들이 다해 주지만 평소에는 어린 내가 할 일도 많았다.

당시 남산에는 짐승들이 많이 살았다. 여우, 너구리, 삵, 족제비 그리고 들개 같은 것들이 자주 눈에 띄었다. 우리 집 과수원은 바로 남산으로 이어져 있어 이런 동물들이 자주 나타나곤 했다. 어린 나이에 혼자서 밭을 지키거나 잔일을 하고 있노라면 적적하고 무서울 때가 많았다. 특히 원두막 위에 올라앉아 책을 읽거나 쉬고 있을 때 여우가 원두막 바로 아래까지 내려와, 먹고 내려놓은 밥그릇을 달그락거리며 뒤지고 있을 때는 온몸이 오싹하곤 했다. 그도 그럴 것이 옛날부터 여우는 사람을 보면 재주를 넘으면서 혼을 빼고 잡아먹는다는 어른들의 말도 있고 하니 마치 귀신처럼 생각되는 무서운 존재로 알려져 있었기 때문이다. 옆집 과수원 원두막이 가깝게 있으면 좀 의지라도 되겠는데 크게 소리쳐야 들릴까 말까 하는 거리이고, 그곳도 일하느라고 사람이 어느 구석에 구부리고 있는지 보이지도 않는다.

과수원과 밭에서 나오는 소출은 짐으로 꾸려 인근 과수원과 공동으로 아현시장이나 남대문 시장에 납품된다. 짐이 적을 때는 아버지와 함께 새벽잠을 설쳐가며 남대문 시장까지 갈 때도 있다. 그러니 학교 공부는 제대로 될 리가 없다. 당시엔 학교에 결석하지 않는 것만으로도 모범학생이었다.

가을이 되면 남산 그늘진 골짜기로부터 단풍이 밀려와 열매를 잃은 나뭇가지를 을씨년스럽게 물들이는 걸 보며 허전한 감상에 젖곤 하던 기억이 아련하다.

당시 중학생이던 나는 공부보다는 소설책이나 동화책, 만화 같은 것을 좋아했고, 과수원 생활은 자연과 사람에 대한 사유의 숲에 빠져 한없는 우주를 헤매게 했다. 이미 이 시절에 나는 청소년들이 읽어야 할 소위 세계명작이라는 글들을 웬만큼 읽었고, 시적인 사고와 감성을 갖고 있었다.

세월이 지나고 글 읽기를 좋아하고 시인이 된 것도 아마 남산골 과수원의 추억이 늘 가슴속에 간직되고 있었기 때문이 아니었나 싶다. 특히 어머니의 문학적 감성이 내게 크게 영향을 주었다.

나의 어머니는 큰 집과 대식구를 거느리며 엄청난 일 더미에 쌓여 살면서도 늘 책을 손에서 놓지 않고 사셨다.

전기가 없던 시절, 희미한 등잔불 밑에 밤늦도록 책을 읽는 어머니의 모습이야말로 세상에서 가장 아름다운 모습이라는 생각이 든다. 저녁을 지을 때는 부엌 아궁이에서 나오는 장작불 빛으로 책을 읽곤 했다.

당시엔 책이 귀해서 웬만큼 적극적이지 않으면 구하기가 어려웠다. 읽는 책은 주로 옛날이야기들이었고 심청전, 콩쥐팥쥐, 홍길동전, 춘향전, 백설공주, 이솝우화 그리고 무시무시한 장화홍련전 같은 것도 있었다.

우리 집에는 책이 많아 동네에서도 마치 도서관 같은 역할을 하여 이웃집에 책을 빌려주는 일도 중요한 일 중의 하나였다. 어머니는 책을 혼자 읽고 마는 것이 아니라 자식들에게 열심히 읽어주셨다. 저녁 식사 후에 낭랑한 목소리로 읽어주는 어머니의 얘기 속에 푹 빠지며 상상의 나래를 펴며 밤을 날던 추억은 지금 생각해도 그 어떤 모습보다도 아름답고 행복하다.

단순한 이야기의 전달에 그치는 것이 아니라 선과 악의 문제, 천국과 지옥, 그리고 상상력과 어린 나이지만 판단과 선택에 관한 것에도 많은 노력을 하신 것 같다. 이런 어머니의 독특한 가정교육은 지식보다는 인성에 치중했던 것으로 기억된다. 그래서 그런지 한참 세월이 지난 후 나는 어린 손주들이 주말에 집에 오면 나 혼자 일부러 큰 소리 내어 '논어', '맹자'를 낭송하곤 했는데, 할아버지를 이상하게 바라보았던 아이들에겐 아마 좋은 추억으로 남을 것이다.

어릴 적 책 읽어주시던 어머니를 생각하며 나는 '등잔불 추억'이란 시를 썼다.

까만 공간

겨울이 서러운 나비처럼

온몸으로 흔드는 초점 하나

눈망울 모아 옹기종기

제비처럼 듣던 선녀 이야기

초겨울 밤을 가물대며 밤새워 하늘을 날던

꿈속 등잔불 추억

선녀는 가고 꿈도 가고 추억도 가는데

천사옷 입은 어머니는 지금쯤

하늘 어디를 날고 있을까.

내가 국회의원이 되고 어느 방송국에서 나에 대한 프로를 제작하는 데 담당 여성 PD는 내가 이 시를 낭송하는 소리에 눈물이 나더라고 했다.

중학교 때, 우리 반 학생들 대여섯 명쯤 데리고 왕십리에서 이태원 우리 딸기밭까지 걸어가서 마음껏 따 먹으라고 하자 일제히 엎드려 맹렬한 기세로 딸기 먹던 일이 있었는데, 얼마 전 모임에서 기억나느냐고 물으니까 거의 65년 이상 지난 일을 다들 기억한다고 했다. 추억이란 참으로 아름답고 소중한 것이다.

내가 고등학교 1학년 때인가, 하루는 학교에서 돌아와 막 방으로 들어가는데 대한주택공사의 전신인 대한주택영단 직원이 와서 우리 과수원 토지에 대한 토지수용 협의를 하고 있었다. 마침 수용협의를 다 끝내고 따로 떨어져 있는 6백여 평의 작은 필지에 대해 얘기하던 중 아버

지 말씀 소리가 들렸다. '에이, 그건 그냥 가져가슈.'

대대로 물려받은 적지 않은 토지에 대한 큰 보상금에 너무 흥분한 나머지 아버지에게는 작은 땅은 아예 눈에 들어오지도 않았던 모양이다. 그 작은 땅 일대에는 후에 육군경리단이 들어왔고 지금도 경리단길은 서울의 명소다.

그렇게 해서 궁중에서 하사받아 대대로 물려받은 삶의 터전은 없어지고 사업에 나선 아버지는 몇 년 못가 크게 실패하고 말았다. 그리고 자식 부양의 무거운 짐은 어머니가 고스란히 지게 되었다. 아버지뿐만 아니라 그 당시 서울 사람들은 재산 관리를 잘못하였다. 그래서 개성과 평양 등 이북에서 내려온 사람들이 나중에 서울 요지의 부동산을 차지하고 부자가 되었다.

그러나 지금 과수원은 흔적도 없게 되었지만 아버지의 선한 DNA와 어린날의 과수원 추억은 늘 생생하게 내 가슴속에 남아 있다.

나는 과수원 추억으로 컸고, 지금도 과수원 추억으로 늙어가고 있다.

된장 도시락

6·25전쟁 휴전 직후 중학교 다닐 때의 일이다. 먹고 살기 힘들어 점심시간이면 도시락을 싸 가지고 오지 못하는 학생들이 많았다. 당시엔 하루 두 끼 먹고 지내는 사람들이 많았으며, 보리나 강냉이죽으로 저녁을 때우는 집들도 많았다.

그러니 도시락 없이 학교에 온 친구들은 운동장에 나가 점심시간을 보내거나 학교 밖 골목길을 배회하기도 하며 시간을 보내기 일쑤였다.

점심을 싸 가지고 오는 아이들 중에도 도시락 그릇이 없어 밥사발을 그대로 보자기에 싸 들고 오는 아이들도 있었다. 들고 가는 모습이 참 가관이었다.

당시 우리나라 1인당 국민소득이 80달러에 좀 못 미치는 수준으로 세계에서 가장 가난한 나라였으니 지금으로서는 상상하기조차 어려운 형편이었다.

우리 반에서는 담임선생님이 주선하여 각자 자신이 싸 가지고 온 도시락에서 조금씩 떼어내어 싸 오지 못한 아이들과 함께 먹곤 했다. 두고두고 생각해도 참으로 인자하고 좋은 선생님이었다.

당시 도시락 반찬이라야 김치나 고추장아찌, 무말랭이 같은 게 대부분이었고, 계란말이나 멸치볶음이면 최고에 속했다. 어쩌다 소고기 장조림이라도 싸 오면 순식간에 난리가 난다. 보는 순간 가시권 내의 아이들이 일제히 하이에나처럼 달려들어 막상 본인은 입에 대 보지도 못하고 동이 난다.

그때 하이에나 족 중에는 힘 좋고 거무튀튀한 게 꼭 마사이족처럼 생긴 L이라는 친구가 있었다. 편모슬하에 가정형편이 어렵지만 밝고 활달하고 힘도 좋은 친구였다.

어느 날 점심시간에 어쩐 일인지 이 친구가 도시락 뚜껑을 반쯤만 열고 양팔로 도시락을 감싸듯 하며 몰래 먹는 게 아닌가. 금쪽같은 소고기 반찬 싸 가지고 와서 혼자 놀부처럼 먹으려는 게 틀림없다고 집단적으로 판단함과 동시에 서너 명이 달려들었다. 마침 선생님은 나가시고 거리낄 게 없었다. 친구는 빼앗기지 않으려고 결사적으로 방어하면서 실랑이를 벌였으나 힘이 부칠 수밖에 없었다. 게다가 반쯤 열린 뚜껑 사이로 보니 과연 고기반찬이었다. 모두 고기 앞에 특공대가 되었다.

특별히 팔힘이 센 이 친구는 급기야 도시락을 감싸 쥐더니 교실 밖으로 내뺐다. 도시락을 거머쥐고 복도로 뛰는 친구와 이를 숨 가쁘게 쫓아가는 대 추격전. 아무렴 손에 손에 젓가락을 쥔 채 교실 밖까지 쫓아가야 했는지 지금 생각해도 이해가 가지 않는 일이다.

드디어 쫓기던 자는 마룻바닥에 털썩 주저앉았고 보물상자 같은 도시락 반찬은 천하에 완전 개방되었다. 그리고 한점씩 입으로 들어갔다. 그런데 승리의 순간 모두의 입에서 '케!' 하는 소리와 함께 '이거 된장 아냐?'. 동시에 나온 비명소리.

발가벗겨진 자존심을 안고 바닥에 펄썩 주저앉은 채 말이 없는 친구, 잠시 시간이 흐르고 모두가 고개를 숙이며 '미안하다'. 그리고 친구의 눈에선 눈물이 한 방울 떨어졌다.

그로부터 40여 년이 지나고 내가 송파구청장으로 있을 때, 전혀 소식이 없던 이 친구가 마침 관내의 조그만 교회의 목사로 와 있다는 소식을 듣고 교회를 방문한 적이 있었다. 그날이 마침 수요일 저녁이었다.

설교를 짧게 끝내더니 이 친구 나더러 아무 얘기나 자유스럽게 하라고 시간을 내어주는데 난감했다. 사전에 귀 띔이라도 해주었으면 마음속으로 준비라도 할 텐데. 더구나 나는 중학교 다닐 때 키도 작고 마르고 힘도 없고 쩨쩨하게 생겼기 때문에 그 친구하고 특별히 절친했던 사이도 아니었다.

또 그동안 어디서 무얼 하며 살았는지도 모르는 처지에 무슨 얘기를 한단 말인가.

지역발전에 관한 얘기를 하려니 그건 단체장 선거 때 하는 고정 레퍼토리라서 이 경우엔 좀 생뚱맞고. 그래서 옛다 모르겠다 하고 생각나는 대로 된장 도시락 얘기를 꺼내 들었다.

사실 내가 아는 그 친구와의 추억은 오직 된장 도시락뿐이었다. 그 친구도 옛 추억을 떠올리며 조금씩 각색해가며 둘이서 주거니 받거니 문답하며 신나게 지껄였다.

교인 중에는 낯익은 분들도 있고 또 재미있어하길래 기왕 얘기하는 것 신바람 나게 했다. 구청장과 목사가 서로 장단 맞춰 끄덕이며 더듬는 옛날이야기에 나이 드신 분들 중에는 눈물을 닦는 분들도 여기저기 보였다. 그분들도 다 겪었던 우리의 힘겨운 역사 얘기에 시간 가는 줄 몰랐다.

그렇게 해서 우리의 기막힌 이야기는 박수까지 받으면서 성공리에 끝냈다. 참으로 눈물 날만큼 슬픈 역사이기도 했다.

지금 국민소득 3만 불 시대에 살면서 세계에서 제일 가난했던 추억을 얘기하자니 까마아득하다. 이제 고기는 살찐다고 안 먹고 혈압 오른다고 기름진 것 피하는 시대다. 그 시절 굶주림의 상징이던 깡보리밥을 지금은 건강식이라고 줄서서 기다리는 세상이다.

그런데 지금 우리는 행복한가. 행복해서 그렇게 머리띠하고 두 팔 흔들며 불만인가. 행복에 넘쳐서 자살률 세계 1위인가.

이제 옛날 얘기하면 속절없이 꼰대 취급받는 세상이다. 보릿고개 없애준 박정희 대통령 얘기하면 펄쩍 뛰고 기겁하는 세상이다. 물질에 빠진 정신적 황폐를 걱정하기에는 너무도 눈치가 보이는 세태다.

나는 지금도 된장찌개를 먹을 때는 가끔씩 그때의 추억을 떠올린다. 사실 우리 식생활에서 된장이 얼마나 중요한가. 고기에 비하랴.

그 친구는 그 후 지방의 작은 교회로 내려가 어려운 이들을 도우며 된장처럼 살고 있다고 들었다.

세월이 또 흘러 이제 나이 80을 훌쩍 넘긴 노인들이다. 그 된장 친구 이젠 어디 가서 맹물처럼 살더라도 건강했으면 좋겠다.

설렁탕 사랑

나는 설렁탕을 좋아한다. 곰탕, 갈비탕도 좋아한다. 지금은 설렁탕, 곰탕 맛이 거의 평준화되었지만 옛날에는 집집마다 그 맛이 달라서 골라서 찾아다녔다.

서울시청에 근무할 때부터 설렁탕을 좋아했다. 옛날 무교동의 한밭식당의 설렁탕은 깍두기가 유명했고 지금 생각해도 군침이 돈다.

하동관 곰탕도 자주 찾았다. 특히 놋그릇에 담아온 내포(식용으로 하는 짐승의 내장)에 깍두기 국물을 부어서 옆 사람과 비비적거리며 먹는 맛이 그저 그만이다. 옛날에는 예약도 없이 아무 때나 가서 무작정 기다려야 하는 시대이니 먹고 나면 기다리고 있는 사람 눈치가 보여 무조건 빨리 일어나야 한다.

서울시 공보관으로 재직할 때 기자들과 함께 집단으로 간 적이 있다. 골목길을 돌고 돌아 따라오면서 기자들이 너무 멀다고 집단으로 투덜대는 가운데 하동관에 힘들게 갔다. 기자들은 직업이 직업이니만치 따지고 투덜거리기를 잘한다. 고생한 것에 비해 겨우 곰탕을 시키자 실망하는 눈치도 보였다.

그런데 막상 먹어보더니 얼굴빛이 싹 변하면서 이구동성으로 좋다고 했다. 그러면 그렇지 기자들 상대하는 서울시 공보관이 맛없는 것 시킬 리가 있겠는가. 그 후로는 점심때만 되면 적어도 몇 명은 그리 또 가자고 했다. 좋은 추억이다. 도심 재개발로 지금은 한밭집도 하동관도 사그리 빌딩으로 변한 것이 좀 안타깝다.

발전이란 게 뭔지 좀 다시 음미해봐야 할 것 같다. 재개발을 하되 군데군데 도시 뒷골목의 특색을 살리고 골목 특유의 향기가 풍기도록 하는 것 또한 소중한 도시의 재산이라는 생각이 든다.

서울에 한창 현풍할매곰탕이 유행할 때가 있었는데, 경상남도 쪽으로 등산을 갔을 때 수십 킬로미터나 달려 현풍 바로 그 할머니 집에까지 가서 원조 할매곰탕을 먹은 일이 있다.

마포옥 설렁탕은 마포 유수지 옆 다 찌그러진 집 안방에서부터 먹기 시작했는데 벌써 50년이 넘었다. 놋그릇 대접에 막소금을 넣어 휘젓고 역시 깍두기 국물을 넣으면 색깔부터 군침이 돈다. 서울시에 근무할 때부터 먹었는데 그곳도 재개발하여 찌그러진 집은 높은 빌딩이 되었다.

옛날을 잊지 못해 오랜만에 찾아보니 아들이 물려받아 운영하는 듯한데 옛날이야기 해도 별 반응도 없고 퍽 사무적이었다. 사람 보고 가는 게 아니라 음식 보고 가는 것이니까 별로 개의치 않고 먹었는데, 사람은 가도 맛은 거의 그대로 옛 맛을 유지하고 있는 것이 참 신기했다. 국회에 있을 때 가끔씩 혼자 가서 옛날을 회상하곤 했다.

17대 국회의원 선거에서 낙선하고 나서는 봉담 근처에서 승마를 하곤 했는데, 승마장 가는 길에 장터 설렁탕집이 있어 자주 찾았었다. 음식점이 깨끗하고 음식 재료가 좋은 것 같았다. 그 집은 풋고추가 맛을 더해주는데 위장이 약한 나는 매운 것엔 약해 긴장할 때가 많았다.

송파구청장으로 근무할 때도 삼전동에 있는 설렁탕을 좋아했고, 석촌호숫가에 있는 진국설렁탕 집을 자주 찾았다. 그 집은 입구 마당에 큰 가마솥을 걸어놓고 장작불로 사골설렁탕을 끓이는 것이 볼만하다. 나의 설렁탕 사랑을 다음과 같이 시로 써서 2018년 서화전시회에 전시하고 난 다음 그 집 주인에게 갖다 준 기억이 난다.

흙냄새 막 뚝배기

차가운 얼굴 쓰다듬던 하얀 열기

검티한 막소금에 깍두기 국물

삶을 섞어 마시던 질박한 언어들

허기진 민초들 평상에 둘러앉아 가뭄 걱정

갈 길 먼 나그네 끝자리 걸터앉아

먼 하늘 긴 한숨

지친 삶 일으키던 우리 백성 표준식단

관절마다 굳은살이 우윳빛으로 솟아나는 구수한 행복

오늘도 나는 설렁탕 한 그릇에

하늘에 감사하며 형통할 수 있다.

그 후 그 집에 가서 설렁탕에 수육 푸짐하게 얻어먹은 일이 있다. 그리고는 먹고 싶어도 다시는 그 집에 가지 못한다. 돈을 안 받으니까.

나는 여러 차례 선거를 치렀는데 내게 속한 운동원팀은 매끼 마다 메뉴가 설렁탕이었다. 그래서 운동원들이 배를 쫄쫄 곯았다고 뒷얘기들을 한다. 반면 배우자 팀은 운동원들에게 저녁에 푸짐하게 먹여서 운동원들이 자랑을 하는 등 후보자인 나보다 아내가 더 인기를 끌었다.

내가 설렁탕, 곰탕을 좋아하는 것은 뭐니 뭐니해도 맛이 있어서다. 소화가 잘되고 후닥닥 먹을 수 있고 거추장스런 예약도 필요 없고, 값도 싸고 너무 서민적이다. 설렁탕에는 단점은 없고 장점만 있다. 외국을 여행할 때도 끼니때가 되면 설렁탕 집을 먼저 찾는다.

설렁탕은 원래 주막집 평상에서 민초들이 농사 걱정, 아들 장가보낼 걱정, 그리고 사또에 대한 원망과 욕도 하며 편하게 스트레스를 풀 수 있는 우리나라 서민의 표준식단이었다.

낯선 사람과도 쉽게 어울려 먹을 수 있고, 바쁜 사람은 후딱 해치우고 빨리 일어날 수 있다. 모름지기 설렁탕은 먹고 나면 바로 일어나야 한다. 사람도 붐비는데 버티고 앉아 수다 떨고 있으면 수입에 지장이 있고 남 보기에도 좀 그렇고, 먹고 난 사람은 주인이 보기에도 좀 거추장스럽고 귀찮을 거다. 그래서 나는 주인의 수입에 지장을 주지 않기 위해서라도 먹으면 빨리 일어난다.

설렁탕이 맛이 있으려면 뭐니 뭐니해도 한우를 써야 한다. 나는 거의 한우를 쓰는 집을 찾는다.

우리나라에 설렁탕이 있다는 건 참으로 다행이고 자랑거리라는 생각이 든다. 그리고 내가 설렁탕에 대한 시를 몇 편씩 쓰며 설렁탕을 사랑하는 것이 자랑까지는 아니래도 잘했다는 생각이 든다.

지금은 늙고 멀리 다니는 것이 어려워 맛 따라다니는 사치스런 생각은 낼 수가 없지만 어쩌다 기회가 있으면 놓치지 않고 즐긴다.

세월 속에 멀어지는 추억 따라 나는 앞으로도 설렁탕을 끈질기게 먹을 것이다. 그리고 사랑할 것이다.

애마의 추억

17대 국회의원 선거에서 노무현 대통령 탄핵에 대한 업보로 낙선하고 나니 하루하루가 너무 길었다. 당시는 대학의 석좌교수 기간도 끝났고 민주당 사무총장직도 그만둔 상태였다. 신앙 관련 서적을 잔뜩 구입하여 마구잡이로 읽어도 시간이 남아돈다.

나는 젊어서부터 하루는 22시간이라고 벽에 써 붙여놓고 살아왔다. 즉 한 시간은 건강을 위해서, 다른 한 시간은 소양과 취미활동을 위하여 사용해 오던 터였다. 이 같은 나의 오래된 생활습관이 거꾸로 22시간이 남는 생활이 돼 버렸다.

물론 지금 생각하면 이 시간이 나를 돌아보고 특히 새벽기도를 통해 많은 생각과 재충전의 기회를 가질 수 있었다는 점에서는 깊은 하나님의 뜻과 계획에 감사한 마음을 갖고 있다. 하지만 당시 여유로운 시간을 어떻게 잘 활용하느냐 하는 생각은 나로선 매우 중대한 문제였다. 왜냐하면 인생은 농땡이 쳐도 될 만큼 길지가 않으니까.

당시 나는 골프에 열중하고 있었다. 사흘이 멀다고 골프장을 찾았다. 매일 매일 무슨 큰일이라도 하는 사람처럼 전력을 다해 다녔다. 그리고 무슨 골프에 원한이라도 있는 사람처럼 열심히 공을 후려쳤다.

그런데 아무리 골프가 재미있어도 그렇지, 허구한 날 밥만 먹으면 골프만 치는 인생이 무슨 신바람이 그렇게 계속 나겠나. 그러던 차에 누가 승마를 하라고 권유했고 나 또한 해보고 싶은 생각이 들었다. 경기도에 있는 사설 승마장에 가서 다른 사람들 타는 것 구경을 하고 나서 일단 구두로 등록을 했다.

신나고 두근거리는 가슴으로 집에 도착할 즈음 전화가 왔다. 아무래도 나이가 60은 지난 것 같다고 하기에 65살이라고 했더니 한마디로 안 된다고 했다. 나이가 너무 많아 승마는 위험하다는 것이었다.

할 수 없이 다음날 서울 근교에 있는 무허가 승마장을 수소문하여 찾아갔더니, 나이도, 건강 이상 유무도 일체 불문하고 무조건 통과되어 다음 날부터 타기로 했다. 무허가란 참으로 편리하고 필요한 존재다.

몇 번 타보니 별로 어려운 것 같지도 않아 무조건 달리기 시작했다. 원래 다른 운동도 그렇지만 승마는 기초가 중요하다. 살아있는 물체이고 직접 사고와 연결되기 때문이다. 그래서 처음 몇 달 동안은 평보와 속보를 하여 어느 정도 말의 움직임에 적응할 수 있어야 한다. 그 다음에 구보인데 분당 340m 정도의 느린 뜀뛰기이다. 마지막 단계가 습보(Gallop)인데 곧 전력질주다. 우리가 사극이나 미국 서부영화에서 보듯이 바람처럼 달리는 것이 습보다. 그러니 나같이 말 탄 지 며칠 되지도 않은 사람이 달리는 것은 남들이 볼 때 어처구니없는 짓이다. 승마장 주인이 걱정이 태산 같아 멀리서 쫓아오며 애를 태워도 산길을 달리고 또 달렸다. 65살 노인이.

우선 정신 집중이 되고 스릴이 있으니 하루가 지루하다느니 하는 쓸데없는 생각을 훌훌 털어 버릴 수가 있었다. 그러다가 말에서 떨어져 위험한 고비도 몇 번 넘겼다. 말은 본래 똑똑하여 자기 등에 올라타는 사람이 어설프다 싶으면 적당한 기회에 흔들어 떨어뜨린다. 그리고 무시한다. 세상에. 국회의원 선거에서 떨어지고 말에게 무시당하고.

말은 온열성 동물이라 체온이 38도 내외이지만 41도까지 상승하기도 하며 민감한 반응을 보이길 잘한다. 그래서 흥분, 거부 또는 도주 등 말이 무슨 생각을 하고 있는지 잘 살펴야 한다. 이놈은 또한 예민한 5감각을 가지고 있어 타고 있는 사람의 감정을 꿰뚫어 본다. 그래서 약점을 잡히면 안 되고 처음 말에 오르면 고삐를 죄며 제압을 해야 한다. 그래야 고분고분해진다.

한번 떨어뜨리고 나면 편해지니까 다음에도 같은 짓을 되풀이한다. 말에 탄 사람이 겁을 먹거나 흥분하면 몸에서 나오는 아드레날린 냄새를 맡고 흥분하거나 거부반응을 일으킨다. 그만큼 후각이 발달해 있다. 물론 이러한 말에 대한 지식은 한참 후에야 알았다. 그러니 사고가 날 수밖에 없다.

손목이 부러지고, 갈비뼈가 두 대씩 부러지는 사고가 두 번 있었다. 그러니까 아주 심한 부상을 입은 사고만 네 번 있었다. 한번은 비 온 후 산길을 달리다가 급커브 할 때 튕겨져 나가 머리로 떨어져 정신을 잃고 한참 후에 깨어나 보니 쓰고 있던 안전모에 금이 가 있었다. 정말 치명적인 사고였다.

팔다리나 갈비뼈는 한번 부러지면 8주 정도는 말에 오를 수가 없다.

말에 오를 수 없는 것이 팔 부러진 것보다 더 고통스러웠다. 그래서 팔에 깁스 한 채로 아내 몰래 타기도 했다. 그러다가 또 떨어지면 큰 부상을 당할 수 있으므로 조심해서 탔다.

그런데 내게는 큰 부상도 문제지만 아내 몰래 탄 것이 들통나는 것이 더 큰 문제였다. 아내는 내가 처음 승마하겠다고 했을 때 위험하다고 극구 말렸다. 마누라들은 남편 말리기를 좋아하나 보다. 만일 내가 떨어져 중상을 당해도 모른 척하겠다고 이미 선언을 한 상태였다. 그런데 부상한 상태에서 몰래 타다가 막상 떨어져 심한 중상을 입고 보니 아내가 앞장서서 병원엘 다녔다.

아내는 워낙 눈치가 빠른 사람이라 속일 수가 없어서 결국 몰래 타다가 이렇게 됐다고 이실직고했더니 나의 표정에서 이미 타고도 안 탔다고 얼굴에 쓰여있어 알고 있었다고 했다. 기죽을 노릇이다.

그렇게 거의 광적으로 타다가 동호인 몇 명이서 화성시 외곽에 있는 태봉산 밑에 마방을 짓고 주로 산길을 오르내리며 타게 되었다. 마침 광적으로 달리기 좋아하는 사람이 또 한 사람 있어서 둘이서 논밭 길을 달리기도 하고 험준한 산길을 오르기도 하였다.

이때 나와 운명적으로 만난 말이 '스마트'이다. 경마장에서 뛰다가 퇴마한 4년생인데 경마에서 일등을 한 적도 있고 매우 경쟁심이 강한 명마였다. 스마트는 똘똘하고 내 말 잘 들으라고 내가 붙여준 이름이다.

이놈은 마방의 일을 하고 있는 몽골 사람에게 맡기지 않고 내가 직접 훈련시켰다. 그런데 경주마를 승용마로 바꾸려면 한동안 습보의 기억을 멀리하게 해야 하는 데 나는 그것도 모르고 또 달리기 시작했다. 그러지 않아도 달리기 좋아하는 놈이니 질주본능으로 무조건 달릴 수밖에.

 동물 중에서 1천 미터 이내까지는 치타가 제일 빠르지만 이 거리를 벗어나면 말이 제일 빠르다. 또 말이란 동물은 워낙 영악하여 요령을 피우기 마련인데 이놈 스마트는 주인의 명령에 절대복종이다. 독일 군인 같다. 아무리 힘든 낭떠러지 비탈길이라도 가라면 간다. 땀으로 범벅이 되어 지쳐 쓰러질 지경이 되어도 뛰라면 뛴다.

 한번은 비탈이 심해 로프까지 설치되어 있는 가파른 등산길을 냅다 달리다가 안장 채로 나의 몸이 말에서 빠져나가 골짜기로 굴러떨어지기도 했다. 제 혼자 뛰어오른 이놈은 언덕 위로 올라가 나를 기다리고 있었다. 그러니 정이 들지 않을 수가 없다. 나의 몸에 착 붙고 나는 엉덩이를 깊게 눌러 체중을 낮추어 말 그대로 인마일체가 되어 서로가 감으로 통한다. 말은 나의 허벅지 근육의 움직임을 알고, 나는 말의 신경과 근육의 움직임이 내게 전달되는 느낌이다. 이때부터 나는 말에 관한 서적을 사서 읽기도 하고 공부하기 시작했다.

 고독하던 나에게 스마트는 좋은 친구가 되었다. 말도 나에 대해 공부했는지 둘 사이의 이해력은 날로 커져갔다. 어느 지점에 가면 나의 의도가 어떻게 된다는 것까지 파악하고 있는 것 같았다.

 아침에 집을 나와 산 밑에 도착하여 마사 근처에 오면 보이지도 않는데 내가 온줄 알고 긴 목을 더 길게 내밀고 앞발로 바닥을 긁으면서 반긴다. 내 손으로 재갈을 물리고 안장 없고 태봉산 산길을 달리다가 풀숲에 풀어놓아 풀을 먹이고, 나는 싸가지고 온 도시락을 먹고 빈둥대며

풀 위에 누워 푸른 하늘을 바라보며 이 생각 저 생각에 잠기기도 하며 천국 같은 세월을 보냈다.

하여튼 골프보다는 스릴이 있고 새로운 힘을 찾게 하는 새로운 맛으로 하루하루를 보냈다.

승마가 끝나면 일하는 사람 시키지 않고 내가 직접 목욕을 시켜 풀밭에 데려가 풀을 뜯게 하면서 몸을 말린다. 말을 탈 때도 그렇지만 목욕을 손수 시키면서 말과 대화를 하면 훨씬 더 친숙해진다. 나는 평소에도 말과 대화할 때 거의 사람과 말하는 것처럼 한다. 말을 알아듣지는 못하지만 그놈에 대한 나의 사랑은 분명 전달될 것이다. 수시로 칭찬을 아끼지 않으며 자세한 스토리까지도 얘기한다. 어떤 때는 따지기도 한다. 채찍을 거의 사용하지 않고 말을 잘 안 들을 때는 들고만 있어도 이놈은 깜짝깜짝 놀란다. 채찍도 적대감을 갖고 휘두르는 것과 사랑의 감정으로 휘두르는 것이 다르다는 것을 말은 안다. 그러다 보니 거의 강아지 수준으로 길들여졌다. 고삐를 잡지 않아도 스스로 앞장서서 제집으로 나를 인도하고, 예측하지 않은 곳으로 내가 몰면 제자리에 서서 나로 하여금 확인하게 한다. 그런 모습을 보는 다른 사람들은 다 놀란다.

그렇게 해서 일 년 남짓 타다가 말의 발목에 이상이 생겨 몇 달이 지나도 회복되지 않아 결국 폐마 시키고 말았다. 발목은 말의 생명이나 다름없다. 주인에게 그토록 충성을 다하다가 죽고 만 것이다. 말을 그렇게 험악하게 탔으니 다리가 무쇠라도 견딜 수 없었을 것이다. 그 당시에는 잘 몰랐으나 말은 그렇게 무자비하게 타는 게 아니다.

비록 동물이지만 나로 인해 한 생명이 겨우 5년 살고 죽었으니 나로서는 미안하고 안타까울 뿐이다. 말의 수명은 25년 전후인데, 말의 한 살은 사람의 5년에 해당한다고 한다. 그러니까 125년 살 수 있는데 겨우 25살 청년 나이에 죽은 셈이 된다.

폐마하던 날 끌려가면서 자꾸 나를 바라보며 눈에 눈물이 글썽한 것이 못내 마음에 걸린다.

스마트로 인해서 나는 말에 대한 공부를 했고 깊은 이해를 하게 되었다. 그 후에는 과천 경마장에 나가서 탔는데 마음대로 달릴 산도 없고 승마 시간도 제한되고, 마사회에서 보유하고 있는 이말 저말 타다 보니 별 재미도 없었다. 그렇지만 매년 몽골에 가서 끝없는 초원을 마음껏 달리기도 하고, 국내 제주 목장, 포항 바닷가 등 여러 곳을 다니면서 즐기기도 했다. 그럴 때마다 주인의 무지로 고생만 하고 간 스마트 생각이 났다.

과천 경마장에서 탈 때에는 자폐아 등 정신지체아를 대상으로 실시하는 승마 치료 프로그램에 자원봉사자로 참여하기도 했다. 내가 하는 봉사내용은 고삐 잡는 마부였다. 승마가 장애아들에 대한 정신적, 심리적 치료와 골반과 척추에 이상이 있는 사람에게 치료 효과가 있다는 사실도 이때 처음 알았다.

이러한 승마 치료는 영국에서 흔히 하고 있으며, 독일에서는 승마 치료가 아예 건강보험에 포함되어 있다고 한다. 사실 나는 은퇴하면 이런 봉사사업을 해야겠다는 생각도 해보았다. 장애인에 대한 승마 치료가 특히 자폐아에게 용기를 주고 지체장애아에게 자세를 바로잡아준다는 중요한 사실을 안 것만도 나에겐 수확이었다.

또 한번은 평창에서 전국 승마 지구력대회(Endurance)가 있었는데 여기에 선수로 출전한 적도 있다. 승마경기에는 마장마술, 비월 그리고 지구력 경기가 있는데, 이 대회는 마치 '말 마라톤'이라고 보면 된다. 지구력 속도는 하루에 80~160㎞인데 상황에 따라 거리를 조절한다. 냇물을 건너뛰다가 낙마하여 다리를 다치고도 죽을 둥 살 둥 뛴 기억이 새롭다. 저녁 리셉션에서 사회자가 발표를 하는 데 그날 1백여 명의 선수 중 가장 고령자라고 내 이름을 불렀다.

은퇴하고 나서는 곤지암 등 이곳저곳 다니면서 말을 타다가 가족들과 주위의 만류로 그 휘황찬란했던 승마운동을 접었다. 그러나 땀에 젖은 채 험한 산길을 달리며 정을 나누던 애마 스마트와의 추억은 지금도 잊을 수가 없다.

여의도와 나

세상을 살면서 여의도와 나는 인연이 많다. 내가 태어난 이태원에서 여의도까지 거리는 꽤 멀지만 중, 고등학교 다닐 때 가끔씩 여의도에 놀러 갔고 특히 밤섬 꼭대기 바위에 걸터앉아 놀던 생각이 난다. 바위에 걸터앉아 서쪽을 바라보면 꼭 바다를 보는 것 같았고, 특히 저녁놀에 물들어 춤추는 한강의 잔물결이 연출해 내는 아름다운 풍광은 잊을 수가 없다. 그때만 해도 인천 앞바다는 교통상 너무 멀어서 가기 어려워서 한강은 시민들이 자주 찾는 휴식처였다.

한번은 한강 샛강에서 수영하다가 죽을 뻔했던 적도 있다. 지나가던 청년이 뛰어들어 건져주어 겨우 살아났다.

육사에서 중퇴하여 대학에 다니다가 공군 사병에 다시 입대하여 항공관제사 특기를 받아 여의도 비행장에서 항공관제사로 일 년 남짓 근무한 적도 있다. 사관학교 중퇴자는 생도로서 일정 기간 복무한 것이므로 다시 군대에 가지 않고, 이미 군대에 간 사람은 복무기간을 단축하는 법안이 당시 국가재건 최고회의를 통과하여 나는 군 복무 중 중간에 제대했다. 36개월 복무 기간 중 23개월하고 상병으로 나왔으니 일 년 이상 나라 국방에 비자발적으로 봉사한 셈이다.

실은 그 병역법 부칙 개정요구안도 육사 중퇴자 모임에서 내가 주동이 되어 제출한 것인데 군 복무 중 그것이 결실을 본 것이었다. 나는 건의안을 제출해 놓고 뭐가 급한지 바로 군에 입대해 버렸다. 한번 가는 군대도 요리조리 빠지는 세상에 나는 이중으로 군 복무를 했다.

모래땅으로 된 여의도에는 옛날부터 땅콩밭이 많았다. 군에 근무하면서 밤중에 활주로를 몰래 건너가 땅콩을 뽑아 통에 넣고 와서 마냥 날콩을 먹었다. 처음엔 날콩이 입에 맞지 않지만 몇 개만 먹어보면 금세 적응된다. 그리고 습관이 되면 날콩이 볶은 것보다 더 맛있다. 나는 지금도 날 땅콩을 좋아한다.

당시 여의도 비행장에는 이착륙하는 군 비행기가 많아 근무 시간에는 눈코 뜰 새 없이 바빴다. 항공관제사란 마치 하늘의 교통경찰과도 같아서 정신집중을 요하고 매우 긴장해야 하는 업무다. 그래서 한 기에 영어시험을 거쳐 극소수를 뽑아 다시 10개월간 교육을 받아야 한다. 이러한 과정을 거친 다음 시험을 보고 실무부대에 배치된다. 농땡이 치면 물론 중간에 탈락된다.

여의도 비행장에는 미군 비행기도 많아 관제탑에서는 미군과 같이 근무했다. 그러니 더 불편하고 긴장될 수밖에 없다. 이제는 그때의 일은 다 잊어버리고 여의도 하면 땅콩 먹던 추억만 머리에 남아 있다.

군에서 제대하고 행정고시에 합격하여 신참 사무관으로 서울시 한강 건설 사업소에 근무할 때는 마치 전투하는 것 같은 분위기였다. 행정을 모르는 신참을 그런 현업 부서로 보내는 서울시 인사가 참으로 한심한 시절이었다. 오죽하면 서울시를 복마전이라고 했겠는가.

당시 서울시장은 군화 신고 지프를 타고 다녔다. 꼭 군 지휘관 같았고 간부들도 덩달아 군인 같은 분위기였다.

그 시절에는 시장의 말이 곧 법이어서 시장이 민간업자를 대동하고 현장을 보며 지휘봉을 휘둘러 공사를 지시하면 그날부터 불도저가 투입되고 일대 전쟁터가 된다. 공사설계나 발주 같은 거추장스런 절차는 후에 천천히 짜 맞추면 된다.

여의도 윤중제를 쌓고 한창 매립공사를 할 때, 어느 날 시장이 현장에 나와 시찰하면서 담당 감독공무원을 군홧발로 짓밟고 있는 광경을 목격했다. 나는 당시 서무계장이므로 공사에 직접 관계가 없어 다행이었지 기술직들은 공사현장에서 툭하면 시장에게 얻어맞곤 했다. 그때 나는 속으로 나 같은 사람은 이 짓 오래 못 하겠구나 하는 생각도 들었다. 왜냐하면 나는 이런 경우 도저히 못 참을 테니까.

그런데 재미있는 일은 얻어맞고 나면 시장이 금일봉을 주어 그날은 거하게 저녁 파티를 하는 날이다. 얻어맞고 술 먹고, 기분 좋다고 춤추는 그런 시절이었다. 지금 같으면 그런 시장 언론에 대서특필되고 그 목도 단 며칠 못 갔을 텐데 독재는 참으로 편리한 제도다.

서울시 도시계획국에 근무할 때는 여의도 택지매각과 관련되는 일을 담당했었다. 당시 건설비에 충당하기 위해 막대한 자금을 조달해야 하는데 땅을 매각하는 일은 매우 중요한 일 중 하나였다.

지금 기억하기로는 성모병원, 전국경제인연합회, 사학연금재단 등이 평당 2만 원에 팔렸고, 대부분의 시영아파트는 땅을 팔기 위한 미끼로 적자를 무릅쓰고 지은 것이다. 땅을 한창 매각할 때 도시계획국장이었던 S 국장은 해박한 도시문제 전문가였는데 앞으로 땅값이 평당 50만 원까지는 오를 것이라고 예측해서 모두가 설마 했는데 곧 금값이 되었다.

서울시 산업국에 근무할 때는 여의도 시영아파트가 채 완공되기도 전에 입주시키는 바람에 입주자들이 저녁을 해 먹지 못해 첫날부터 아우성이었다. 도시가스 공사가 늦어지기 때문이었다.

그래서 이들에게 밤을 새워 프로판 가스를 공급한 일이 있다. 나도 직접 어깨에 가스통을 메고 고층을 오르내렸는데 내 꼴이 참 우습고 한심하다는 생각이 들었다. 국회를 여의도로 이전시키는 것은 당시 별로 급한 일은 아니었는데 여의도를 정치의 중심으로 삼기 위해 대통령이 정책적으로 옮긴 것으로 기억된다.

지금도 뽀얀 먼지 속에 '전투'하던 기억이 생생하다. 당시 서울의 인구는 4백만 명이었다. 한창 한강건설을 할 때 '한강건설의 노래'를 만들었는데, 내가 작사하고 박춘석씨가 작곡하였다.

한강 여의도는 4백만의 기운이다
버려졌던 이 땅 위에 꽃을 피우자
억백의 모래로 뭉쳐진 일터
우리는 건설한다 우리 힘으로.

198

자연을 파괴하면서 꽃을 피운다는 내용이 노래 1절의 가사다. 곡도 꼭 군가 같다.

마침 패티 김의 '서울의 찬가'가 전국에 울려 퍼졌고 전국에서 괴나리 봇짐 지고 서울로 무작정 올라와 서울은 눈덩이처럼 커졌다. 경상도 사람이 기관장으로 올라오면 경상도 공무원들이 줄줄이 따라왔고 다른 지역도 마찬가지다. 나는 당시 대학원에서 도시행정을 전공하고 있었는데 석사학위 논문 제목도 한강건설에 관한 것이었다. 환경을 파괴하고 강남을 개발하여 서울의 그릇을 키우자는 것이 나의 논문 내용이었으니 나도 어지간히 뭘 모르던 때의 일이다.

서울시장 비서실장을 하다가 승진하여 영등포구 부구청장으로 가서 일 할 때에는 늘 여의도에 신경을 쓰며 지냈다. 국회의사당을 비롯한 주요기관들이 많이 있고, 집단민원과 노조시위 같은 행사도 많았고 교통, 녹지 및 시설물 관리, 청소, 한강 고수부지 관리 등 일이 많았다.

16대 국회에 들어와서 본회의장에 앉아 의장석을 바라보며 위치를 대충 어림해 보니 내가 앉아있는 자리가 밤섬에서 조금 떨어지고 비행장 활주로에서 조금 벗어난 지점이었다.

소년 시절에는 밤섬 바위에 걸터앉아 지는 해를 바라보며 감상에 젖었었고, 청년기엔 밥통 들고 활주로 넘어 땅콩 훔쳐먹던 자리에서, 이제는 의장석을 바라보며 국정을 논하게 되었다고 생각하니 감회가 깊기도 하고 인생이 참 살아볼 만하고 재미있기도 했다.

18대 국회에서는 개원식도 하기 전에 언론악법 저지투쟁을 하느라고 본회의장에서 밤샘 농성을 계속했다. 황량한 회의장 바닥에 누워 냄새 나는 누비이불을 덮고 천정을 바라보니 옛날 생각이 났다. '여의도 공사를 전쟁하듯 하더니 국회가 이처럼 전쟁터가 되는가 보다'. 그러나 그때는 군사독재 시대였고 이제는 민주주의 시대다.

누워있자니 땅콩 생각은 물론이고, 저녁노을이 붉게 물든 평화로웠던 옛날의 여의도가 그립기도 했다.

은퇴하고 지역에서 서예 공부를 하다가 스승이 별세한 후부터는 헌정회 회의실에서 운영하고 있는 서예반엘 잠시 다녔다. 9호선 지하철을 타고 여의도까지 출근하는 일이 그런대로 심심치 않았고 점심시간에 옛날이야기 하며 보내는 시간도 괜찮았는데 코로나19로 인하여 중단되고 말았다. 지하철 9호선 잠실종합운동장—보훈병원 연장노선은 내가 18대 국회의원으로 있을 때 사업비 1조 2천억 원을 어렵사리 유치하여 완공한 사업으로, 나로서는 보람 있고 기억에 남는 일이기도 하다.

세월은 흐르고 나도 늙어간다.

이것으로 어릴 적부터 이어져 온 여의도와 나와의 사연이 끝나려나 하고 생각하니 좀 섭섭하기도 하다.

나와 트럼펫

나는 트럼펫을 좋아한다. 잘 불지는 못하고 그저 좋아한다. 음악에 관한 기초지식도 없고 악보도 잘 못 본다. 그래도 초등학교 졸업할 때 담임선생님이 나는 음악에 소질이 있으니까 앞으로 음악을 하라고 한 다소 의심스러운 말이 가끔씩 기억난다.

대한민국 정부수립 할 때쯤 초등학교에 들어갔고, 그해 가을 학교 학예발표회가 있었는데, 내가 '대한의 꽃'이란 어린이 노래로 독창을 부른 일이 있었다. 또 고교 일학년 때인가는 트럼펫을 불고 싶어 학교 밴드부에 들어갔는데, 트럼펫은 차례가 안 돌아오고 대신 소고를 치라고 해서 얼마간 연습하고 8·15 해방기념 시가행진에 나가 땡볕에 무거운 소고를 허리에 차고 허벅지에 묶고 멍이 들고 피가 나도록 고생한 기억이 있다. 트럼펫 차례를 마냥 기다릴 수만도 없어 밴드부를 그만두었다. 결국 나팔 불려고 들어갔다가 북만 치다가 나온 꼴이다.

행정고시 준비한다고 산중생활을 할 때에도 늘 기타를 가지고 다녔다. 공부하다가 밖으로 나와 저녁노을을 바라보며 한 곡 부르고 나면 새 힘이 나오곤 했다. 그러고 보니 그 옛날 담임선생님 말이 그냥 한 말은 아닌 것 같다는 생각이 들기도 했다.

트럼펫은 송파구청장 시절부터 시간 날 때 조금씩 불기 시작했는데, 도시에서 나팔 불만한 형편이 안 돼 방안에서 소음기 끼고 불거나 가끔 외곽지역으로 차를 몰고 나가 차 안에서 삑삑 불기도 했다. 휴가 때는 강원도 산골 특히 한계령 넘기 직전 계곡에서 불기도 하고, 일부러 산 깊숙이 들어가 불기도 했는데, 그것도 옛 얘기고 지금은 대한민국 어디에서 불어도 소음공해가 될 것이다.

나는 하루를 22시간이라고 보고 나머지 두 시간 중 한 시간은 운동, 다른 한 시간은 취미와 교양을 위한 시간으로 하여 생활해 왔는데, 트럼펫에 배당된 시간은 하루에 길어야 10분 정도였다. 그러니 기껏해야 두 세곡에 그치는 시간이다. 일에 바빠서 불지 못할 때는 주말에 약 30분씩 한꺼번에 몰아서 불기 일쑤였다. 그러니 말이 트럼펫이지 분다고 말할 수도 없는 수준이다. 그래서 분다는 것보다는 즐긴다는 표현이 적절하다. 실은 즐긴다는 것이 잘하는 것보다 더 중요하다고 생각된다.

그나마 나이가 들어 여든을 넘기니까 고음이 잘 나오질 않고 힘이 들어 요즘엔 색소폰을 더 많이 분다. 그래도 역시 트럼펫이 좋다. 트럼펫은 우선 정열적이다. 시원하다. 탁 트인다. 소리가 삑삑거리고 시끄러우면서도 애절하고 잔잔하고 가끔씩 슬퍼지기도 한다. 우리의 희로애락이 그대로 표현되는 것 같다.

사람들 앞에서는 거의 불지 않는다. 그냥 나 혼자 죽이 되건 밥이 되건 즐길 뿐이다.

그런데 민선구청장 선거 시 정당 연설 할 때 감히 청중들 앞에서 불었다. 곡목은 '등대지기'와 'love me tender'. 당시 선거는 대대적인 선거법 개정 전이기 때문에 상대방 중상모략, 비방, 허위사실 유포 등 못된 짓은 다 찾아서 하던 시절이었다. 술과 음식 대접은 물론 심지어 폭력사태도 심심찮게 일어나는 형편이었다. 그래서 선거 막바지에 있었던 연설에서 몇몇 공약 발표를 한 다음 나의 연설 더 들어봐야 그렇고, 따가운 햇빛 아래 응원하는 유권자들에게 한 곡 불어 감사함을 표시하고 싶었다.

높은 연단에 올라 '등대지기'라는 곡을 불며 나 자신이 등대지기처럼 외롭다는 생각도 들었다. 나중에 들어서 알았지만 몇몇 젊은 엄마들은 나의 초췌한 모습을 보고 너무 불쌍해서 눈물을 흘렸다고도 했다. 깡마른 체구에 핼쑥한 얼굴, 선거판에 뛰어들어 잠도 잘 못 자고 힘없는 나의 모습이 내가 생각해도 측은했을 것이다.

선거 때 노래하거나 연주하는 것을 막는 나라는 내가 알기론 우리나라밖에 없다. 듣는 사람들에게 즐거움을 주고자 하는 것인데 왜 안되는지 모르겠다. 클린턴 대통령도 선거 유세 때 색소폰 불었고, 옐친도 춤추지 않았던가.

우리네 선거는 온통 이를 악물고 치고받고 증오하고 흑색선전과 거짓말로 네거티브 일색이다. 그러고 나서 당선되면 승리했다고 으스댄다. 하긴 선거한 것이 아니고 싸운 것이니까 승리가 맞긴 맞는 말이다. 지금은 선거법 개정으로 거의 혁명적으로 나아진 셈이다.

어쨌든 보답하는 의미에서 한 곡조 불었는데 글쎄 그것이 문제가 됐다. 선거법 위반이라고 검찰에 불려다니며 조사를 받고 시달렸다. 사실은 혹시나 해서 사전에 선관위에 물어봤더니 후보자 본인이 노래하거나 연주하는 것은 괜찮다고 했는데도 검찰에서는 막무가내였다. 즉 선관위의 유권해석이 잘못되었다는 것이다.

다행히 처벌은 받지 않고 무사히 넘길 수 있었지만, 이건 나의 문제를 떠나서라도 참으로 답답하고 딱한 노릇이다. 그럼 선거에서는 꼭 두 눈 부릅뜨고 악쓰고 싸워야만 한다는 말인가.

선거가 끝난 다음 바로 옆 강남구청장과 저녁을 먹은 일이 있었는데, 그 친구는 나와 행정고시 동기이고 악기연주가 수준급에다가 미남형이다. 평소에도 가끔 예술단체와 협연하기도 하는 등 말 그대로 음악인이다.

나의 트럼펫 연주 수난 얘기를 들은 그 친구 펄쩍 뛰며 하는 말이 '아니 세상에 별일도 다 있네. 그게 뭐가 잘못된 거래? 나는 수도 없이 불었는데 왜 아무 말도 없었지?'

글쎄 왜 그랬을까. 당시 그 친구는 여당 후보였고, 나는 야당 후보였다. 그리고는 내 머릿속에서 그 기억을 지워버렸다. 나는 아름다운 것만 기억하는 습성이 있다.

그 후 국회에 가서도 트럼펫과 색소폰은 계속 불었다. 국회의원들 취미생활을 소개하는 프로그램에도 출연하였고, 국회방송 등 몇몇 언론에 소개되기도 하였다. 지금은 국회에서 여야가 싸우는 것 중심으로 언론 보도를 하고 있어 좀 메마르다는 생각이 든다.

17대 국회의원 선거에서 노무현 대통령탄핵 후폭풍으로 낙선한 후에는 승마를 했는데, 마방이 오산시 외곽 태봉산 자락에 있었다. 매일 아침 출근하면 말을 타고 산을 달리며 즐기다가 말은 풀어서 제 맘대로 놀게 하고 나는 풀밭에 누워서 이 생각 저 생각에 잠기거나 노래를 부르기도 하고, 트럼펫을 하늘 멀리 불어 보내기도 하였다. 그때의 트럼펫 소리가 가장 아름다웠던 것 같다. 내겐 참으로 아름다운 추억으로 지금도 남아있다.

　은퇴하고 나서 얼마 후 TV 대담프로에 출연한 적이 있는데 우연히 트럼펫 얘기를 했다. 사회자가 도시에서 이웃에 방해가 될 텐데 괜찮으냐고 하길래, 방음장치를 잘하고 여차하면 담요를 뒤집어쓰기도 한다고 하니까 재미있다며 며칠 후 집에까지 와서 촬영하여 방영한 적도 있다.

　악기를 다룬다는 것은 단순한 재미나 취미활동 이상의 의미가 있다. 바쁜 생활 속에서나마 잠시 나의 시간을 꺼내 마음의 여유를 찾는 건 매우 중요하다. 트럼펫은 항상 나의 서재 책상 바로 옆에 놓여있어 불지 않고 보기만 해도 마음이 즐겁다.

　하루 10분의 여유, 이런 작은 것들이 나의 삶을 풍요롭게 하고 사유의 폭을 넓혀주고 활력소가 되어준다. 행복은 결국 '지금 여기 작은 것'들에 있다.

　이것이 내가 늙어서도 트럼펫을 놓지 못하는 이유다.

제4부

배낭 속 추억들

서울 둘레길

서울 둘레길 157㎞, 한양 도성길 21㎞, 모두 178㎞를 두 명의 친구들과 함께 걸었다. 그냥 걸은 것이 아니라 곰곰 생각하고 공부하며 걸었다.

나는 서울시에서만 30년 이상 공무원 생활을 했다. 서울 둘레길의 일부가 나의 과거 업무와 직간접으로 관련되는 부분도 많다. 둘레길을 걸으면서 옛 추억에 잠기곤 했지만 새삼스레 서울을 공부하게 되었다는 것이 참으로 의미 있었다.

흔히 둘레길은 시민의 건강을 위한 산책길이나 아름다운 공원, 편의 시설 등 휴식과 운동의 공간으로 생각할 수 있지만, 서울의 둘레길은 특히 한양 도성길과 더불어 그 이상의 의미를 갖는다.

잘 조성된 숲길과 마을길, 야생화와 하천 그리고 쉼터와 편의시설도 훌륭하지만, 곳곳에 전설이 있고 이야기가 있는 역사와 문화 탐방로라는 점에서 더 큰 의미가 있다.

서울 둘레길은 모두 8개의 코스로 이루어져 있고 특히 좋은 점은 어느 코스를 잡더라도 대중교통의 접근성이 뛰어나다는 점이다.

1코스인 수락산과 불암산 코스는 내가 젊었을 때 많이 오르던 길인데

'수락산 소망길'이 훌륭한 힐링 코스다. 산을 오르다 보면 채석장 터가 나오는데 이곳은 1960·70년대 개발시대에 건축자재로 암석을 채석하던 곳이다. 이 훌륭한 산을 훼손해 가며 돌을 캐냈다니 지금 같으면 천인공노할 일이다.

2코스는 용마산과 아차산 능선길이다. 곳곳에 고구려 기마민족의 흔적이 남아 있는 역사 공부 코스다.

5세기에서 6세기에 걸쳐 고구려가 한강 유역을 차지하고 보루를 설치하여 이곳에서 생활한 흔적으로 투구, 창, 도끼, 화살촉 그리고 몸통 긴 항아리가 출토되는 등 많은 유물이 발견된 곳이다. 고구려군은 아차산 일대에 그리고 백제군은 풍납토성과 몽촌토성에 진을 치고 말발굽 울리며 싸우던 함성이 지금도 귀에 쟁쟁하다.

그런가 하면 망우리 공동묘지 사이로 묘하게 길을 내어 천천히 걸을 수 있도록 만든 '사색의 길'을 걷노라면 죽음에 대해 생각하지 않을 수 없고 많은 생각에 잠기게 하는 길이다. 새삼 '죽는 것도 삶의 한 부분이다. 마지막 순간에 잘 죽는 것보다 더 중요한 것은 없다'라고 한 아우렐리우스의 말이 떠올랐다. 또 뉴질랜드 노인들은 자신의 관을 생전에 만든다고 하는데 그 뜻도 곱씹어 보았다. 자주 죽음을 생각하는 삶에는 거짓이 없다.

3코스는 고덕에서 일자산 코스인데 특히 한강 둔치의 갈대숲이 불어오는 바람과 함께 아일랜드의 한적한 강가 언덕을 연상케 한다.

암사동 선사유적지도 훌륭한 역사교육장이며, BC 10세기 청동기 시대에 세워졌다는 고덕동 고인돌도 시선을 끈다. 가재골 능선을 따라 경사가 완만한 일자산 숲길을 걸으며 일광욕 속에 이야기를 만들며 걷는 것도 재미있다.

일자산을 조금 더 걷다 보면 공민왕 때 신돈에 대한 탄핵 상소로 미움을 받아 쫓기던 고려 말의 대학자 둔촌 이집(遁村 李集)이 은둔했던 토굴 거처가 나온다. 지금의 둔촌동도 이곳에서 유래된 지명이다. 우리의 옛날 조상들은 지조가 있고 옳은 일에 목숨을 걸고 절개를 지키며 살았는데 지금 우리가 사는 모습은 부끄럽기 짝이 없다는 생각이 든다.

일자산을 내려오면 바로 송파구다. 올림픽 공원을 지나 성내천 길로 들어서면 양안에 대규모 아파트단지를 만나게 된다. 올림픽 아파트를 분양할 때 나는 서울시 올림픽 기획관으로 있으면서 분양책임을 맡았었는데 처음엔 분양이 잘 안 돼 애를 먹었다.

성내천 물은 지하철 5호선 공사 시 지하철역에서 나오는 지하수를 받아 항상 맑은 물이 흐르도록 했다. 내가 송파구청장으로 있을 때 조성한 생태하천에서 팔뚝만 한 잉어가 뛰놀고 있는 광경을 보면서 걷자니 참으로 감회가 깊었다.

4코스는 대모산, 구룡산, 우면산 코스다.

수서역에서 올라서면서부터 시작되는 무성한 숲길이 힐링 코스로 좋고, 돌탑전망대에서 내려다보이는 강남 서초 일대의 전망이 가슴 트이게 한다. 대모산은 원래 늙은 할머니와 같다고 해서 '할미산'으로 불리었는데, 태종 때 대모산(大母山)으로 이름을 바꿨다고 한다. 나는 서초동에 살 때 아침이면 종종 기르던 진돗개를 데리고 우면산에 산책하곤 했는데, 그때에 비하면 지금은 나무도 무성하고 모든 편의시설이 잘 갖추어져 있어 거의 다른 산으로 탈바꿈되었다. 지금은 맨발로 걷는 사람들도 많이 있다.

5코스는 사당에서 석수까지이다. 관악산 기슭 따라 숲길과 돌길을 걷는 제법 산행다운 기분이다. 호압사에 이르는 잣나무 산림욕장이 잘 가꾸어져 있어 시원하다.

6코스는 안양천 코스다. 내가 사무관 시절만 해도 홍수 때 안양천이 범람하여 인근에 막심한 피해를 가져오곤 했는데 이렇게 양안 제방에 훌륭한 트레킹 코스를 만들었으니 격세지감이다. 안양천은 한강의 주요 지류 중 하나이며 경기 의왕시 왕곡천, 오전천, 학의천, 산본천에 걸쳐 흐르고 있다. 금천구, 구로구, 양천구, 영등포구를 통과하는 고수부지에는 유채꽃을 비롯하여 각종 꽃이 만발하여 마치 식물원을 연상케 하는 생태공원이다.

7코스는 가양에서 구파발까지의 코스다. 평지가 많고 갖가지 식물을 볼 수 있는 코스다. 하늘공원에 들어서면 울창한 메타세쿼이아 길이 이어지고 공원에 오르면 광활한 생태공원이 펼쳐진다.

내가 서울시 청소과에 근무할 때 이곳 난지도에 오면 악취와 파리 떼 때문에 눈과 코를 뜰 수가 없었다. 세월 지나 그곳에서 이렇게 가슴 펴 맑은 공기를 마음껏 마실 수 있게 되었다. 쓰레기장이 이렇게 광활한 시민공원으로 탈바꿈한 것은 참으로 꿈같은 일이다.

8코스는 북한산에서 수락산까지의 산길이다. 나는 서울시에 근무할 때 도봉산을 50회쯤 올랐다. 나의 등산 원조교육장인 셈이다. 도봉산은 산의 모든 것을 볼 수 있는 산이다. 신선이 도를 닦았다는 선인봉에 이어 만장봉, 자운봉은 도봉산의 상징이다. 도봉산 봉우리들은 공룡이 살던 중생대 쥐라기에 형성되었다고 하는데, 도봉산을 트레킹 할 때에는 그냥 지나치지 말고 발을 멈춰 이 귀하고 멋진 산을 꼭 오래 감상할 것을 권하고 싶다.

한 쌍의 원형계단이 어울리는 쌍둥이 전망대에서 바라보는 도봉의 산봉들과 멀리 수락산 불암산의 파노라마도 놓칠 수 없는 조망이다.

방학동으로 내려가면 곧 역사 공부의 현장이 나온다. 정의공주와 연산군 묘가 있는 왕실 묘역 길에 들어서면 우선 연산군이 뭐라하지는 않겠지만 발걸음이 조심스러워진다. 정의공주는 세종대왕의 둘째 딸로 매우 총명하고 한글 창제에도 도움을 드렸다고 한다.

10대 연산군은 부인 신씨와 함께 누워있는데, 바로 앞에 가서 들여다보자니 무오사화, 갑자사화, 그리고 중종반정으로 이어지다가 강화 유배지에서 31세로 생을 마감한 파란만장한 연산군의 숨소리가 지금도 들리는 듯했다.

4·19탑으로 가는 '순례길 구간' 그리고 4·19민주묘지, 3·1독립운동으

로 서대문 형무소에서 병사한 의암 손병희 선생의 묘를 보면서 선조들의 의로운 삶을 음미해 보는 것도 뜻깊은 일이다.

우이동 소나무 숲길 구간의 솔밭공원도 정성이 들어간 손길의 흔적이 곳곳에 배여 있다.

한양도성 순성길은 도성을 따라 서울을 한 바퀴 도는 코스다.

1395년 이성계는 한양도성을 건축하기 위해 '도성축조도감(都城築造都監)'을 설치했고 도성이 축조된 후에는 관문인 흥인문, 숭례문, 숙정문, 돈의문의 4대문과 혜화문, 광희문, 창의문, 소덕문 등 4소문을 건축하였다.

축조된 이후에도 지속적으로 태종, 세종, 숙종 연간에 걸쳐 유지 보수되면서 쌓는 방법이 시대별로 다르게 나타난 것이 흥미롭다. 태조 시에는 일정한 규격 없이 자연석을 쌓은 모습이고, 점차 석재를 정사각형으로 가공해서 바뀌다가 숙종 대에 이르러서는 정교한 정방형의 형태로 완성되었다. 심지어 성벽 바위에 그 구역 축성책임자의 고을과 이름을 새겨놓아 그 결과에 대한 명예와 책임소재를 명확히 한 것이 놀랍다. 내가 송파구청장으로 있을 때 건축 실명제를 실시하여 언론에 보도되고 다른 자치단체들이 벤치마킹하여 속으로 우쭐한 적이 있는데, 이미 우리 조상들이 600년 전에 한 일을 가지고 동네방네 자랑을 한 꼴이다.

한양도성은 성벽의 높이가 5m 남짓으로 낮고, 중요한 방어시설인 해자도 설치할 수도 없어 한양을 방어하기에 어렵기 때문에 방어용이라기보다는 왕권의 상징이라는 의견도 있다.

임진왜란 당시 성곽의 일부가 무너진 것을 광해군이 다시 복원하였고, 1704년 숙종 때 대규모 수축을 하였으며, 1743년 영조 19년에 다시 고쳤다. 이어 효종, 현종, 영조, 순조 시대에 부분적인 개수를 하였다.

현재 남아 있는 성곽은 대체로 태조, 세조, 숙종 때의 것이다. 일제 강점기 때 대대적으로 파괴되었고, 6·25 전쟁으로 훼손되고, 성 위에 판잣집을 짓는 등 무질서하게 주택가로 변모하였다.

1974년 박정희 대통령의 지시에 따라 본격적인 복원사업이 시작되었다. 삼청지구(창의문·숙정문) 복원에 이어 인왕산 정상까지 복원되었다. 그러나 당시 여러 가지 어려움이 있긴 했겠지만 공사 자체가 날림이고 문화재에 대한 원형 감각이라든가 기술이 부족하고 특히 시멘트를 사용하여 문화재 가치를 훼손하였다는 비판도 있었다. 그러나 우리가 먹고살기 어렵던 그 시절에 그 성곽을 복원하려 시도한 것만으로도 나는 높이 평가해야 한다고 생각한다.

우여곡절 끝에 2012년 11월 23일 서울 한양도성이 유네스코 세계문화유산 잠정목록에 등재되었는데 현재 계속 자료를 보강 중에 있다고 한다. 2014년까지 한양도성 전체구간의 70%가 복원되었다.

한양도성 순성길은 모두 6개 구간으로 백악구간, 낙산구간, 홍인지문구간, 남산(목멱)구간, 숭례구간, 인왕산 구간으로 연결된다.

백악(북악)구간은 숙정문부터 혜화문까지의 구간으로 북악산을 지난다. 이 구간은 일반인에게 1968년 1·21사태 이후 출입 금지 구역이었고 최근에야 개방되었다. 숙정문 방향으로 가다 보면 지금도 그때 있었던 총탄 자국이 있는 소나무가 서 있다. 전망대에서 바라다보이는 북한산의 비봉능선과 보현봉의 전망이 좋고, 멀리 남산과 관악산 그리고 청계산 능선들이 한눈에 들어온다. 내려오면서 바라보는 서울 시내 전망도 좋고 길도 편하다. 혜화문과 이를 잇는 성곽이 복원되기 전에는 서울시장 공관이 혜화문 바로 옆 성벽 위에 있었는데, 서울시에 근무할 때 공관에 갈 적마다 시장이 성곽을 깔고 앉은 것이 마음에 걸리기도 했다.

낙산구간은 북악산 구간이나 인왕산 구간에 비하면 완만한 편이고 길이 잘 조성되어 있어서 로맨틱한 분위기에 산책길로 좋다. 시대에 따라 여러 가지 다른 재료와 다채로운 방식으로 개수된 성벽을 비교하며 걷는 재미도 있다.

흥인지문구간은 간선도로와 전차선로로 이미 일제 때부터 숭례문, 정동지역과 더불어 도성이 가장 많이 파괴된 구역이다. 따라서 흥인지문을 빼고는 옛 도성의 흔적을 거의 찾아볼 수가 없다.

남산(목멱)구간은 국립극장, 남산타워를 거쳐 안중근 의사 기념관, 백범광장을 거쳐 숭례문에 이르는 구간이다. 나는 이 일대에서의 추억이 많다. 어려서는 남산 밑에서 태어나 자랐기 때문에 남산을 놀이터처럼 드나들곤 했다. 또 중구청장을 할 때는 남산에서의 행사가 많아 아주 익숙하고 정든 곳이다.

숭례문 구간도 도성의 흔적은 찾아볼 수 없고 군데군데 옛 흔적만 남아 있다. 이 구간에는 외국공관들을 포함한 문화재들이 남아 있어 도성 순성길을 걸으며 역사 공부 한다는 데에도 큰 의미가 있다. 소의문은 광희문과 함께 성 밖으로 상여를 내보내던 문인데, 1914년 일제가 철거한 자리에 표석을 세웠다. 그때는 내가 서울시 문화관광국장 하던 때였다. 그때 서울올림픽을 앞두고 서울시 전역에 기억할 역사적, 문화적 가치가 있는 옛 흔적들을 찾아 표석을 설치하는 작업을 했었다.

고딕풍의 붉은 벽돌로 지은 우리나라 최초의 감리교회인 정동교회와 고종 27년(1890)에 지은 하얀색의 구 러시아 공관 건물도 눈에 띈다.

태조 때 세운 돈의문 역시 일제 때인 1915년 서대문을 지나는 전차를 개통하면서 철거되었고 지금은 흔적만 남아 있다.

인왕산 구간은 가파른 구간이 많아 오르기가 힘든 편이다. 급경사로 된 계단길을 오르면 바윗길이 나오고, 밤에는 멋진 서울의 야경을 감상할 수 있다. 인왕산·창의문 구간에 윤동주 시인의 언덕과 기념관도 볼 만하다.

한양 도성길도 서울 둘레길처럼 대중교통 접근성이 좋아서 아무 때고 쉽게 갈 수 있다.

이와같이 훌륭한 서울 둘레길과 한양 도성길을 가까이 두고 있다는 것은 참으로 다행스럽고도 자랑스러운 일이다. 이 길들을 걸으면 왜 이 태조가 한양을 도읍으로 정했는지 알 수 있을 것 같다. 그리고 시민이 둘레길을 사랑하면 할수록 둘레길이 서울을 잘 지켜줄 것이라고 믿게 된다.

올림픽공원 무궁화길

나의 서재 창문에서 내려다보면 올림픽공원이 모두 나의 정원이다.

그럴 때마다 내 영혼이 한없는 부자라고 생각되곤 한다. 붓글씨를 쓰거나 사군자를 그리다가 가끔씩 공원을 내다보면서 옛 추억에 잠기곤 한다. 특히 서울올림픽을 앞두고 행사를 준비하던 서울시 올림픽 기획관을 지냈고 올림픽 당시에는 송파구청장을 지낸 나로서는 볼 때마다 감회가 새로울 수밖에 없다. 만일 서울올림픽이 없었다면 이 공원 전체가 이미 고층아파트 숲이 되었겠지 상상하면 가슴이 답답해지기도 한다.

나는 일흔두 살 되던 해에 사회활동을 끝내고부터는 거의 매일 이 공원을 이용 하고 있다. 비록 시멘트 길이긴 하나 굴곡진 몽촌토성길을 걷노라면 지금도 옛 백제 조상들의 숨소리가 들리고, 언덕바지 올라서면 해자 너머 고구려 기마병들의 말발굽 소리가 귀에 울려오는 듯하다.

백제유물을 발굴하고 있는 작업현장을 지날라치면 갑자기 태고의 시간들이 내게 다가오기도 한다. 가끔씩 귀를 세우고 옛 조상들과 대화도 나눈다. 그리고 지금까지 내가 살아온 발자취를 돌아보며 상념에 잠기기도 한다.

분명 나는 세상에서 가장 큰 정원을 가지고 사는 사람이다. 그리고 새삼 이러한 즐거움을 누리며 사는 게 참으로 고맙고 행운이라는 생각이 든다.

올림픽공원은 언제 보아도 아름답다. 그렇게 설계되어 있다.

철 따라 오색 옷 갈아입고 새로움을 더하는 공원 안의 수목과 수준 높은 조각품들, 거의 예술품 수준의 경기장 모습, 사색에 잠기게 하는 잔잔한 해자, 눈에 보이는 모든 것이 의미가 있고 아름답다.

나는 여름이 오면 길가에 줄 서 있는 무궁화를 특히 좋아한다. 무궁화가 마치 공원 외곽을 지키고 있는 파수꾼 같기도 하다. 길 이름도 공식명칭은 '위례성대로'이지만 나는 이 길을 '무궁화길'이라고 스스로 부른다.

1988년 서울올림픽 당시 내가 송파구청장으로 있을 때, 그곳 가로수를 올림픽의 상징인 월계수로 하면 어떨까 하는 생각도 해보았다. 손기정 생각도 할 겸. 하지만 담당 과장이 그곳은 월계수가 자라기에는 토양이 맞지 않는다고 했다. 그래서 가로수 앞쪽에 월계수 대신 무궁화를 밀식하기로 했다. 우리나라를 세계무대에서 한 단계 끌어올린 '서울올림픽'과 무궁화가 잘 어울릴 것 같았기 때문이다.

지금도 그렇지만 당시 대도시의 가로수가 천편일률 은행나무나 플라타너스라는 점에 대해 나는 조금 유감을 갖고 있었다. 물론 가로수를 선택할 때 도시공해와 병충해에 강하고 산소 배출량이 많고 소음을 줄이며 여름에 온도조절 능력이 높은 수종을 전문가들이 판단했을 것이다. 그렇지만 일정 구간 도로나 지역에 그 지역 특성에 맞는 수종도 생각해 볼 수 있다. 그리고 과학이나 이론도 좋지만 시민의 지역에 대한 애정과 정서 또한 중요하기 때문이다. 지금도 지방을 다니다 보면 간혹 지역과 도로에 따라 사과나무, 감나무, 느티나무, 벚나무, 버드나무 등 그 지역의 특색을 나타내는 가로수를 어렵지 않게 볼 수 있다. 제주도 길에는 야자수가 가로수로 남국 정취를 풍기며 뽐내고 있다.

도시의 가로수는 미관뿐만이 아니라 시민건강과 환경보호 차원에서 매우 중요하다. 더 나아가 지역의 특색과 시민의 긍지를 나타낼 수 있어야 한다.

비단 가로수만이 아니다. 아파트단지나 공원에도 거기에 맞는 수종을 심어 특색 있게 가꿀 수 있다. 예컨대 장미아파트 주변에는 넝쿨장미를, 개나리, 진달래, 해바라기 아파트에는 각각 거기에 맞는 개나리, 진달래, 해바라기를 심으면 주민의 지역에 대한 애정도 더 높아질 것이다.

도시환경 특히 가로수나 시설물에 시민들이 애정을 느낄 수 있어야 한다. 효창공원이나 탑골공원같이 민족과 나라를 떠 올리게 하는 공원에는 무궁화 수종을 많이 심으면 한층 의미를 더할 것이다.

요즘 각 자치단체 별로 벌어지는 벚꽃축제, 장미축제, 국화전시회 같은 행사를 흔히 볼 수 있는데, 무궁화축제는 별로 볼 수가 없어 섭섭한 생각도 든다.

잠실은 원래 조선조 때 궁중에서 사용하는 비단을 공급하기 위해 뽕나무를 재배하던 지역이었다.

조선 초기에 아차산 밑에는 동잠실, 성북동 선잠만 인근에는 북잠실,

신촌 연세대 부근에는 서잠실, 그리고 여의도 밤섬에는 남잠실을 두어 궁중 의복을 공급케 했었다. 성종 때에 와서 다시 잠실동과 잠원동에 신잠실을 두었다. 특히 잠실7동과 잠실본동 일대에는 부리도라고 하는 작은 섬이 있었는데, 이곳에 질이 좋은 뽕나무가 울창하여 '잠실도회'라고 하는 대규모 양잠단지를 설치 운영하였다고 한다.

이런 역사가 있는 잠실지역에 뽕나무를 심는 건 멋진 일이 아니겠는가. 그래서 구청장 시절 여기에 뽕나무를 심으면 어떨까 했는데 역시 가로수로는 적당치 않아, 옛 잠실의 흔적이라도 남기려고 잠실구간 탄천 법면에 5백 주를 심은 일이 있다.

도시의 가로수는 여러 가지 면에서 참 중요하다. 예컨대 가로수가 있는 도로는 없는 도로보다 여름철 기온이 2.6~6.8도 낮고, 습도도 9~23% 높다. 가로수 한 그루가 하루 동안 네 사람이 마실 수 있는 산소를 공급하며, 한 그루가 무려 15평형 에어컨 7대를 10시간 가동하는 효과를 낸다고 하는 연구결과도 있다.

고종황제가 외세에 시달리면서도 '도로 양옆에 나무를 심으라'고 1866년 어명을 내린 걸 보면 참으로 생각 깊은 지도자라는 생각이 든다.

이런저런 생각 끝에 월계수를 못 심으면 올림픽공원을 끼고 있는 위례성대로 2km 구간에 무궁화를 심기로 하고 우선 지역에서 늘 봉사활동에 앞장서서 일하는 J씨를 '무궁화 구청장'에 위촉했다. 그분은 무궁화에 대한 지식이 해박하고 30년 이상 무궁화 보급 운동을 해온 분이다. 무궁화를 심고 가꾸는 일에서부터 보급하는 일, 개량하는 법, 특징

등 전문지식을 쌓아 '무궁화 박사'로 통하는 분이다.

올림픽은 온 국민이 치루는 것이므로 시민참여가 무엇보다도 중요하다. 나는 무궁화에 대해 아무런 지식도 없는 '행정구청장'일 뿐이다. 그래서 공식직제에도 없는 '문화구청장', '환경구청장' 심지어 '하수도 구청장' 등의 명칭으로 중요분야별로 명망 있는 분들을 위촉하고 자원봉사자들이 함께하도록 했다. 위촉식도 전 직원이 모이는 월례조회 때 성대하게 했다.

무궁화의 꽃말은 '일편단심', '충절', '섬세함과 아름다움'을 뜻하며, 고려 때에는 '끝없이 피는 꽃(無窮)'으로, 신라 때에는 계속 피는 근화(槿花)라고 하였다. 또 울타리 꽃이라는 뜻의 번리화(藩籬花), 목근(木槿)이라고도 불리었다.

무궁화는 세계적으로 250여 종이 있으며 우리나라에 있는 것만도 200종이나 된다. 따라서 심을 때에도 지역과 토질, 그리고 주변 환경에 따라 세심하게 검토하는 것이 좋다.

우리나라에서 대표적인 품종 중 배달종은 흰색으로 백의민족을 상징하고, 백심단종은 흰 꽃잎에 붉은색의 중심부가 들어있다. 적심단종은 홍단심으로 색채가 화려하며, 아사달 종은 가는 선이 꽃잎 가장자리를 두르고 있는 아름다운 품종이다. 이러한 지식도 그때 무궁화 구청장인 J씨를 통해 알았다.

당시 구청에서 공원녹지를 담당하던 O과장 역시 자신의 일에 매우 열정적인 일꾼이었다. 여기에 백여 명의 '무궁화자원봉사자'들이 힘을 합쳐 무궁화 심기에 나섰다. 구청에서 일률적으로 심어도 되지만 시민이 함께 땀 흘린다는 데에 의미가 있기 때문이다.

한여름 땡볕에서 땀 흘리며 한 그루 한 그루 심고 물주고 마치 자기 자식처럼 정성을 다하던 모습들이 지금도 눈에 선하다. 또 한밤중에 퇴근하다가 가로등 그늘 밑에서 무궁화 묘목을 돌보고 있던 J씨의 모습을 보고 가슴 찡했던 기억도 새롭다. 당시 그분은 무궁화가 생활의 전부인 것처럼 보였다. 그토록 모두가 나서서 신명 나게 가꾸었는데 무궁화가 잘 자랄 수밖에 없었을 것이다. 참으로 아름다운 추억이다. 그때 그분들의 땀과 수고는 30년이 훨씬 지난 지금도 잊을 수가 없다.

한편 지금 올림픽을 다시 서울에서 치룬다고 해도 시민들이 그토록 무보수로 신명 나게 자기 일처럼 나서서 몇 달 동안을 길에서 땀 흘려줄 수 있을까 생각해 보기도 한다. 사실 복지시설을 방문하거나 선물꾸러미를 꾸리거나 김장을 담그는 등 하루 이틀이나 잠깐 수고하는 봉사활동 말고는 요즘엔 그리 나서기가 쉽지 않을 것 같다.

실제 요즘 들어 시민들이 수백 명씩 모여 복잡한 도로변 녹지나 공원 하천에서 자연보호운동으로 휴지를 줍거나 쓰레기를 모으는 모습은 보기 힘들어졌다. 젊은 엄마들이 땡볕 아래 길가에서 꽃을 가꾸는 광경도 보기 어렵다. 지난날 올림픽을 위해 함께 땀 흘렸던 그분들도 이제 노년이 되어 그때의 일을 아름답고 보람 있던 추억으로 간직하고 있을 것이다.

나는 매일 올림픽공원에 가서 운동한다. 공원에 들어설 때마다 장년이 된 무궁화가 줄지어 내게 경례를 한다. 반갑고 고맙다. 그리고 나라가 어지러운 때 이들이 나라를 지키는 백령도 해병대처럼 든든하기도 하다. 다만 언제부터인가 크고 촘촘했던 무궁화가 간벌되고 키가 너무 작게 전지되어 지날 때마다 좀 민망하고 미안한 생각이 든다. 조경 전문가가 보는 시각도 중요하지만 장소에 따라 의미와 정서 또한 고려해야 되는 것 아닌가 하는 생각도 든다.

사랑한다는 것은 바라보는 것이다. 특히 무궁화는 애국가를 부르며 바라보면 더 아름다워지는 것 같다. 그래서 가끔 애국가를 흥얼거리며 그 곁을 지나가기도 한다.

얼마 전 '노을이 아름다운 시간'이라는 개인서화전을 가진 적이 있었는데 여기에 출품되었던 작품 중에 무궁화 그림이 있었다. 그림을 그리고 나서 화제를 이렇게 써넣었다.

'무궁화는 애국가를 부를 때 더 아름답다.'

킬리만자로

내가 언젠가는 킬리만자로에 꼭 가보겠다고 생각한 것은 어니스트 헤밍웨이의 단편 '킬리만자로의 눈' 때문인지도 모른다.

헤밍웨이는 킬리만자로 서쪽 봉우리 얼음 속에 미라가 되어 붙어 있는 표범을 보고, 본능적으로 길을 절대 잃지 않는다는 표범이 왜 거기까지 갔을까 하고 그 이유를 '킬리만자로의 눈'에서 찾는다. 이 소설에서 주인공 해리는 사파리에서 영양의 사진을 찍다가 가시에 찔려 괴사병에 걸린다.

작가 지망생인 해리는 죽음을 앞두고 자신의 예술적 재능을 마음껏 펴보지 못한 것을 한탄하면서 자신이 킬리만자로 정상에 오르는 마지막 꿈을 꾼다. 킬리만자로의 서쪽 정상은 마사이족 말로 '하나님의 집'이라는 뜻인데, 그는 그곳은 아마도 예술가가 도달하고 싶은 이상향일 것이라고 믿는다. 그 믿음은 곧 헤밍웨이의 믿음이기도 하다. 작가의 꿈을 이루지 못한 그는 눈 덮인 정상을 바라보며 '인간은 죽을지 모르지만 패배하지는 않는다'며 표범도 올랐다는 이상향을 오른다. 그는 아픈 몸을 힘들게 이끌며, 하얗게 빛나는 눈 덮인 정상에서 조용히 죽는 것도 괜찮을 것 같다는 생각을 하면서 산기슭에서 쓸쓸하게 죽는다.

이 소설은 헨리 킹 감독이 그레고리 펙과 수잔 헤이워드, 에바 가드너 같은 쟁쟁한 배우들을 동원하여 영화로 만들어 방영되기도 했다.

나는 유럽 쪽 여행을 간 기회에 홀로 일행과 떨어져 케냐를 거쳐 찾아 오른 적이 있다. 원래 이곳은 3월 말부터 6월 초까지를 본 우기라 하고, 10월 말부터 1월 초순까지 우기가 한 번 더 있고, 트레킹은 1, 2월과 6월 말부터 10월 중순까지가 시즌이다. 특히 비가 많이 오는 본 우기 때는 등산을 자제토록 요청하는 데 나는 일정상 5월임에도 오르기로 한 것이다.

킬리만자로(Kilimanjaro)는 현지어인 스와힐리어로 '빛나는 산'을 뜻하며, 해발 5,895m로 탄자니아와 케냐의 국경에 위치하는 아프리카 대륙의 최고봉이자 세계 최고의 휴화산이다. 검은 대륙의 하얀 산으로 적도 바로 아래에서 만년설로 빛나는 산이다.

1961년 탄자니아가 독립한 후 우후르 피크(Uhuru Peak)라는 이름으로 불리어졌는데 우후르는 자유라는 뜻이다.

정상은 모두 세 개의 분화구로 구성되어 있는데, 곧 5,895m의 키보(Kibo)와 5,149m의 마웬지(Mawenzi) 그리고 5006m의 쉬라(Shira)이다. 이 산은 열대우림에서 시작해 용암 흙의 황무지를 거쳐 얼음과 빙하의 땅으로 이어진다. 정상의 아이스 돔은 한때 그 높이가 20m가 넘었다고 하는데, 지난 100년 동안 빙하의 85%가 녹아내렸다고 한다. 지금과 같은 지구온난화 추세라면 10년 이내에 눈 없는 봉우리가 될 것이라고도 한다. 나는 지금도 킬리만자로의 눈물은 아프리카만이 아니고 세계가 지구를 걱정하며 흘리고 있는 눈물이라고 생각한다. 사실 더 큰 눈물은 북극곰과 남극의 펭귄이 흘리고 있는 눈물이다.

케냐 나이로비에서 한 시간 비행거리에 있는 탄자니아 공항에 내리니 먼저 공항 수속이 유별나게 느리다는 느낌이었다. 공항 내 동선도 한참을 왔다 갔다 하며 수속을 마치고 나오니 미리 예약한 가이드가 기다리고 있었다.

공항에서 멀리 보이는 산 쪽을 향해 가면서 농장에서 일하고 있는 사람들이 거의 여자들인 것을 보며 탄자니아 남자들은 다 뭘 하는가 하는 생각이 들었다. 모시, 마랑구 마을은 유명한 킬리만자로 커피 주산지인데 해발 1,500~2,000m의 산자락에 소규모 농장들이 모여 있다. 탄자니아 커피의 90%는 이들 소작농에 의해 생산된다고 한다.

이곳 커피는 헤밍웨이가 사랑하였고, 옛날부터 영국 황실에서도 즐겨 마셨다고 한다. 아프리카의 지붕인 킬리만자로가 하늘에서 주는 물을 받아 이곳의 생명은 물론 대륙 전체를 먹여 살리고 있구나 하는 생각이 들었다.

이 산은 고도에 따라 기후대와 식생이 구분되는데, 마랑구 게이트에서 만다라 산장까지는 원시림 지대, 만다라에서 호롬보 산장까지는 관목지대, 호롬보 산장에서 키보 까지는 고산성 사막지대, 그리고 키보부터 최고봉인 우후르까지는 화산재와 빙하로 덮인 용암지대다.

국립공원사무소인 마랑구 게이트(Marangu Gate, 1,878m)에 도착하니 포터 등 일행이 기다리고 있었다. 가이드가 앞장서서 접수구에 등록을 마치고 드디어 출발 채비를 갖췄다. 이곳은 등반 인원수와 관계없이 탄자니아 현지 가이드 2명, 포터 3명, 요리사 2명을 고용하도록 규정되어 있다. 트래커 수와 관계없이 일률적으로 고용해야 하는 이유를 물으니 등록된 6천여 명에 대한 고용문제 해결 차원이라고 한다. 그래서 나 혼자서 가는데 무려 7명이 따라붙는 거대한 행렬이 되어야 했다. 사람 선택권은 전적으로 가이드에게 있어 포터나 요리사들은 가이드를 깍듯이 상전으로 모신다.

산행 중 음식을 사 먹을 수가 없으니 모든 걸 스스로 해결해야 한다. 짐의 대부분은 대원 자신들의 짐이다. 심지어 냄비에 가스통, 대야까지 산더미 같은 짐을 둘러메고 나서는 모습이 참 장관이면서도 피난민 같기도 하고 웃기는 꼴이다.

꼭두새벽부터 설쳐 여기까지 오느라고 70대 노인인 나로서는 좀 피로하기는 했으나 바로 출발하여 만다라 캠프(Mandara Huts, 2,700m)까지 10km의 비교적 편한 길을 좌우를 감상하며 천천히 4시간 동안 걸었다.

울창한 열대우림을 가로지르는 계곡, 깊은 숲, 짐승들, 새소리 물소리를 들으며 길고 어둡고 고즈넉한 숲길을 아프리카의 맑은 공기를 마시며 걷는 기분이 그지없이 상쾌했다.

산장에 도착하니 시설이 깔끔하고 삼각형 지붕이 꼭 강원도 어디쯤 작은 별장 같기도 했다. 도착하자마자 물부터 데워 세숫대야로 대령하고 저녁을 짓느라 법석이다.

간편하게 옷을 갈아입고 여기저기 주변의 경관을 기웃거리고 근처 다른 외국인들과도 얘기를 나누는 가운데 준비된 식사가 들어왔다. 콩 수

프에 카레 감자, 밥도 잘 지어낸 편이다. 특히 깻잎이 올라온 게 신기하다. 나로서는 모두 같이 모여 앉아 먹으면 좋겠는데, 그들은 자기들끼리 먹는 게 편한 모양이다. 나름대로 위계질서가 엄격한 것 같다.

다음날, 만다라 산장을 출발하여 호롬보 산장(Horombo, 3,720m)까지 약 12㎞를 5시간 동안 걸었다.

이 구간에서는 울창했던 숲이 끝나고 잡풀이 무성한 지대다. 선인장과 비슷한 모양의 시네시오와 로벨리아라는 식물이 듬성듬성 솟아있다. 길이 완만한데도 가이드가 옆에서 계속 '뽈레 뽈레'(천천히 천천히)를 주문한다. 나는 평소 등산할 때 남보다 좀 빨리 걷는 편이어서 그들 눈에 좀 걱정이 됐던 모양이다. 그 뽈레 뽈레가 얼마나 중요한가는 그 후 히말라야를 오를 때에 절실히 느꼈다.

산장에 도착하여 저녁 식사를 끝내고 나니 비가 내리기 시작했다. 내일은 더 많이 걸어야 하는 데 기상이 좋지 않아 좀 걱정이 되었다. 자기 전에 집에서 늘 하던 습관으로 간단하게 스트레칭을 하는데 갑자기 호흡이 불편해지는 것이 벌써 고산임을 깨닫게 해준다. 비가 몹시 퍼부어 걱정이 되고 물소리도 심해 잠을 설쳤다.

다음날 아침 일찍 일어나 보니 온통 물바다가 되었다. 가이드 일행이 잘 도와주어 짐 정리를 하고 나서니 등산길 사정이 엉망이었다. 밤새 퍼부은 비에 길 한복판이 패여 마치 도랑물처럼 빠른 물살이 흐르고 삐져나온 나무뿌리와 풀뿌리들로 미끄러운 상태였다.

그래도 고맙게 비가 그쳐주어 별 차질없이 나아갈 수 있었다. 그날은 호롬보 산장에서 키보산장(Kibo Huts, 4,703m)까지 가야 하는 날이었다. 이제 가없는 하늘 끝에 솟아있는 킬리만자로의 흰 이마를 바라보며 천천히 5시간 동안 마지막 샘터인 라스트 워터포인트를 지나 마웬지 능선을 타고 사막의 풍경을 경험하게 될 참이다.

어느덧 시간이 지나 능선 위에 설치되어있는 나무 식탁에서 점심을 먹는데, 그날은 내가 모두 식탁으로 오게 해서 일행이 함께 먹었다. 내가 이상하게 생각한 것은 외국에서 온 다른 사람들은 자신들만 따로 먹는 것을 당연하게 생각한다는 점이다. 그래서 오히려 가이드 일행은 나를 이상하게 생각한다는 것이다. 나는 이번 등반하는 동안 쉬면서 과자나 초콜릿을 먹을 때에도 일행 모두에게 똑같이 나누어 주곤 했다. 당연한 것 아닌가. 그래서 그들과 나는 급속히 친해졌다.

탄자니아 사람들은 참 착하다. 120개가 넘는 부족이 한데 모여 살면서도 이웃 다른 나라들과는 달리 자기들끼리 싸우지 않는다고 하니 그런 사람들과 친해지고 싶은 생각이 들었다.

점심 식사 후 다시 걷기 시작하고부터 나는 호흡이 곤란할 정도로 숨이 차고 어지럽기도 하고 더 이상 걷기가 어려워졌다. 내가 고산증이 있다는 것이 증명된 셈이다. 표범이고 헤밍웨이고 다 집어치우고 현실로 돌아왔다. 즉시 하산하기로 했다. 나 혼자의 등반이니까 결정하는데 편리하기도 하다. 정상인 우후루까지 갈 줄 알았던 가이드 일행은 속으로 기뻐하는 눈치였다. 그럴 수밖에. 일하지 않아도 일당은 다 받을 테니까.

나중에 들은 얘기인데 한국인들이 뽈레 뽈레를 지키지 않고 무리하다가 실패하는 경우가 많다고 한다. 그리고 워낙 고산이어서 산소 부족 때문에 이곳 등정 성공률은 30% 정도라고 한다. 실망이 컸지만 할 수 없는 노릇이다. 어쨌든 이번 기회에 나는 나 자신에 대한 문제점을 안 것만으로도 다행이었다.

고산병은 즉시 하산하는 것만이 살길이다. 내려오면서 점점 정신이 들고 힘도 생겨 27㎞를 똑같은 과정을 거쳐 하산했다.

모시마을로 내려오니 올라간 것도 잘했고 내려온 것도 잘했다는 생각이 들었다.

하산하여 마랑구 근처 길가에서 늦은 점심을 먹는데, 동네 청년 세 명이 신기한 눈으로 쳐다보기에 그들도 합석시켜 떼를 지어 먹었다. 곧바로 모시에 있는 임팔라 호텔에 투숙하였고, 저녁에는 나와 동행했던 일행을 모두 호텔 식당으로 초대하였다. 내가 언제 또 여기에 오겠나 싶은 생각에 인심이나 쓰자는 심사에서다.

남루한 복장의 어려운 젊은이들이 고급스런 호텔에 들어서니 자신들도 놀라고 호텔종업원들도 놀라는 눈치였다. 더구나 미리 팁을 좀 주니까 종업원들이 신났다. 가이드 일행 7명은 생전 처음 이런데 온다고 했다. 눈이 휘둥그레지고 음식도 많이 먹었다. 식사가 끝날 때쯤 조그만 선물을 하나씩 주었더니 모두가 감동 그 자체였다. 나는 여행할 때마다 비싸지 않은 선물을 몇 개씩 준비해서 나간다.

스스럼없이 평등하게 대해주는 나에게 본인들은 물론이고 호텔종업원들까지도 이제까지 이런 일은 처음 본다며 너무 감동스럽다고 인사를 했으니 나는 충분히 본전은 뽑은 셈이다.

그렇게 벼르던 킬리만자로 등정은 까무잡잡한 탄자니아 젊은이들과 가까워지는 시간을 갖는 것으로 끝내고, 다음날 아침 일찍 옛부터 유명하다는 킬리만자로 커피집을 찾았다.

짙은 커피 향기 속에 마침 멀리 보이는 킬리만자로 정상의 흰 눈이 수척한 모습인데 그 위로 헤밍웨이의 이상향이 어른거리고 있었다.

나마스떼, 히말라야

나는 72살에 히말라야에 오르겠다고 나섰다가 실패했다. 그것도 두 번씩이나.

첫 번째는 71살 되던 해에 평소 가보고 싶었던 히말라야 안나푸르나에 올라보겠다고 나섰다. 물론 정상이 아니라 ABC 베이스캠프까지가 목적지였다. 히말라야의 대표적인 3대 트레킹 지역으로는 에베레스트가 있는 쿰부 히말라야 지역과 서북부의 안나푸르나 그리고 랑탕 히말라야 지역을 꼽을 수 있다.

히말라야산맥은 그 폭이 200~300㎞나 되며 길이는 무려 2,400㎞에 달하는 세계 최대의 산맥이다. 그래서 흔히 세계의 지붕이라고도 말한다.

네팔, 인도, 파키스탄, 부탄, 티베트 등 5개국에 걸쳐있고 이중 네팔의 히말라야가 산맥의 중심부를 차지하고 있다.

이들 산군에는 가장 높은 8,848m의 에베레스트를 비롯하여 8,000m가 넘는 14좌의 산봉이 있다. 그 중요한 곳이 캉첸중가 8,686m, 로체 8,516m, 마칼루 8,463m, 다울라기리 8,167m, 마나슬루 8,163m, 안나푸르나 8,091m 등이다.

히말라야에는 7,000m 이상의 봉우리만 100좌가 넘는다. 네팔 사람

232

은 5,000m 이하의 산은 아예 산으로 여기지도 않는다.

8,000m 이상은 죽음의 지역이라고도 하고 신의 영역이라고도 한다. 그만큼 일교차가 심하고 폭설과 바람의 불규칙적인 공격으로 하나님이 개입하지 않으면 인간이 살아남기가 어렵다는 뜻이다. 그래서 극소수의 선택된 사람만이 오를 수 있다.

등산은 이같이 어렵지만 트레킹은 다르다. 트레킹은 이미 있는 산길을 여행하는 것으로, 정상에 오르는 것을 목표로 하는 등산과는 구별된다. 트레킹은 그 중점이 과정이지 목적은 아니다. 따라서 걸으면서 많이 보고 즐기고 느끼고 생각하는 것이 중요하다.

네팔에서는 대략 6,000m급 이상의 봉우리를 오르고자 하는 사람들을 클라이머(Climber)라고 부르며 그 이하는 트레커라고 부른다. 트레킹은 어원적으로는 남아프리카 원주민들이 달구지를 타고 수렵지를 이동하는 것에서 유래했다고 한다. 여기서는 보통 2,000~5,000m의 산기슭을 걸으며 시시각각으로 변하는 히말라야의 자연을 즐기며 여행하는 사람들을 트레커라고 부른다.

등산이든 트레킹이든 혼자서 히말라야를 10일 이상 간다는 것은 현지에서의 활동이나 비용으로 봐서도 어려운 일인데 나는 혼자서 갔다. 나이가 많아서 젊은이들 틈에 끼일 수도 없고 별안간 적당한 친구를 구할 수도 없어서다.

주네팔 한국대사관으로부터 네팔에서 가장 유능하다는 가이드를 소개받아 그렇게도 가고 싶었던 안나푸르나를 향해 포터 한 명과 셋이서 나섰다.

안나푸르나라는 의미는 '쟁반에 가득 담긴 하얀 쌀밥'이라고 한다. 혹은 풍요를 주관하는 여신을 뜻하기도 한다.

한해에 6만 명이 찾는다는 트레커의 메카로 통하는 세계 10위의 고봉 안나푸르나는 서쪽의 칼리간다키 강과 동쪽의 마르상디 강에 둘러싸인 수많은 연봉을 거느리고 있다. 특히 마르상디 강의 급한 물살을 끼고 걷는 좁은 경사로와 출렁다리, 짐을 지고 지나가는 소와 야크들, 산비탈 급경사지에 경이롭게 펼쳐진 계단식 다랑이 논, 머리를 들면 멀리 보이는 장엄한 흰 산봉우리들, 모두가 발길을 멈추게 하는 풍광이다. 네팔인이건 다른 외국인이건 만나는 사람마다 건네는 '나마스떼' 또한 정답다. 나마스떼는 '안녕하세요'라는 네팔의 인사말이다.

아침 일찍 카투만두를 출발하여 포카라에 도착한 후 시와이와 촘롱(2,170m)에 오는 동안 눈 앞에 펼쳐지는 풍광에 감탄하면서 첫날은 밤 늦게까지 무려 10시간을 걸었다.

다음날, 다시 도반(2,600m)을 지나 히말라야 호텔까지 산비탈을 오르내리고 킴롱계곡을 건너면서 바라보는 남봉과 물고기 모양의 마차푸차레(Machhapuchhare, 6,993m)의 조망이 발길을 멈추게 한다.

다음날 아침 일찍 일어나 데우랄리(Deurali, 3,200m)를 거쳐 마차푸차레 MBC(3,700m)까지 갈 예정으로 2시간 30분쯤 지났을 때 갑자기 바람이 불고 폭설이 내리기 시작했다. 마침 두꺼운 옷은 포터가 미리 가지고 간 상태에서 추위와 싸우며 고생 끝에 겨우 목적지에 기진맥진한 채 도착하였다.

그런데 저녁 식사 후부터 호흡이 곤란해지고 어지럽고 구토증이 나는 등 킬리만자로에서 겪었던 고산병 증세가 나타난 것이다. 내가 토한 음식물을 가이드가 치우느라고 고생했다. 거의 뜬눈으로 밤을 새우고 아침에 일어나 간단히 식사하고 나서니 밤새 내린 눈이 이미 발목을 덮었고 더 이상 앞으로 나갈 엄두를 낼 수가 없었다. 결국 이번 여행의 최종 목적지인 안나푸르나 베이스캠프 ABC(4,130m)까지 1시간 남짓 남겨두고 포기하고 말았다. 이곳에서 10명 중 8명은 고산병 증세가 나타난다고 한다. 높이가 3,000m만 넘으면 공기 중의 산소는 평지의 68%밖에 되지 않는다. 산소가 부족하니 호흡이 가쁘게 되고 그 결과 더 많은 이산화탄소를 배출하는 과정에서 이상이 오게 된다.

이렇게 해서 히말라야 1차 계획은 뜻대로 이루지 못하고 다만 히말라야의 거대한 설산을 가까이서 바라보며 경탄하는 것으로 만족할 수밖에 없었다. 그러나 나는 분명히 등산이 아닌 트레커로서 왔고 히말라야의 장관을 가까이서 경이로움 속에 만끽했으니 별 유감은 없었다.

다음 해, 그러니까 72살 되던 해에 다시 히말라야를 찾았다. 이번에는 나와 나이가 같은 친구와 둘이서 계획을 세워 날짜도 충분히 잡아 중간에 고산 적응을 할 수 있도록 여러 가지를 준비했다. 아무래도 혼자서 히말라야 산속에서 보름 동안 있어야 하는데 그보다는 둘이서 가는 것이 힘이 될 듯싶었다. 친구는 등산 경력이 많지는 않으나 체력이

튼튼하고 정신력도 강한 사람이었다. 지혜와 협동심도 강하여 서로가 힘이 될 수 있는 친구다.

목적지는 이번에는 에베레스트다. 이유는 세계에서 제일 높은 산을 더 가까이서 보고 싶었기 때문이다.

남체바자르를 거쳐 텡보체, 페리체, 투클라 그리고 고락셉에서 히말라야 최고봉인 에베레스트 베이스캠프(5,350m)까지 총 15일간의 일정이다.

원래 쿰부히말 지역인데 네팔인들은 에베레스트를 '눈의 여신'이라는 뜻의 사가르마타(Sagarmatha)라고 부르고 티베트인들은 '세계의 여신'이라는 뜻의 초모랑마(Chomolangma)라고 부른다. 이 뜻은 둘 다 '성스러운 어머니'라는 아름답고 심오한 의미를 가지고 있다. 에베레스트라는 이름은 영국의 동인도회사 소속의 측량국 관리였던 '조오지 에베레스트 경'이란 사람에 의해 유래된 이름이다.

나는 네팔사람이 아니지만 일 년 전 안나푸르나에 오를 때부터 이 이름에 대해 유감이 많았다. 예컨대 한라산을 트럼프가 먼저 올랐다고 트럼프 산이라고 하고, 백두산을 엘리자베스가 먼저 올랐다고 엘리자베스 산이라고 한다면 기분 좋겠는가. 아니 용납할 수 있겠는가. '사가르마타'라는 제 이름을 찾아주었으면 좋겠다.

첫날은 아침 일찍 카투만두에서 루클라(Lukla, 2,800m)로 가는 25인승 경비행기를 어렵사리 탔다. 날씨에 따라 운항되기 때문에 기다려야 할 때가 많다. 40분 걸려 비행장에 도착하니 활주로가 나의 눈으로 봐도 15도 정도는 골짜기 쪽으로 기울어져 있다. 착륙할 때는 경사면을 오르게 되어 짧은 활주로 길이를 커버할 수 있도록 설계한 모양이다.

반대로 이륙할 때는 고속으로 골짜기를 향해 돌진해 내리꽂다가 한참 후에야 솟아올라 온몸이 오싹해진다. 얼마 전에는 착륙할 때 활주로에 못 미치고 절벽에 부딪쳐 탑승자 전원이 사망했다고 한다. 그래서 세계에서 가장 위험한 활주로이며 오직 네팔 조종사들만이 이착륙을 할 수 있다고 한다.

목숨을 걸고 루클라에 도착하자 근처 카페에서 커피 한잔하고 바로 숙박지인 팍딩(2,610m)까지 계곡의 맑은 물소리를 들으며 걸었다.

다음날은 팍딩에서 남체바자르(Namche Bazar, 3,440m)까지 약 7시간을 걸었다. 조르살레(2,740m)에 있는 국립공원사무소에서 출입국 기록을 하고 입장권을 산 다음 아름다운 계곡과 출렁다리 그리고 산간 마을의 평화로운 풍경과 멀리 하얀 산군의 웅장한 모습을 바라보며 걸었다. 그동안 경험했던 고소적응을 위해 남체바자르에서는 하루를 더 묵었다. 많은 트레커들이 여기서 하루 더 묵으며 고소적응을 한다. 이곳은 세르파들의 본고장이기도 하며 티베트인들이 많이 살고 있는 쿰부 지역의 중심 마을이다.

다음날, 가벼운 마음으로 남체바자르를 출발하며 본격적인 트레킹이 시작되었다. 세르파들은 남체바자르부터는 성스러운 땅이라고 말한다. 울창한 침엽수림지역을 따라 오르면서 보이는 꽁데(6,093m)와 탐세르쿠(6,608m)의 장관을 감상하면서 신령함을 느낄 수 있었다.

남체바자르에서 텡보체(3,860m), 디보체(3,710m)까지 약 7시간을 걸었다. 자작나무와 랄리구라스가 군락을 이루고 있는 숲을 지나면서 트레킹이란 이런 기분에 하는 것이로구나 하는 것을 몸으로 느낄 수 있었다.

텡보체는 히말라야의 풍광을 제일 잘 볼 수 있는 곳 중 하나다. 세계에서 가장 아름답다는 아마다블람(6,865m)과 최고봉인 에베레스트의 웅장한 모습을 보면서, 또 오르막 내리막이 심한 벼랑길을 걷는 맛이 스릴도 있고 변화의 재미도 있었다. 산굽이 하나씩 돌 때마다 바뀌는 설산의 변화에 감동치 않을 수가 없었다.

다음날은 디보체에서 팡보체(3,930m)를 거쳐 딩보체(4,410m)까지 가는 약 6시간의 거리를 피곤하기는 해도 지루한 줄 모르고 걸었다. 팡보체를 지나면서 'Um Hong Gil Human School(4,000m)'이라고 쓴 엄홍길 학교 간판이 보였다. 한번 가보고 싶은 마음도 있었으나 가파른 언덕길을 다시 오르기가 힘들어 마음속으로만 그의 학교 봉사사업이 잘되기를 빌었다.

팡보체는 아마다블람 아래 광활한 지역에 자리한 마을로 아마다블람을 가장 가깝게 바라볼 수 있는 곳이다. 아마다블람은 안나푸르나 지역의 마차푸차레(6,997m)와 유럽 알프스의 마터호른(4,478m) 과 함께 세계 3대 미봉으로 꼽힌다. '어머니의 목걸이'라는 별명처럼 보석을 깎아 조각해 놓은 듯 예술로 빚은 곡선과 직선이 어우러져 아름다움을 연출한다.

딩보체 롯지에 늦게 도착하여 간단히 저녁을 먹고 누우니 아니나 다를까 또 고산증의 증세가 왔다. 나에겐 4천 미터의 고도가 한계인 것이 분명해졌다. 잠이 오지 않아서 뒤척이면 그만큼 에너지가 소비되어 더 힘들었다. 거기에다 방이 너무 추워 물통에 물을 끓여 넣고도 밤새 떨었다. 나는 평소에도 추위를 많이 타는 편이다.

다음날은 딩보체에서 투클라패스(4,830m)를 거쳐 로보체(4,910m)까지 약 8시간을 걸어야 한다. 투클라패스는 거친 바윗길과 오르막이고 나무는 거의 보이지 않고 풀만 자랄 뿐이다. 이제 히말라야 깊숙이 들어온 것을 실감할 수 있었다.

나는 산소 결핍으로 인한 고통을 호소하며 이만 하산하자고 했다. 친구는 높은 산을 처음 오르면서도 끄떡없었다. 가이드가 조금만 더 오르면 지금까지와는 전혀 다른 세계를 보게 될 것이라고 하여 400m쯤 더 오르니 세상이 확 바뀌는 듯했다. 우리 일행을 중심으로 180도가 모두 설산이다. 사방이 완전히 고봉들로 둘러싸인 빙하로 이루어진 광활한 지역에서 돌과 풀 사이를 가르며 걷자니 이곳은 마치 세속과 멀리 떨어진 천국 근처 같다는 생각이 들었다. 그리고 우리들의 신비로운 협곡 트레킹이 계속 하산으로 이어지면서 산소 결핍 문제는 씻은 듯 물러갔다.

이번에도 칼라파타르(5,550m)와 에베레스트 베이스캠프(5,350m)까지의 목표에는 못 미쳤지만, 나는 두 번에 걸친 히말라야 트레킹에서 많은 것을 보고 배웠다. 히말라야의 경이로운 풍경에 놀라면서 '놀라는 것에 생명이 있다'는 어느 철학자의 말이 생각났다. 또 '자연은 복종함해야만

이 지배할 수 있다'는 프란시스 베이컨의 말의 의미도 깊이 생각했다.

나는 등산가가 아니고 산을 찾는 순례자라는 점을 명심했다. 산 앞에 겸손해야 하고 모험은 금물이다. 따라서 목적지에 도달하는 것 못지않게 그 과정이 중요하다. 되도록 많은 것을 보고 느끼며 사색의 기회가 되어야 한다는 점이다. 그리고 특히 나이를 먹을수록 힘에 부친다 싶으면 바로 하산해야 한다. 나는 지금도 이점을 꼭 지키고 있다.

또 나는 히말라야를 다니면서 산만이 아니고 거기에 사는 사람들까지 사랑하게 되었다. 왜냐하면 히말라야는 세계 모든 사람의 것이기도 하니까.

일 년 전에 안나푸르나에 트레킹 왔을 때 하산하면서 히말라야 고산족 마을 사람들은 학교가 부족해 아이들 교육에 어려움이 많다는 얘기를 들었다. 그래서 아주 어려운 하층민들이 사는 고산지역인 고르카에 사비를 들여 작은 학교를 하나 지어주었다. 승용차 한 대나 강남 아파트 한 '평' 값이면 네팔의 가난한 고산족들에게 조그만 학교를 하나 지어 줄 수가 있다.

내가 에베레스트에 트리킹 갈 때까지는 학교가 덜 마무리되었지만 우선 70여 명의 아이들 교복과 신발, 학용품 등을 차에 싣고 까마득히 높은 고산지대 마을에 올라갔다. 마을 사람 전체가 나와서 환영해주는데 오히려 내가 민망할 지경이었다. 조용히 준공행사를 하려고 했는데 어떻게 알았는지 한국 언론사의 기자까지 와서 놀랐다. 아무튼 그렇게 해서 준공식이 된 셈이다. 그 후 이 지역에 엄청난 지진이 일어나 마을

이 초토화된 적이 있었는데 다행히 학교는 피해가 없었다고 대사관에서 연락이 왔었다.

　나는 요즘에도 산에 자주 오른다. 오른다기보다는 그냥 산을 만나러 갈 뿐이다. 산을 만나는 것이 곧 나를 만나는 것이기도 하다. 산은 늘 나에게 용기와 겸손과 평안 그리고 사유의 여유를 준다. 그래서 산이 감사하다.

　산행하면서 만나는 나무, 바람, 돌, 산새, 잡풀 모든 자연과 대화를 나눈다. 그러는 가운데 내가 자연 속에 있음을 확인하는 것이 즐겁다.

　에베레스트에 다녀온 지 2년 후 히말라야를 못 잊어 다시 가려고 단체전문 트레킹 회사에 연락한 일이 있었는데 나이를 묻고는 몇 달이 지나도 회답이 오지 않았다.

　이제는 히말라야를 추억으로만 간직하며 산다. 기억은 머리에 남지만 추억은 가슴에 남는다. 그 추억 속엔 늘 고르카 학교 아이들의 초롱한 눈망울이 아른거린다.

남극 나그네

나는 몇 해 전에 남극을 다녀왔다. 갈 때는 설레는 마음으로 갔고 돌아올 때는 무거운 발걸음으로 왔다.

남극은 만년빙으로 덮여있는 거대한 남극대륙과 그 주변을 감싸고 흐르는 남빙양(Southern Ocean)을 포함한다. 남극대륙의 넓이는 1,360㎢가 넘는다. 이는 지구 육지면적의 9.2% 정도가 되는 크기다. 유럽대륙이나 호주대륙보다 넓고 아프리카대륙의 반이 넘으며 남아메리카대륙의 3분의 2가 넘는다.

우리가 남극의 크기를 실감하지 못하는 것은 지구의 가장 남쪽에 있고, 보통 지도에서 작게 그려져 있어 작게 보일 뿐이다.

1773년 영국의 제임스 쿡에 의해 처음 발견되었고, 1820년대 들어 러시아, 영국 등의 탐험가와 과학자들이 남극대륙에 올라 활동하였다. 그러다가 1946년에는 미국이 남극의 정치적, 전략적, 과학적 중요성을 인식하여 쇄빙선과 잠수함 그리고 항공모함까지 포함한 13척의 선박과 4천여 명의 전문가들을 동원하여 대대적인 탐사활동을 하며 국력을 과시하기도 하였다.

1957년에는 12개국에서 건설한 67개의 남극기지에서 5천여 명의 과학자가 참여한 국제적 대규모 탐사가 실시되었다. 이러한 상황 전개는 결국 남극대륙이 처음부터 과학의 목적 말고도 정치적, 군사적 측면에서 그 중요성이 인정되었음을 의미하는 것이 아닌가 하는 생각도 든다.

남극이 각국의 영토 각축장화 하는 것을 막기 위해 1959년 12월 워싱턴에서 남극조약을 체결하여 종전까지 칠레 등 7개국에서 주장해 온 영토권을 동결하고, 남극대륙에서는 평화적 목적만을 위한 과학연구 활동만 가능하도록 결정하였다.

현재는 29개국에서 80개 과학기지를 운영하고 있다. 우리나라에서는 1987년 남극 세종과학기지를 건설하였고, 2014년에 두 번째 기지인 '장보고 과학기지'를 건설하여 활발하게 운영하고 있다.

이들 기지의 주요활동은 지구의 과거와 현재의 기후관측, 태양풍과 자기측정, 천문연구, 해양생물 조사연구 등 다양하다.

남극의 연평균 기온은 섭씨 −23도이며 해안지방은 유난히 바람이 강하게 분다. 연평균 풍속이 초속 22.2m에 달하므로 일 년 내내 이 정도의 바람이 분다는 것은 사람이 살만한 곳이 아니라는 의미이기도 하다.

풍속이 초속 25m 정도면 사람이 바람을 안고 걷기가 힘들며 초속 35m쯤 되면 숨쉬기가 어려워진다. 그리고 초속 40m가 넘으면 몸이 날아간다. 거기다가 블리자드(Blizzard)라는 강한 눈보라 바람은 단 몇 미터 앞도 볼 수 없게 한다. 활강풍이라고 불리는 이러한 강한 바람은 겨울철에 많이 분다.

남극은 전반적으로 기압이 낮고 변화가 심하며 강한 상승기류가 발달하여 흐린 날이 많다. 극야기간이 6월부터 8월까지 약 3개월간 지속되는데 이때는 24시간 내내 어두워 실내생활을 많이 하게 되므로 심리적으로 위축되고 우울증에 쉽게 걸릴 수도 있다고 한다.

남극 세종기지는 킹조지섬에 있는데 서울로부터 직선거리 17,240㎞ 떨어져 있다. 보통 남극에 출입할 수 있는 시기는 12월~2월 여름철이다. 여름철 기온은 섭씨 −2도 정도이나 눈, 비가 많고 바람이 심해 체감온도는 이보다 훨씬 낮다. 기상변화가 심하여 이곳에 들어가려면 칠레에서 며칠씩 기다려야 하는 경우가 많다.

항공편으로 LA를 경유하여 칠레 산티아고를 거친 후 다시 칠레 국내 항공편으로 최남단의 푼타 아레나스 공항까지 가는데 모두 30시간이나 걸린다. 그곳에서 남극 킹조지섬까지 비행기로 약 3시간 걸리고 다시 고무보트를 타고 거친 파도를 헤치며 30분을 가야 세종기지에 도착하게 된다.

우리 일행은 푼타 아레나스에서 우루과이 공군기인 C−130 수송기를 얻어타고 갔다. 정기노선이 아니고 자국 기지에서 쓸 물자수송을 위해 필요시에만 운항한다.

땅을 깎아 임시로 쓰는 듯한 엉성한 비행장에 도착하면 바로 러시아 기지가 되는데 막사에 들어가 차 한잔 씩 얻어 마시며 쉬었다가, 인근 중국 측에서 제공하는 지프에 올라타고 중국기지 내로 들어가 중국 과학자들이 자랑하는 시설을 둘러보고 그들이 내어주는 방수복으로 갈아입은 다음 고무보트에 올라탔다.

이곳은 각국의 기지에 근무하는 사람들끼리 한 식구처럼 서로 도와

주고 나누어 쓰는 것이 이채롭다. 사실은 눈에 보이지 않는 국가 간 영토 및 과학기술 경쟁이 치열하게 전개되고 있지만, 겉으로는 서로의 필요에 의해 어려울 때 서로 돕는 것을 기본으로 하고 있다.

특히 중국은 현재의 기지도 다른 나라에 비해 훨씬 넓은데 정부의 막대한 지원으로 계속 인원을 늘리고 시설과 영역을 확장해 가고 있다. 생활시설, 연구시설, 요원들 위락시설 등 모두 다른 나라들보다 우위라고 생각된다. 오락시설도 다양하다. 이런 것들을 구경하노라면 중국은 이 지구 끝에 와서도 물밑에서 미국과 치열한 신경전을 벌이고 있구나 하는 생각을 하게 된다.

중국기지에서 나와 고무보트를 타고 강한 바람과 파도에 30분을 흔들린 후 세종기지에 도착했다. 건너오는 30분 내내 참으로 아슬아슬할 정도로 위험하다는 생각뿐이었다. 우선 몇 달 전 이곳을 건너다가 풍랑으로 순직한 대원의 넋을 기리는 묵념부터 하고 숙소에 짐을 풀었다.

18명의 대원이 한 가족처럼 지내고 있는 생활동, 연구동, 기타 지원시설들이 훌륭했다. 중국기지에서 고무보트를 탈 때는 중국이 자리 잡고 있는 기지가 부럽고 우리 대원들이 측은하다는 생각도 들었는데, 막상 와 보니 앞으로 탐사 연구활동 영역도 더 넓혀갈 수 있고 다른 기지에 대해 신경 쓸 필요도 없고 자유롭겠다는 느낌도 들었다.

저녁 식사에 생선회가 나오는 등 푸짐하게 먹었다. 대원 한 사람 한 사람 자기소개를 하고 포부도 얘기하는 것을 들으며 참으로 훌륭한 애국자들이라는 생각이 들고 자꾸 눈물이 나오려고 했다. 결국 이런 젊은 이들에 의해 우리나라가 힘차게 굴러가고 있는 것이다.

밤에 빙산에 올라가 보려고 나 혼자 밖으로 나와 세찬 바람을 밀어내며 전진해 보았다. 저녁 10시쯤인데도 훤했다. 막상 나서고 보니 무섭고 나 혼자 지구에서 떨어져 나가는 기분이었다.

적막한 지구 빙산 한쪽에 앉아 우선 남극기지가 국가 간 세력이나 영토 다툼의 장이 되지 말고 오로지 인류를 재앙으로부터 구하기 위한 과학 연구의 땅으로만 남게 해 달라고 기도했다. 그리고 지구의 땅끝 이곳은 인류가 잠깐 빌려 쓰는데 그치게 하며, 이곳에서 연구하거나 방문하는 사람들 모두 욕심 버리고 '나그네'가 되게 해 달라고 기도했다.

지구의 주인이 사람만이라고 생각하는 오류가 지구와 사람을 망치고 있다. 분명히 지구는 사람과 모든 생물을 위한 삶의 터전이다.

지구온난화에 따른 해수면 변동이 이미 빙산을 녹여 폭포로 떨어지고 있고, 해마다 한국의 면적만큼 남극의 빙하가 사라지고 있다. 지구의 온도가 평균 2도 오르면 전 지구의 해수면이 지금보다 3.3m 상승할 것이라고 한다. 전 지구담수량의 60%가 남극대륙의 빙하가 녹아내리기 때문이고 한다. 이렇게 되면 앞으로 해운대, 인천송도, 뉴욕 등이 물에 잠길 것이 우려된다고 한다.

각국이 마치 국력이라도 겨루는 것처럼 기지건설을 확장하고 땅을 파고 환경을 파괴하고 있어 걱정이다. 심지어 빙산 가까이 대형 크루즈 유람선이 드나들고 기지 내에 기념품 가게까지 있다.

지구의 맨 끝 남극에서의 하룻밤을 지내고 새벽 일찍 일어나 해안가를 따라 약 2㎞ 거리를 조깅했다. 기지 인근엔 약 12만 마리의 펭귄이

서식하고 있는 '펭귄마을'이 있는데 이들을 지키는 임무가 한국기지에 있다고 한다. 이들 펭귄과 가까이 만나며 떠내려오는 거대한 빙산 조각을 바라보며 아침 조깅을 하는 기분이란 별천지의 것이었다.

동시에 북극의 곰이 지금 인간들에 의해 쫓기며 울부짖고 있는데, 이곳 펭귄은 얼마나 더 버틸 수 있을까 하는 걱정도 들었다.

낮에는 고무보트를 타고 빙벽 바로 아래까지 접근해 보았다. 가끔 TV에서나 보던 거대한 빙벽을 실제 바로 앞에서 보니 정말 장관이었다. 아울러 하나님의 창조의 섭리를 다시 한번 생각하며, 자연을 창조하실 때 하나님이 이곳은 인간의 탐욕으로부터 지키기 위해 특별히 감추어 두었던 곳이구나 하는 생각도 해보았다. 분명한 건 남극은 인류가 생존하기 위한 최후의 보루라는 점이다. 남극이 무너지면 지구가 무너진다.

벼르고 별러 잠깐 왔던 나는 분명히 남극의 '나그네'였고, 이곳에서 큰소리치는 모든 나라 모든 사람도 분명히 나그네임을 잊지 말았으면 하는 기원을 하면서 칠레에서 운영하는 8인승 경비행기에 다시 몸을 싣고 하얀 땅 남극을 떠났다. 제발 남극의 펭귄은 북극의 하얀 곰처럼 슬프지 말기를 바라면서.

그리고 다시 깊은 생각에 빠졌다. 앞을 볼 수 없는 저 세찬 바람 블리자드가 왜 남극에서 불고 있을까.

아무래도 세찬 바람이라도 내 세워 저 오염되지 않은 땅, 바이러스도 발붙이지 못해 감기도 없다는 하얀 저 남극을 탐욕에 젖은 인간으로부터 지키고 싶은 하늘의 뜻이 아닐까.

생각할수록 나그네의 마음은 무거워졌다.

남한산 사랑

나는 오래전부터 혼자 등산하기를 좋아했다. 젊었을 때는 모험심도 있었고, 혼자서 자신감도 있고, 시간 활용이 편리하기 때문이었다. 1970 년대만 해도 산에서 등산로 찾기가 쉽지 않아 꼭 지도를 목에 걸고 일 일이 확인하며 찾아다녔다. 나이가 들면서 친구들과 함께 많이 다녔는 데 멀거나 험한 산은 함께 가는 것이 바람직하다.

젊어서 몇 년 동안은 암벽타기에 푹 빠져 산에 갈 때에는 자일 꾸러미 를 목에 걸고 바위만을 찾아다녔던 적도 있었다. 그때 도봉산 암벽에서 입은 무릎 상처의 흔적이 지금도 남아 있다.

늙어가면서 함께 산행하던 친구들이 이제는 체력 감퇴로 하나씩 둘 씩 떨어져 나가고 지금은 친구 두 명과 한 달에 두 번씩 정기적으로 기 계처럼 다니고 있다.

두 명 다 중, 고교 동창들인데 박한찬은 전형적인 산사나이다. 혼자 서 백두대간을 보름씩이나 종주하였고, 등산에 관한 책도 많이 읽는 등 대단한 등산 마니아다. 나는 지금까지 그 친구가 산행하면서 땀 흘 리고 힘들어하는 것을 본 적이 없다. 그만큼 산에 적합하게 태어난 사 람이다.

또 한 친구 이금룡은 등산 경력에 비해 산에 노련하고 지구력이 강한 공학자이다. 집념과 책임감과 협동심이 강한 '젊은 노인'이다. 지금도 전공인 화학공학에 빠져 실험실에서 사는 행복한 사나이다. 이런 친구들과 함께 지금도 산을 오를 수 있다는 게 참으로 행운이다.

80살이 훠이 넘은 우리는 주로 강원도 일대의 1천m 이상의 높은 산을 많이 오른다. 예전 같지 않아 물론 힘들기는 하지만 산은 역시 강원도다. 거기쯤 가야 가슴이 탁 트인다.

동반 등산이 없는 날은 수시로 나 혼자 간다. 공무원 할 때는 주말을 이용했지만, 국회의원 할 때는 근교 산을 수시로 올랐다. 시간이 잘 안 되는 때에는 저녁에 산에 오르는 경우도 종종 있으며 하산할 때 플래시를 사용하곤 했다. 산에서 플래시를 사용하는 것은 그림자가 어른거려 위험하다.

혼자서의 산행은 거의 남한산을 오른다. 집 근처이기도 하고 산이 오르기 편하고 시간도 짧기 때문이다. 그런데 이제는 체력이 그전 같지가 않다. 그래서 아주 천천히 걷는다.

젊었을 때는 도봉산을 50회쯤 올랐고, 관악산도 혼자서 많이 올랐다. 나이 들면서 남한산은 450회쯤 올랐다. 그래도 오를 때마다 새롭게 힘을 얻으며 산을 배운다. 모든 산이 사람에게 교훈을 주지만 남한산은 우리의 뼈아픈 역사의 현장이어서 성곽이나 건축물은 물론이고 돌 한 개, 깨진 기왓장 하나, 모든 골짜기, 오솔길, 후미진 벼랑길 하나하나가 역사를 생각하게 한다.

남한산을 대표하는 것은 역시 남한산성이다. 그래서 남한산을 부를 때도 흔히 '남한산성'이라고 부른다. 남한산성은 그 역사가 깊다. 백제 온조왕 13년에 이곳에 산성을 쌓고 남한산성이라고 불렀다고 '고려사'와 '세종실록 지리지'에 기록되어 있다.

그 후 신라 문무왕 때 주로 군수물자를 저장하는 특수창고를 설치한 주장성(晝長城)을 쌓았다고 삼국사기에 기록되어 있다. 동국여지승람에는 일장산성(日長山城)이라고도 되어있다. 조선시대 남한산성은 신라 주장성의 옛터를 따라 축조되었음이 2005년 발굴조사에서 밝혀지기도 하였다. 나는 종종 하산길에 일장천이라는 샘에 들러 물을 마시면서 옛 조상들을 가끔씩 생각한다. 같은 물도 생각하면서 마시면 물맛부터가 다르다.

조선조에 와서는 선조, 광해군, 인조, 정조, 순조 대에 걸쳐 증·개축을 거듭하였다. 특히 인조 2년(1624년)에 와서 지금처럼 고쳐 쌓았다. 인조는 성 축조를 위해 승도청(僧徒廳)을 두고 총융사 이서(李曙)를 축성책임자로 삼아 전국 8도의 승군을 동원하였다. 이때 승군을 항마군(降魔軍)이라고 했으며 이들을 위해 장경사(長慶寺) 등 9개의 사찰을 건립하였다.

인조 때 석축으로 쌓은 남한산성은 외성과 옹성을 갖춘 전형적인 산성으로 그 둘레는 약 8km이다. 동서남북에 각각 4개의 문과 문루, 8개의 암문(暗門)을 내었으며, 동서남북 4곳에 장대가 있었다. 성안에 수어청을 두고 관아와 창고, 행궁을 건립했다. 80개의 우물과 45개의 샘을 만들어 장기주둔이 가능하도록 했다. 그러나 인조 14년(1636년) 병자호란 때 임금이 이곳으로 피신하여 1만 2천여 명의 병사들과 함께 40일간 머물며 분전했으나 결국 삼전도에서 청나라군에 항복하는 굴욕을 당했다.

인조가 청나라 군사에 쫓겨 산밑에 이르러 우왕좌왕하고 신하들도 흩어져 혼란한 상황일 때 한 젊은이가 나타나 임금을 등에 업고 올라갔다는 기록이 있다.

나는 송파구청장으로 있을 때 혹시 그 청년의 이름이 기록에 있을지도 모른다는 생각에서 당시 향토사학자 김영상(金永上) 박사로 하여금 국내외를 조사케 하여 그 청년의 이름이 서흔남(徐欣男)이었음을 알아냈다. 그리고 그 사실이 정사이든 야사이든 혹은 전설이든, 그가 인조 임금을 등에 업고 있는 동상을 제작하여 청소년 인성교육에 도움이 될 것이라는 생각에서 송파도서관 마당 한 편에 세웠다. 동상은 지금도 서 있는데 청소년들이 그걸 보고 무슨 생각을 할지 궁금하기도 하다.

또 인조가 오금동 부근에서 하룻밤 묵을 때 어디선가 구슬픈 가야금 소리가 들려 신하가 알아보니 누가 오동나무로 만든 가야금을 켜고 있었다는 야사도 있어, 오금공원에 오동나무를 심도록 한 적도 있다. 슬픈 역사도 역사이고 우리는 기억하고 교훈을 얻어야 한다.

애석한 일은 당시 심양에 볼모로 잡혀갔다가 8년 만에 돌아온 효종이 아버지의 원한을 갚기 위해 북벌계획을 추진하던 중 일찍 죽어서 한을 풀지 못한 점이다. 그 후 영조는 왕명으로 당초 단층이었던 수어장대를 2층으로 올렸고, 안쪽 편액에 인조와 효종의 원한을 잊지 말자고 무망

루(無忘樓)라 이름을 붙였다. 나는 지금도 수어장대를 찾으면 효종을 생각하며 그 앞에서 묵념을 한다. 그리고 서쪽 멀리 궁궐 쪽을 바라보며 한숨 짓던 인조 임금을 생각한다.

남한산성은 주봉인 497.9m의 청량산을 중심으로, 북쪽으로는 연주봉(467.6m), 동쪽으로는 망월봉(522m)과 벌봉(515m)이 있고, 남쪽으로 여러 작은 봉우리들이 연결되어 있다.

1970년대에 들어와서 박정희 대통령의 문화재 보존을 위한 주요 건축물과 성곽 복원계획에 따라 남한산성도 일제 보수를 했는데, 너무 날림으로 공사하여 나중에 옹벽에 금이 가고 시멘트 가루가 날리는 등 보는 이들의 가슴을 아프게 했다. 나는 당시 현장을 지날 때마다 분노하곤 했다. 그리고 그 분노를 시로 써서 발표한 적도 있다. 그 후에 다시 전반적인 개보수를 하여 2014년 6월 카타르 도하에서 개최된 유네스코 총회에서 세계문화유산으로 등재되어서 다행이긴 하지만 함께 반성해야 할 일이다.

남한산은 하남시 구역에 속한다. 그런데 마천동 방면은 하남 시민보다 거의 송파 쪽 사람들이 이용하고 있다. 그렇지만 서울시 관할이 아니므로 나무를 심거나 도로를 정비하거나 편의시설을 설치할 수가 없다. 그래서 현 행정자치부의 전신인 내무부 장관을 면담하여 송파 쪽 부분은 서울시에 편입하도록 요청하여 이 일대를 어느 국립공원 입구 못지않게 완전히 다른 공원으로 조성하려고 계획했던 적이 있었다. 내무부에서는 지방행정구역을 조정할 수 있고 또 국내외의 경우를 보아도 산의 정점에서부터 능선을 따라 행정구역 경계선을 결정하는 것이 상례이다. 그러나 이 계획은 경기도와 하남시에서 펄펄 뛰고 반대하는 바람에 무산되고 말았다. 이해는 가지만 산의 주인은 산을 이용하는 시민이 아니라 행정관청이라는 인식이 좀 씁쓸하다.

나의 산행코스는 마천동 버스 종점에서 서문(우익문)에 올라 청량산을 거쳐 수어장대를 왼쪽 옆으로 끼고 암문을 빠져나와 거여동으로 내려오는 코스를 자주 다녔다. 지금은 인적이 드문 코스를 찾아 이용하고 있다. 이성산에서 금암산을 지나 산불감시초소 못미쳐 우측 사잇길로 빠져 계곡을 타며 나 혼자만의 시간을 만끽하곤 하는 것이 나의 큰 낙이다. 걸으면서 시상이 떠오르면 즉시 메모하고, 이 시간이야말로 영감과 상상이 나래를 펴고 끝도 없이 날아오르는 시간이다. 그동안 내가 펴낸 7권의 시집도 남한산 등산과 관련이 많이 있다. 공직에 있을 때 적지 않은 아이디어도 등산하면서 떠 오른 것들이다.

남한산을 자주 오르니까 산 구석구석을 파악하게 되고 산의 모든 것에 애정을 갖게 된다. 등산하면서 나는 돌 한 개, 풀 한 포기도 소중히 여긴다. 겨울에 웅크리고 서 있는 나무들과도 대화하고 내가 좋아하는 '소나무 숲길'을 걸을 때면 주변의 나무들이 모두 나에게 반갑다고 박수를 쳐주는 것이 신난다. 겨울에는 배고픈 산새들을 위해 꼭 모이를 넣고 다닌다. 아무리 추운 날씨에도 겨울 산새들과 대화할 때는 따뜻해진다. 특히 부리가 나의 손바닥에 닿는 감촉이야말로 서로가 신뢰를 쌓는 포근한 순간이다.

괴테는 노인의 삶을 '상실'이라고 간단히 표현했지만 나는 꼭 상실만 있는 것은 아니라고 생각한다. 나를 발견하고, 늙으면서도 기품있는 삶의 방법을 추구하고 무엇이 소중한가를 발견하는 것은 역시 소중한 일이다.

남한산은 오를 적마다 나에게 소중한 것을 가르쳐 준다.

남한산과 나는 그렇게 함께 늙어간다. 남한산으로 나는 외롭지가 않다.

노을빛으로 생각하다

김성순 지음

발행처·도서출판 **청어**
발행인·이영철
영 업·이동호
홍 보·천성래
기 획·남기환
편 집·방세화
디자인·이수빈 | 김영은
제작이사·공병한
인 쇄·두리터

등 록·1999년 5월 3일
(제321-3210000251001999000063호)

1판 1쇄 발행·2021년 10월 10일

주소·서울특별시 서초구 남부순환로364길 8-15 동일빌딩 2층
대표전화·02-586-0477
팩시밀리·0303-0942-0478
홈페이지·www.chungeobook.com
E-mail·ppi20@hanmail.net
ISBN·979-11-5860-981-8(03810)